PREMIÈRE PARTIE

LA DAME DU LAC

LE MASQUE
Collection de romans d'aventures
créée par
ALBERT PIGASSE

UN FLIC EN VOIE DE DISPARITION

Né le 10 septembre 1936 dans le Middlesex, Peter Lovesey, après des études à l'université de Reading, est enseignant à Londres de 1961 à 1975. A partir de cette date, il se consacre entièrement à l'écriture. En 1969, participant à un concours de romans policiers organisé par l'éditeur Macmillan, il remporte le premier prix avec *La course ou la vie,* enquête du sergent Cribb qui se déroule en pleine ère victorienne, aux sources mêmes du « detective novel ». Peter Lovesey a obtenu en 1978 le Silver Dagger Award pour *Le bourreau prend la pose* et en 1982 le Gold Dagger Award pour *The False Inspector Dew,* roman se déroulant à bord d'un paquebot dans les années 30 et dans lequel n'apparaît pas le sergent Cribb. Il a remporté par ailleurs le Grand Prix de Littérature Policière 1985 avec *Trois flics dans un canot,* et le Prix du Roman d'Aventures 1987 avec *Le médium a perdu ses esprits.*

DU MÊME AUTEUR

DANS LE MASQUE :

LE VINGT-SIXIÈME ROUND
LA COURSE OU LA VIE
LE BOURREAU PREND LA POSE
BOUCHERS, VANDALES ET COMPAGNIE
Ô, MES AÏEUX!
LE MÉDIUM A PERDU SES ESPRITS
(Prix du Roman d'Aventures 1987)
CIDRE BRUT
POUR LE MEILLEUR ET POUR LA MORT
TOURNE ET TAIS-TOI!
ABRACADAVRA
LE PRINCE ET LES SEPT CADAVRES

DANS LE MASQUE
« Grand format »

HONNI SOIT QUI MAL Y PENSE
« Mémoires policiers du roi Edouard VII »

DANS LE CLUB DES MASQUES

LE MÉDIUM A PERDU SES ESPRITS
LE BOURREAU PREND LA POSE

Peter Lovesey

UN FLIC EN VOIE DE DISPARITION

Traduit de l'anglais par Sandrine Couprie

Librairie des Champs-Élysées

Ce roman a paru sous le titre original :

THE LAST DETECTIVE

1

L'homme était entré dans l'eau jusqu'à mi-cuisses. Immobile et concentré, il ne prenait pas garde à l'objet qui dérivait à quelques mètres de lui. Chew Valley Lake, ce grand lac au pied des Mendy Hills, au sud de Bristol, était le paradis des pêcheurs. De fait, l'homme avait déjà pris trois truites de taille respectable.

L'oeil aux aguets, il attendait un remous prometteur à l'endroit où il avait lancé sa ligne. Les conditions paraissaient favorables. On était fin septembre, le soir tombait et le ciel était couvert. Les mouches formaient autour de lui des nuées compactes. Leur parade crépusculaire consistait à s'agglutiner en altitude puis à descendre en piqué jusqu'à la surface de l'eau. Leur bourdonnement rappelait le vacarme d'un train s'engouffrant dans un tunnel. Bref, c'était l'heure et le temps idéaux pour ferrer quelques belles pièces.

Une légère brise de sud-ouest fit frémir la surface de l'eau autour de l'homme. Au-delà, l'onde avait une teinte différente. Les pêcheurs connaissaient bien ce phénomène; ils savaient que c'était là qu'affleuraient les poissons.

Absorbé qu'il était, l'homme ne remarqua pas que l'objet insolite s'était encore rapproché. Aux trois quarts immergé, il voguait, inerte, au fil de l'eau. Pourtant, il était agité d'un mouvement de balancier qui lui donnait presque un air animé.

Soudain, les deux corps entrèrent en contact. Celui du pêcheur et l'autre, rigide et froid. Une main glacée et blême effleura la cuisse de l'homme. Un bras sortit de l'eau – et, au bout de ce bras, un corps. Celui d'une femme nue et morte, le ventre en l'air comme un poisson crevé.

Le pêcheur poussa un cri. Un cri suraigu et monocorde, venu du plus profond de ses entrailles. Pendant quelques secondes, il resta pétrifié. Puis, recouvrant ses esprits, il s'efforça de se dégager de cette étreinte morbide. Il repoussa le cadavre avec le manche de sa canne, qu'il logea sous l'aisselle pour avoir meilleure prise. Le courant eut vite fait de récupérer sa proie amorphe.

Débarrassé de ce fardeau, le pêcheur alla récupérer son filet, ancré dans la boue et, sans même prendre le temps de rembobiner sa ligne, pataugea pour regagner la rive. Alors seulement, il jeta un regard circulaire autour de lui. Le lac était désert.

N'écoutant que son bon sens et mettant son civisme dans sa musette, le pêcheur ramassa en hâte son attirail et courut vers son véhicule.

Ce soir-là, il revint bredouille. Avant de quitter les lieux, il déversa le contenu de son sac dans l'eau. Les truites respirèrent mieux; lui aussi.

2

Un peu après 22h30, ce même samedi, l'agent de police Harry Sedgemoor et sa femme Shirley regardaient une vidéo d'horreur, dans leur *cottage* situé sur la rive orientale du lac. L'agent Sedgemoor avait quitté son service à 18 heures. Allongé de tout son long sur le canapé, il obstruait un coin de l'écran avec son pied droit. Par cette nuit torride, il avait troqué son uniforme contre un maillot de corps et un short. Une cannette de *Malthouse Bitter* dans la main gauche, il caressait de la main droite la tête de sa femme, jouant avec les boucles de sa longue chevelure brune. Après sa douche, Shirley avait simplement revêtu une légère chemise de nuit en coton. Assise par terre, adossée au canapé, elle avait fermé les yeux. Le film avait cessé de l'intéresser mais elle ne manifestait aucun signe d'impatience, sachant qu'après, Harry se blottirait contre elle dans le lit, comme toujours quand il avait vu un film d'horreur. Elle était intimement persuadée qu'il était plus impressionnable qu'elle, mais se gardait bien de le dire. Ce n'est pas le genre de choses que l'on dit à son mari – encore moins lorsqu'il est policier. D'ailleurs, le film tirait à sa fin; à plusieurs reprises déjà, Harry avait appuyé sur le bouton de marche accélérée, pour sauter les passages bavards.

Alors que les violons se lançaient dans un crescendo ébouriffant, les Sedgemoor entendirent soudain leur portail s'ouvrir.

– Ce n'est pas vrai! soupira Shirley. Quelle heure est-il?

Son mari s'extirpa lourdement du canapé et s'approcha de la fenêtre.

– C'est une femme.

Dans la pénombre, impossible de distinguer ses traits. En ouvrant la porte, il reconnut miss Trenchard-Smith, qui vivait seule dans une maison isolée, au bout du village. La vieille demoiselle portait avec la même dignité ses soixante-dix ans et le bibi tyrolien immanquablement vissé sur sa tête. Dans leur jeunesse à tous deux, le couvre-chef avait dû être d'un brun soutenu mais il avait progressivement viré au vieux rose.

– J'ai hésité à vous déranger si tard, dit-elle en promenant son regard du short au maillot de corps du policier.

Mais je pense que vous me comprendrez lorsque vous connaîtrez le motif de ma visite.

Installée au village depuis la guerre, la vieille fille avait gardé cet accent pointu et un peu snob des gens de la ville.

L'officier de police sourit avec indulgence.

– Qu'y a-t-il donc, miss Trenchard-Smith ?

– J'ai trouvé un cadavre.

– Un cadavre ?

Sedgemoor se gratta le menton, apparemment impassible. Au fond, il n'en menait pas large. C'était son premier cadavre depuis qu'il avait pris son poste, six mois plus tôt.

– Je promenais mes chats au bord du lac, reprit la visiteuse. Les gens croient d'ordinaire que les chats n'ont pas besoin qu'on les sorte, mais les miens sont différents. Tous les soirs, à cette heure-ci, ils me signifient leur besoin de prendre l'air. Pas moyen d'y échapper.

– Hmmm... Ce cadavre... était-il humain ?

– Naturellement. Une femme. Et sans le moindre vêtement sur le dos, pauvre créature.

– Il faut que vous me montriez cela. Ce... cette femme est-elle loin ?

– Dans le lac, à moins qu'elle n'ait déjà dérivé.

Sedgemoor se garda bien de faire remarquer que le corps, même s'il avait dérivé, se trouverait encore dans le lac. La coopération de miss Trenchard-Smith allait lui être indispensable. Il l'invita à entrer quelques instants et courut à l'étage chercher un pull-over et sa radio personnelle.

Aux regards obliques que lui jetait la vieille dame, Shirley comprit que sa tenue légère paraissait inconvenante à une dame respectable.

– Quelle affreuse expérience ! remarqua-t-elle, en faisant allusion à la découverte au bord du lac. Puis-je vous offrir un petit remontant ?

– Merci, ce ne sera pas utile. En revanche, je pourrais

vous confier mes chats, pendant que je serai sortie avec votre époux.

Shirley sentit que c'était là une faveur extrême qu'on lui faisait.

– Vous aimez les chats, n'est-ce pas?

Sans même attendre de réponse, miss Trenchard-Smith se mit en quête de ses petits protégés.

– Minou, minou, minou!

Deux siamois jaillirent de l'ombre et bondirent sur le canapé, à la place laissée chaude par Harry.

Bientôt, Harry réapparut.

– Tu ne mets pas de pantalon? s'enquit Shirley.

– A quoi bon, si je dois entrer dans l'eau pour y chercher quelque chose?

Shirley frissonna. Ramassant sa lampe-torche, son mari l'embrassa pudiquement sur le front.

– Bonsoir, ma chérie.

Puis, à mi-voix, pour être entendu d'elle seule :

– J'espère que la vieille a rêvé.

Sceptique, Shirley ne répondit pas. Miss Trenchard-Smith n'avait rien d'une vieille folle; si elle prétendait avoir vu un cadavre, il y en avait certainement un.

Harry Sedgemoor, lui, était plus confiant. Au volant de son véhicule, il en vint à la conclusion que sa passagère avait tout imaginé afin de s'offrir un peu de distraction dans sa morne existence. Ce ne serait pas la première fois qu'une vieille toupie désoeuvrée dérangerait la police pour rien. Intérieurement, il maudissait miss Trenchard-Smith. Shirley n'aurait certainement pas envie de faire l'amour, après cet épisode. La pauvre chère âme était tellement impressionnable...

Revenant à son rôle de policier, il demanda à sa passagère de lui indiquer où il devrait se garer.

– Où il vous plaira, fit-elle d'un air indifférent. J'ignore totalement où nous nous trouvons.

Il s'arrêta tout au bout de la route, qui était sans issue. Ils s'engagèrent dans une herbe détrempée et boueuse. A la lumière de la torche, ils découvrirent le réservoir. Derrière un grillage, des bosquets de roseaux se balançaient au gré de la brise, ne laissant apercevoir la rive que par endroits.

– Par quel moyen êtes-vous descendue jusqu'à l'eau? demanda le policier.

– En franchissant l'une des portes.

– Elles sont réservées aux pêcheurs, l'ignorez-vous?

– Oh! je ne les dérange pas. Rassurez-vous, je ne dirai à personne que vous avez enfreint la loi.

La plaisanterie le laissa froid. Poussant une porte, il s'avança vers l'eau.

– Etes-vous certaine de l'endroit?

– A vrai dire, je ne reconnais rien.

Sedgemoor prit sur lui pour garder son sang-froid.

– Faites un effort pour rassembler vos souvenirs. Comment le corps a-t-il attiré votre attention?

– La nuit n'était pas encore tombée.

Il dirigea le faisceau de sa torche à quelque distance de là, vers un buisson de roseaux particulièrement dense.

– Ce pourrait être ici?

– On peut toujours aller voir...

– C'est pour cela que nous sommes venus, je vous signale!

Il avança un pied qui, aussitôt, fut happé par une boue épaisse.

– Ne bougez pas! lança-t-il par-dessus son épaule.

Pataugeant plus qu'il ne marchait, il parvint à arriver au but. Mais il n'y trouva qu'une famille de canards, qui protesta bruyamment contre cette intrusion.

A son retour, il fut accueilli par des hauts cris.

– Mon Dieu! Regardez un peu vos baskets!

– Nous recherchons un cadavre, miss, dit-il gravement. Nous ne devons pas ménager nos efforts.

– Si vous comptez inspecter chaque buisson de roseaux, nous en avons pour la nuit.

Après vingt minutes de fouilles, miss Trenchard-Smith avait perdu sa motivation – et l'agent Sedgemoor sa patience. Ils arpentèrent consciencieusement la rive, la torche braquée devant eux. Sedgemoor pensait à Shirley, seule à la maison avec deux affreux greffiers, tandis que lui baguenaudait au bord du lac en peu galante compagnie. Presque 23h30. Fichu samedi soir! Exaspéré, il agita la lampe sur la surface de l'eau, comme pour constater l'inutilité de la tâche qu'ils avaient entreprise.

Comme par malice, ce fut le moment que choisit miss Trenchard-Smith pour s'écrier d'une voix suraiguë.

– Ici!

– Quoi? Où?

– Passez-moi cette lampe.

Il s'exécuta poliment et se concentra sur le halo que formait le faisceau. Une forme claire flottait dans l'eau.

L'agent Sedgemoor déglutit.

– Fichtre! Vous aviez raison.

Au milieu des roseaux, à trois mètres à peine d'où ils se trouvaient, le corps était immobilisé par un écrin touffu d'algues d'un vert presque fluorescent. La femme – c'en était une, indubitablement– flottait sur le dos, ses longs cheveux formant un tapis à la surface de l'eau. La peau très pâle était mouchetée de pollen; aucune blessure apparente. Sedgemoor repensa à un tableau qu'il avait vu lors d'un voyage à Londres, avec son école, et qui représentait une noyée flottant au milieu des roseaux. Le professeur avait expliqué que le modèle avait dû poser des heures durant dans une baignoire. Un jour, le peintre avait oublié d'allumer les lampes qui maintenaient l'eau à température; la fille avait attrapé une pneumonie qui avait sérieusement entamé son espérance de vie.

Cette anecdote avait été citée comme un exemple édifiant des méfaits d'un réalisme excessif dans l'art.

L'élève Sedgemoor était resté en contemplation devant le tableau, jusqu'à ce que le professeur le rappelle à l'ordre. La mort fascine les enfants, et c'était la première fois que le gamin la voyait représentée aussi crûment.

Maintenant que l'occasion lui était donnée de voir une *vraie* noyée, il se rendait compte combien le pré-Raphaélite avait idéalisé son sujet. Vêtue d'un voile vaporeux, dans une posture gracieuse, la femme du tableau n'avait rien de commun avec cette masse de chair informe. Entraîné par le poids de la tête, le corps s'était arqué : seul émergeait un ventre bombé et des seins à la peau flétrie.

– Le vent se lève, observa miss Trenchard-Smith.

– Ouais...

– Si vous ne faites rien, elle va encore dériver.

Un mot, dans l'appel de l'agent Sedgemoor, retint l'attention de l'inspecteur de garde à la division F de Yeovil : *nu*. Cela signifiait alerte totale. Un cadavre déshabillé excluait généralement l'hypothèse de l'accident ou du suicide.

– Et vous dites que vous l'avez transporté? Etait-ce bien nécessaire? Bon, O.K., mon vieux. Surtout, ne bougez pas. Au sens propre. Ne piétinez pas le sol. Ne touchez plus au corps. Ne fumez pas, ne vous peignez pas, ne vous grattez pas les couilles. Bien compris?

Sedgemoor fut contraint d'enfreindre l'ordre de son supérieur. Il avait appelé depuis son véhicule, où il avait bêtement laissé sa radio. Il revint vers le lac en trottinant.

Debout dans le noir, miss Trenchard-Smith veillait le corps avec une indifférence qui conférait au sublime.

– J'ai éteint la lampe-torche pour économiser vos piles.

Il l'informa que les renforts ne tarderaient pas à arriver et qu'il ferait en sorte qu'on la raccompagne au plus vite chez elle.

– Pourquoi donc ? Je pourrais me rendre utile.

– C'est une proposition qui vous honore, miss. Mais, sauf votre respect, le C.I.D. n'a pas besoin d'aide.

– Vous n'étiez pas si fier tout à l'heure, jeune homme !

Elle était remontée. Les vieilles de sa trempe, naguère, escaladaient le Cervin en jupes longues, ou faisaient de la varape sur les parapets.

– Ils vont devoir l'identifier, fit-elle d'un petit air finaud. Je ne suis pas Sherlock Holmes, mais je pourrais leur donner deux, trois indices. Elle était mariée, plutôt coquette et ses souliers la serraient. A mon avis, elle était rousse. Quand vous l'avez tirée de l'eau, j'ai cru qu'elle était châtain foncé. Mais à y regarder de plus près, je dirais que c'est une teinte plus voyante. Auburn, peut-être.

Elle ralluma la lampe-torche et se pencha au-dessus du pauvre visage décomposé de la noyée avec autant de désinvolture que si elle feuilletait un magazine de mode.

– De si beaux cheveux... Pas étonnant qu'elle les ait laissé pousser.

– Ne touchez rien ! glapit Sedgemoor.

Trop tard. La vieille avait pris une boucle entre le pouce et l'index.

– Admirez cette finesse. Allons, ne jouez pas les mijaurées.

– C'est à cause de l'enquête. On doit tout laisser en place.

Elle lui décocha un clin d'oeil entendu.

– Vous dites cela après l'avoir tirée de l'eau ! Toucher les cheveux ne va rien changer.

– J'ai reçu des ordres. Vous devez vous montrer coopérative.

– A votre aise.

Elle se redressa et balaya le faisceau lumineux sur le cadavre, comme pour justifier ses déductions.

– Voyez, sur l'annulaire gauche, la marque d'une alliance. Et sur les ongles, aux pieds et aux mains, des traces de vernis. Ces orteils crispés, ces talons rougis... Nous n'avons affaire ni à une fille de ferme ni à une féministe, mon cher Watson ! Mais que font vos amis ? Il y a belle lurette qu'ils devraient être là !

Ce ne fut pas sans soulagement que Sedgemoor distingua dans le lointain le gyrophare d'une voiture de police. Saisissant la torche, il la souleva à bout de bras et se mit à décrire de grands cercles dans l'air.

En quelques minutes, le silence macabre laissa place à une effervescence que le jeune policier croyait réservée aux films que l'on montrait à l'instruction. Une petite berline, deux fourgons et un minicar vinrent se garer sur l'herbe. Une douzaine d'hommes, à tout le moins, en descendit. Le secteur fut délimité par des rubans blancs et éclairé par des lampes à arc. Deux officiers supérieurs s'approchèrent du corps et l'examinèrent longuement. Puis les enquêteurs les rejoignirent, bientôt suivis par l'équipe d'un laboratoire de biologie. Un photographe mitrailla le corps et un écran fut dressé. Miss Trenchard-Smith fut conduite dans le minicar et questionnée sur les circonstances de sa découverte. Ses déductions intéressèrent moins les policiers que ses bottes en caoutchouc vert. On la pria de les ôter afin de les photographier et d'en prendre les empreintes. Ensuite, on la raccompagna jusqu'au domicile de l'agent Sedgemoor.

Celui-ci ne fut guère retenu plus longtemps. Il fit sa déposition, soumit ses souliers crottés à l'examen des spécialistes des indices matériels puis, dès qu'il les eut récupérés, remonta au volant de son véhicule. Quand il arriva chez lui, quelques minutes après minuit, miss Trenchard-Smith s'y trouvait encore. A 1h30, elle n'avait toujours pas levé le siège, relatant ses faits d'armes en tant qu'ambulancière pendant la guerre tout en sirotant une tasse de cacao. Selon son expression imagée, la mort violente était son pain quotidien.

Harry Sedgemoor n'aurait pu en dire autant. Déclinant le cacao que Shirley lui proposait, il avala trois comprimés de bicarbonate de soude et monta se coucher. Le lendemain, il prenait son service à 8 heures.

3

A la morgue municipale de Bristol, un corps gisait sur un chariot métallique. Vu de profil, le gonflement de l'abdomen évoquait rien de moins qu'un paysage montagneux. Un esprit plus imaginatif aurait pu le comparer à un dinosaure vautré dans un marécage, n'eût été le chapeau mou de couleur marron juché au sommet de la bosse. Le corps était vêtu d'un costume croisé de couleur grise, à larges carreaux, passablement froissé aux entournures – un vêtement bien connu de la police de l'Avon et du Somerset pour être la tenue de travail du superintendant Peter Diamond. Son crâne chauve, cerclé d'argent aux tempes, reposait sur un coussinet de caoutchouc. Sa respiration était régulière.

Peter Diamond avait bien mérité de lever le pied. Depuis que le téléphone l'avait réveillé, peu après 1 heure du matin, à son domicile de Bear Flat, près de Bath, il n'avait pas eu une minute de répit. Quand il était arrivé à Chew Valley Lake, pour observer le corps, l'antenne locale du C.I.D. avait déjà mis le processus habituel en branle. Mais il restait des décisions que seul pouvait prendre un responsable.

Un cadavre nu dans un lac laissait présager une mort suspecte, requérant l'intervention d'un médecin légiste mandaté par le ministère de l'Intérieur. Soucieux d'obtenir un spécialiste plutôt qu'un chirurgien local, qui se serait contenté de constater la mort, Diamond avait personnellement appelé le Dr Jack Merlin à son domicile de Reading – à quelque cent kilomètres de là – et lui avait énoncé les faits. De la trentaine de médecins légistes homologués par le ministère pour l'Angleterre et le Pays de Galles, Merlin n'était pas le plus proche. D'autres étaient plus disponibles, moins réticents à prendre leur voiture pour faire de longs déplacements. Néanmoins, c'est à Merlin que Diamond avait décidé de s'adresser, car il l'estimait le plus compétent.

Dire qu'il avait succombé au numéro de charme matinal de Diamond serait exagéré; toutefois, le Dr Merlin avait accepté sans broncher la mission. A 3h30, il se présentait sur le lieu du crime. Dix heures avaient passé et il était en train d'autopsier le corps dans la pièce attenante.

Devant la civière inoccupée qui lui tendait les bras, Peter Diamond n'avait pas résisté. En principe, il aurait dû être présent aux côtés du médecin légiste. Dans la police moderne, l'aspect scientifique et technique avait pris tant d'importance que les enquêteurs étaient le plus souvent invités à être les témoins des autopsies. Contrairement à certains de ses collègues, Diamond n'avait que faire de ce genre de « privilèges ». Comme souvent en telle circonstance, il avait délibérément pris des chemins de traverse et avait mis un point d'honneur à respecter les limitations de vitesse. Il avait même tourné autour du pâté de maisons pour trouver une bonne place de stationnement. Quand, finalement, il s'était présenté à l'accueil de la morgue et qu'on lui avait annoncé que son second, l'inspecteur Wigfull, avait pris sa place auprès du médecin, il s'était fendu d'un large sourire en disant :

– Place à la jeunesse!

A demi assoupi, le superintendant repensait à ces premières heures de l'enquête, qui avaient été éreintantes. Maintenant que la machine était en marche, que le *coroner* avait été prévenu, ainsi que les enquêteurs, le bureau des disparitions, le laboratoire légiste et la presse, le superintendant Diamond pouvait sans scrupule piquer un somme en attendant le résultat de l'autopsie.

Il s'éveilla en sursaut lorsque la porte de la salle de dissection s'ouvrit. Une bouffée de parfum capiteux heurta ses narines : un désodorisant bon marché vaporisé par un praticien zélé. Diamond s'étira, attrapa son feutre et le leva en guise de salut.

– Vous auriez dû entrer, s'entendit-il dire.

– Jamais avant le déjeuner.

Le policier redressa son corps massif et prit appui sur un coude. Pas question de sauter un repas. Il avait cessé d'acheter des costumes de confection en commençant à jouer au rugby et à prendre du poids. A trente-trois ans, il avait renoncé au sport. Aujourd'hui, à quarante et un ans, il renonçait à perdre ses kilos de trop.

– Un premier verdict, Docteur ? Avec toutes les restrictions d'usage, naturellement.

Merlin afficha un sourire indulgent. Modéré dans ses propos, avec cet accent de l'Ouest qui fleurait bon le soleil et la crème caillebottée, ce professionnel distingué inspirait confiance. Par malheur, ses *patients* n'avaient pas l'occasion de s'ouvrir à lui avant qu'il ne les ouvre.

– A votre place, Superintendant, je ne tiendrais plus en place.

Pour faire bonne figure, Diamond s'ébranla pesamment et se retrouva en position assise, ses jambes pendant dans le vide.

– Une affaire pareille, poursuivit le médecin, c'est l'opportunité rêvée pour vous ou vos pairs de faire la preuve de leurs talents de limiers. Un cadavre non identifié. Ni vêtements, ni signes particuliers, ni arme du crime...

– Moi ou mes pairs ?

– Ne jouez pas les ingénus, Peter. Vous appartenez à une espèce en voie de disparition. Le dernier des détectives ! L'as aux semelles de crêpe... L'antithèse de ces jeunes boutonneux frais émoulus d'une école de police, qui ne connaissent pour tout langage que celui des ordinateurs !

Mais Diamond n'était pas d'humeur à rire.

– Pas d'arme du crime, avez-vous dit. Vous soutenez donc l'hypothèse du meurtre ?

– Halte-là ! Chacun son métier. Moi, je découpe; à vous de recouper.

– Ne pinaillons pas sur des démarcations professionnelles. Elle s'est noyée, oui ou non ?

– Hmmm... Je dirai simplement ceci : le corps présente tous les symptômes que l'on peut attendre d'une immersion prolongée.

– Bon sang, Jack ! Vous connaissez les signes mieux que moi. L'écume dans la bouche et les narines; les poumons gonflés; la boue et la vase dans les organes.

– Merci pour le tuyau, railla Merlin.

– Je vous écoute, mon vieux.

– Ni écume, ni gonflement, ni vase. Etes-vous satisfait, Superintendant ?

Plus à l'aise dans le rôle d'interrogateur que d'interrogé, Diamond ne broncha pas.

Un homme chargé d'un sac en plastique blanc sortit de la salle d'autopsie. Il salua poliment Diamond, qui reconnut en lui l'un des enquêteurs. Le *sac à viande*, comme on disait dans le milieu, allait maintenant être amené au laboratoire scientifique de la Police métropolitaine, à Chepstow.

– La noyade est l'un des diagnostics les plus difficiles à établir, reprit Merlin. Dans ce cas précis, la décomposition crée des difficultés supplémentaires. L'écume aux lèvres et le ballonnement de l'abdomen n'apparaissent pas systématiquement, même lorsque le corps est sorti de l'eau aussitôt après le décès. Alors, après une longue immersion...

Il haussa les épaules en signe d'impuissance.

– Déçu ?

– Quelle autre cause de mort envisagez-vous ?

– Il est trop tôt pour que je me prononce. On va rechercher des traces de drogue ou d'alcool.

– Vous ne disposez d'aucun autre indice ?

– Les indices, comme vous dites, brillent par leur absence. Attendons le rapport de Chepstow.

Au pétillement de ses yeux bleus, on voyait bien que le médecin savourait d'avance la suite de l'affaire.

– Un vrai casse-tête... mais quel beau défi à relever ! Le plus efficace serait peut-être de procéder par la négative. Elle n'a été ni abattue, ni poignardée, ni frappée à mort, ni étranglée.

– Ni écharpée par un tigre, merci ! Allons, Jack, c'est tout ce que vous m'offrez à me mettre sous la dent ?

Merlin s'approcha d'un placard étiqueté « *poisons* », le déverrouilla et en sortit une bouteille de pur malt dont il versa deux rasades généreuses dans des gobelets en carton.

– Récapitulons. Sexe : féminin. Race : blanche. Age : trente ans environ. Cheveux : roux naturel, mi longs. Taille : 1,71 m. Poids approximatif : 50 kilos. Yeux verts, oreilles percées, dentition régulière avec deux bridges en émail – un produit de luxe. Je continue : ongles vernis aux mains et aux pieds, marque de vaccin sous le genou, aucune cicatrice, annulaire gauche portant la marque d'une alliance... Ah ! j'oubliais : elle n'était plus vierge. Voilà ce que je peux vous offrir à grignoter, en guise d'apéritif. Le fruit de vingt ans d'expérience, un tablier de caoutchouc noué autour des hanches !

– Elle n'était pas enceinte, donc ?

– Non. La dilatation de l'abdomen est due uniquement aux gaz putréfactifs.

– Pouvez-vous dire si elle avait déjà enfanté ?

– Les probabilités sont faibles.

– Combien de temps est-elle restée dans le lac ?

– Cela dépend de la météo de ces derniers jours.

– Il a fait plutôt chaud.

– Dans ce cas, je dirais au moins une semaine. Mais ne me demandez pas le jour de la mort !

– Dans la dernière quinzaine ?

– Sans doute. Je suppose que vous avez consulté le fichier des personnes portées disparues ?

Diamond opina du chef.

– Aucun signalement ne correspond.

Un sourire radieux illumina le visage du médecin.

– Ne me dites pas que cela vous chagrine ! Vous allez avoir l'occasion de mettre à l'épreuve votre belle technologie – tous ces ordinateurs exorbitants dont on nous rabâche les performances dans *Police Review*.

Connaissant les conditions de travail parfois abominables des médecins légistes, Diamond laissa courir. Les morgues exiguës, obscures, surchauffées, les plomberies et les évacuations défectueuses... Les services mortuaires resteraient toujours en queue des priorités des gouvernements. Non que la police fût toujours mieux lotie. Mais ce n'était ni le lieu ni l'heure de se lancer dans des revendications sociales.

– Les ordinateurs ? répéta-t-il d'un air de dédain.

– Oh, vous me comprenez ! L'*Investigation Assistée par Ordinateur*, l'I.A.O. si vous préférez.

– I.A.O., mon cul ! Bon sens et porte-à-porte sont nos seules cartes maîtresses.

– Et les tuyaux des indics, vos jokers, ajouta Merlin comme pour lui-même. Mais revenons à notre mystérieuse amie. Comment l'identifier ? Une photo dans son état actuel ne présente guère d'intérêt. Comptez-vous demander un portrait-robot ?

– En priorité, je veux retrouver ses vêtements.

– Au bord du lac ?

– J'en doute. Le corps flottait entre deux eaux. Si j'en crois vos observations, il a dû d'abord couler avant de remonter à la surface – ce que font tous les cadavres, quand ils n'ont pas été lestés.

– Exact.

– Ensuite, il a dérivé au gré du vent. Nous allons devoir fouiller toute la circonférence du lac.

– Quelle distance cela représente-t-il ?

– Une bonne quinzaine de kilomètres.

– Fichtre ! Voilà de quoi occuper vos week-ends !

– C'est un travail fastidieux, mais qui peut porter ses fruits. Le lac est très fréquenté par les pêcheurs et les pique-niqueurs. Je vais faire diffuser un message à la radio et à la télévision. Si nous arrivons à localiser l'endroit d'où fut largué le corps, nous tiendrons un début de piste.

Merlin toussota pour manifester son scepticisme.

– Voilà une affirmation qui me paraît bien hardie.

– Simple déduction logique. Quelle autre hypothèse avez-vous à me proposer ? Que cette jeune femme aurait décidé d'aller faire quelques brasses, seule, après avoir ôté son alliance et tous ses vêtements ? Et qu'elle se serait bêtement noyée ? Un peu de sérieux, voyons. Cette mort est tout sauf naturelle.

Il broya le gobelet de carton entre ses doigts épais et visa la corbeille.

4

Depuis le dimanche matin, la brigade criminelle était sur les dents. Une vaste caravane avait été aménagée en salle de police de campagne. Toute la journée et jusque tard dans la nuit, la rive du lac résonna du martèlement des pas de Peter Diamond sur le plancher. Un troupeau d'éléphants n'aurait pas fait plus de vacarme.

Les cinq téléphones qu'on avait installés sonnaient perpétuellement en canon, quand ce n'était pas en choeur. A leur chevet, une équipe d'archivistes reportait tous les messages sur des fiches. Au milieu de la pièce, trônait le tourniquet à quatre rayons prévu pour recevoir jusqu'à vingt mille formulaires. Diamond aimait bien ce fichier, même si certains de ses cadets pestaient contre l'archaïsme du système. Si l'enquête n'était pas menée rondement, il faudrait bien avoir recours à l'informatique. Mais, en cas de panne, Diamond déclinerait toute responsabilité.

La recherche des vêtements se concentra d'abord sur les zones côtières les plus accessibles par route. La panoplie hétéroclite qui s'amassa bientôt aurait plongé dans la stupeur le plus aguerri des sociologues. Chaque pièce fut soigneusement étiquetée, rangée dans une pochette en plastique scellée, localisée sur la carte par une croix et répertoriée sur une feuille de route – tout cela plus par routine que par conviction.

Des hommes-grenouilles inspectèrent les eaux à proximité de l'endroit où le corps avait été trouvé. Le résultat fut à la mesure de l'attente, c'est-à-dire nul.

Parallèlement, des équipes firent du porte-à-porte dans tous les villages avoisinants sans oublier les villas isolées de la rive, dans le but de recueillir des indices attestant de quelconques activités nocturnes suspectes au cours du mois précédent. Tous les témoignages concordèrent : le lac était très prisé à la nuit tombante par les pêcheurs, les ornithologues en herbe, les propriétaires de chiens et autres amoureux. Personne n'avait rien remarqué qui puisse ressembler à un cadavre traîné jusqu'à l'eau.

Pour Peter Diamond, cette fastidieuse pêche aux indices était un préambule nécessaire au vrai travail d'enquête : l'identification et l'interrogation des suspects. Car, nonobstant les références prudentes à *l'accident*, il s'agissait bien d'un meurtre. Diamond en aurait mis sa main à couper. Depuis son affectation au C.I.D. de l'Avon et du Somerset, trois ans plus tôt, il avait eu à traiter cinq dossiers. Tous avaient abouti à des condamnations, à l'exception d'un seul – une affaire d'extradition, qui risquait de prendre encore un an. Du moins avait-il réussi à épingler le lascar. Bref, son palmarès était glorieux. Il l'aurait été davantage encore sans les relents intempestifs du procès Missendale.

L'affaire remontait à quatre ans. Un jeune Noir du nom de Hedley Missendale avait été reconnu coupable d'un meurtre perpétré dans le cadre du cambriolage d'une société immobilière d'Hammersmith, dans l'ouest de Londres. Un client, un ancien adjudant, avait été frappé mortellement à la tête en tentant de s'interposer. L'enquête avait été confiée au superintendant Jacob Blaize, de la Police métropolitaine. Diamond, inspecteur-chef à l'époque, le secondait. C'était lui qui avait mené l'interrogatoire qui devait aboutir aux aveux du prévenu.

Plus de deux ans après, alors que Diamond avait été promu superintendant et muté sur Avon et Somerset, un deuxième homme s'accusait du meurtre, produisant l'arme du crime. Fin 1987, à la suite d'une nouvelle enquête, Hedley Missendale recevait sa grâce du ministère de l'Intérieur.

Naturellement, la presse en fit ses choux gras. Blaize et Diamond furent traités de tortionnaires pour avoir arraché des aveux à un jeune Noir innocent. La police des polices ordonna une enquête. Sous l'effet de la pression, Jacob Blaize assuma l'entière responsabilité des erreurs commises et prit une retraite anticipée. La presse concentra ses attaques sur Diamond, qui jusqu'alors avait résisté comme un roc lors des auditions de la commission d'enquête – peut-être une erreur de tactique, d'ailleurs. On murmurait qu'il creusait sa propre tombe, car c'était justement sa trop forte personnalité qui avait poussé aux aveux un malheureux innocent.

Huit mois avaient passé et on attendait toujours le rapport de la commission d'enquête. Peter Diamond campait sur sa position : si on venait lui chercher des poux, il saurait se justifier. Personne n'osa. Les journaux continuèrent à le traîner dans la boue, mais à distance. Pour toute riposte, il s'efforçait de prouver ses compétences de policier. Avec succès, car pas une fois, dans les cinq affaires qu'il avait traitées depuis sa nouvelle affectation, on ne lui avait reproché d'avoir eu recours à l'intimidation.

Dans le travail, il n'avait pas à se plaindre de ses hommes. Toutefois, il n'était pas parvenu à s'attirer leur sympathie. Lutte éternelle entre les mocassins et les godillots, les pavés et la terre, la ville et la campagne, la capitale et la province...

Mais il en eût fallu plus pour déstabiliser le superintendant Diamond. Dans les premières heures d'une enquête, les nerfs d'un chef de police étaient mis à rude épreuve. Une *drôle de guerre* contre un ennemi invisible. Il fallait déployer des moyens techniques coûteux, mobiliser des bataillons entiers d'hommes... au grand dam des autres services, dont les rangs se trouvaient soudain dégarnis. On maudissait le C.I.D., ce corps d'élite bardé de privilèges, avec des horaires souples, des missions exaltantes et, surtout, cette faculté d'obtenir des renforts d'un simple claquement de doigts. Un ressentiment – légitime – animait les autres services. Le même phénomène se rencontrait à tous les niveaux de la hiérarchie, avec peut-être un peu plus de subtilité aux échelons les plus élevés. Peter Diamond avait cessé depuis longtemps de s'en émouvoir.

Le rugby lui avait enseigné à parer les attaques. Fonceur, l'esprit aussi carré que ses épaules, il ne s'en laissait pas conter. L'informatique, à ses yeux, n'était qu'un gadget qui ne remplacerait jamais un *vrai* travail d'enquête. Dans son entourage, certains carriéristes s'étonnaient encore qu'un homme aussi contestataire et contesté ait pu accéder au rang de superintendant. Ils oubliaient qu'au pays des mauvaises langues, un franc-parler valait son pesant d'or.

Diamond gagnerait-il jamais le respect de la brigade de

l'Avon et du Somerset ? Il était encore trop tôt pour l'affirmer. Ses détracteurs se plaisaient à colporter qu'il ne devait ses succès qu'aux informateurs dont il graissait la patte. Dans l'affaire de Chew Valley Lake, le gibier ne s'était pas encore présenté. Certains se frottaient les mains d'avance à l'idée que Diamond resterait bredouille.

Ce dimanche morne céda le pas au lundi. Diamond fut interviewé par la BBC et par HTV News, pour les infos régionales du début de soirée. Un portrait-robot de la victime fut diffusé, puis le superintendant lança un appel pour l'identifier. Tous les voyeurs de la région allaient le harceler, il ne l'ignorait pas. Mais c'était un mal nécessaire. Trente secondes à la télé étaient plus efficaces qu'une semaine de porte-à-porte par un bataillon de cinquante flics.

Le soir, il appela Jack Merlin et s'enquit de l'avancée des examens.

– Qu'espérez-vous exactement apprendre ? demanda le médecin de cette voix bienveillante qui avait le don d'exaspérer le superintendant.

– La cause de la mort, pour commencer.

– Pour cela, il vous faudra attendre les résultats complets. Et encore...

– Quoi ? Ces foutus tests ne sont pas encore terminés ? Trente-six heures après l'autopsie ?

Ce mouvement d'humeur lui valut une tirade sur les délais qu'exigeait l'analyse des tissus histologiques – une semaine minimum – et le stress permanent dans lequel travaillait le laboratoire scientifique de la Police métropolitaine.

– A mon avis, vous n'aurez rien avant plusieurs semaines.

Diamond attrapa un crayon dans lequel il mordit rageusement.

– Je n'ai pas ce temps à perdre! Vous ne voulez toujours pas confirmer l'hypothèse de la noyade?

– Tout ce que je puis dire, c'est que la cause de la mort n'était pas apparente.

Voilà qu'il se retranchait derrière les formules toutes faites en vigueur dans les salles d'audience! Diamond changea de tactique.

– Allons, mon vieux, cela restera entre nous. Ne pouvez-vous au moins me donner une date approximative de la mort?

– Désolé.

Le crayon se brisa net entre les dents du superintendant. Après un silence interminable, la voix de Merlin se fit de nouveau entendre.

– Je fais mon possible vu les circonstances. Inutile de sortir le rouleau-compresseur. Vous devez comprendre que nous manquons d'effectifs.

– Epargnez-moi vos jérémiades, mon vieux. Je compte sur vous pour me communiquer vos conclusions au plus tôt.

– Cela a toujours été mon intention.

Diamond lâcha le combiné et le laissa pendre au bout de son fil. Sans broncher, la standardiste raccrocha et ramassa la dépouille du crayon. Le superintendant se propulsa à l'autre bout de la pièce, percutant au passage le tourniquet de fiches, afin d'entendre le premier rapport de John Wigfull, son second.

– Nous avons reçu sept appels affirmant que la victime était Candice Milner. Vous savez, l'héroïne du feuilleton diffusé sur la BBC, *Les Milner*. Le rôle a été supprimé il y a quelques années.

– Ben voyons! grommela Diamond. Quoi d'autre?

– Un mari délaissé. Un certain Troop, fermier à Chewton Mendip, s'est disputé avec sa femme il y a trois semaines. Elle s'est fait prendre en stop par le laitier. Le mari est sans nouvelle depuis.

– Il a signalé la disparition?

– Non. Il attendait qu'elle se ressaisisse. Ce n'est pas la première fois qu'elle fait une fugue.

– Il a reconnu le portrait-robot?

– Il ne l'a pas vu, Sir. C'est sa belle-soeur qui nous a prévenus. Elle prétend qu'il s'agit bien d'Elly.

Diamond plissa légèrement les yeux.

– Vous avez consulté le fichier? Y a-t-il un précédent de plainte pour mauvais traitement?

– Une seule, en date du 27 décembre 1988. Troop aurait jeté sa femme dehors à coups de pied et refusé de la laisser rentrer. C'est la belle-soeur qui a porté plainte. Un agent de Bath est allé sur place et a constaté des contusions. Elly Troop a refusé de donner suite, parce que c'était Noël.

– Où mène la bienveillance... Bon, je crois que nous ferions mieux de suivre cette piste personnellement, John. Chewton Mendip est à moins de dix kilomètres du lac. Demain matin, j'irai voir la belle-soeur. Quant à vous, tâchez de me dégotter le nom du laitier au grand coeur.

Wigfull se fendit d'un large sourire. Les bons mots du superintendant n'étaient pas si fréquents. En règle générale, les deux hommes étaient plutôt à couteau tiré. La nomination de Wigfull avait coïncidé avec l'éclatement dans la presse de l'affaire Missendale. Auparavant, Diamond formait une équipe bien assortie avec l'inspecteur Bill Murray. Du jour au lendemain, Murray fut muté à Taunton et remplacé par John Wigfull, parachuté par l'administration centrale du C.I.D. A tort ou à raison, Diamond nourrissait la conviction que son nouveau second était une taupe. Contrairement à Murray, Wigfull était un fonctionnaire méticuleux et appliqué à l'excès. Il avait eu un mal de chien à se faire accepter par la brigade et n'y était pas encore parvenu par son supérieur.

– Autre chose? demanda Diamond.

– Quelques couples ont été vus en train de pratiquer le jogging horizontal.

– Aucune scène de violence ?

– Pas pour l'instant.

– Plutôt maigre. Voyons ce que donne la piste Chewton Mendip.

La piste Chewton Mendip, c'était la belle-soeur. Muriel Pietri et son mari, Joe, tenaient un petit garage en retrait de l'A 39. Une enseigne promettait « Prix bas. Prestations de qualité. Nous vous remettons en selle. » La police leur rendait souvent visite, pour retrouver la piste de chauffards. Diamond s'y rendit lui-même, non pas que l'exercice demandât des compétences particulières, mais la perspective d'un interrogatoire le séduisait plus qu'une autre matinée à arpenter la caravane.

Des vapeurs écoeurantes de peinture cellulosique flottaient dans l'air. Diamond parvint à grand-peine à mouvoir son corps pataud au milieu des épaves et son complet gris y gagna quelques zébrures de rouille. Un sergent l'accompagnait, afin de recueillir la déposition.

Sur le pas de la porte, Mrs Pietri les attendait, vêtue de la robe à fleurs qu'elle devait réserver aux visiteurs. Pour l'occasion, elle s'était ravalé la façade : fond de teint, rouge aux lèvres, mascara et un parfum à trois francs six sous à coté duquel l'odeur de peinture était un arôme évanescent et délicieux.

Elle les introduisit dans un intérieur méticuleusement tenu.

– Cette fois, c'est pire que pire, dit-elle d'une voix teintée d'accent du Somerset. L'attitude de Carl envers ma soeur est proprement inqualifiable. Il lui flanque des beignes – Oui, Monsieur ! J'peux vous montrer des Instamatics que mon mari a pris la dernière fois que c'te pauve Elly est venue ici. Toute couverte de bleus, qu'elle était. J'espère bien qu'vous allez chauffer les oreilles de ce saligot, quand vous irez le voir ! Pas de pitié pour la racaille, voilà ce que j'en dis ! Mais assoyez-vous donc.

– Avez-vous vu le portrait-robot ? demanda Diamond.

– Naturellement, ils l'ont montré dans *Points West*, hier au soir. C'est Elly, pas de doute.

– Le sergent Boon a apporté une reproduction du portrait. Voulez-vous l'examiner attentivement ? Ce n'est qu'une esquisse, bien sûr.

Un coup d'oeil suffit à la femme pour se prononcer.

– C'est elle, je le jure.

– Quelle est la couleur des cheveux de votre soeur, Mrs Pietri ?

– Roux. Un roux magnifique, flamboyant. Et naturel, s'il vous plaît ! Il y a des femmes qui dépensent des fortunes chez le coiffeur... mais Elly les surclassait toutes.

Diamond remarqua qu'elle employait déjà l'imparfait pour parler de sa soeur mais ne se laissa pas entraîner à des conclusions prématurées.

– Flamboyant, dites-vous... Dois-je comprendre rouge franc ?

– Naturel, que je vous ai dit ! Personne n'a les cheveux rouges – à part les pop stars et les punks.

– Soyez plus précise.

Du doigt, elle désigna une boîte en bois de rose, sur le buffet.

– Cette couleur, à peu près.

– Et ses yeux ?

– Il y en a qui disent noisette. Moi, je les ai toujours vus verts.

– Sa taille ?

– Comme moi – 1,70 m.

– Son âge ?

– Attendez... Deux ans de moins que moi, qu'elle avait. Ça lui aurait donc fait trente-quatre ans.

– Vous disiez que votre mari avait pris des photos d'elle.

– Pas de son visage, mon bon Monsieur. Seulement ses jambes, toutes marquées par les coups. C'était au cas où elle aurait eu besoin de preuves, pour le divorce. Nous ne sommes pas très photo, dans la famille.

– Pourtant, votre mari possède un appareil-photo.

– Pour le travail. Il mitraille les voitures accidentées, pour montrer aux assurances s'il y a un litige.

– Je vois.

– Vous voulez voir les jambes d'Elly ?

– Pas pour le moment. Comment avez-vous appris la disparition de votre soeur ?

– Ben, comme on est presque voisines, elle passe généralement le mardi matin, histoire de papoter. Mardi dernier, elle n'est pas venue, ni celui d'avant non plus. Alors, j'ai rappliqué chez elle et j'ai demandé à mon abruti de beau-frère qu'est-ce qui était arrivé à Elly.

– Or donc ?

– C't animal me raconte une foutaise comme quoi elle est partie avec Middleton, le laitier, que c'est une roulure, pire que les prostituées de Babylone. Il m'a chauffé les sangs, je peux vous dire.

– A-t-il daté cet épisode ?

– Il a dit que ça remontait à deux lundis. Moi, j'ai compris tout de suite qu'il me racontait des craques. Si ça se trouve, il l'avait déjà refroidie et jetée au fond du lac... Pauvre lapin. Vous voulez que j'aille identifier le corps ?

– Ce ne sera peut-être pas nécessaire.

– Vous comptez bien l'épingler, dites, cette ordure ?

– J'aimerais que vous signiez la déposition, Mrs Pietri. Mon collègue va vous aider.

Diamond sortit et regagna son véhicule, où il établit le contact radio avec l'inspecteur Wigfull.

– Du nouveau, John ?

– Oui, je sors de chez le laitier. C'est Elly Troop qui m'a ouvert la porte.

5

Bath, ville clinquante et aseptisée du sud-ouest de l'Angleterre, correspond tout à fait à l'idée que l'on peut se faire de la résidence d'une star de feuilleton TV. Ses rubans de belles demeures georgiennes ornées de terrasses ondulent élégamment sur les flancs de collines verdoyantes; on ne saurait dire, ici, quelle est l'industrie la plus prospère, du tourisme ou du ravalement de façades. Toilettés à coups de jets d'eau à haute pression, les immeubles gris affichent désormais des visages rutilants, propres à séduire les producteurs de *dramatiques*, genre dans lequel les Britanniques, paraît-il, excellent. De ses deux mille ans d'histoire, Bath n'a voulu retenir que les périodes romaine et georgienne. A cette ville-musée qu'on croirait de carton-pâte, certains préfèrent Bristol, distante de seulement vingt kilomètres. Une vraie ville, avec de vrais embouteillages. Voilà pourquoi Peter Diamond, sans être un adepte du stuc ou des *soap operas*, avait choisi de vivre à Bath plutôt qu'à Bristol.

Sa maison se trouvait à Wellsway, à vingt minutes à pied du centre. Ce n'était certes pas le quartier le plus select de la ville, mais peu de policiers pouvaient s'offrir mieux.

Devant le poste de police de Manvers Street, l'envie le prit d'esquisser un pas de danse. La chance avait enfin tourné; peu importait qu'il ait d'abord ricané aux appels affirmant que la victime était une star du petit écran. Dans une enquête d'une telle envergure, un responsable ne pouvait se permettre de ressasser ses erreurs. Il fallait avancer.

– Il est encore là?

Le sergent, une vieille connaissance, hocha la tête et pointa son doigt vers la porte.

– Quel est son comportement?

– Il semble très inquiet sur le sort de sa femme.

– Normal, après trois semaines sans nouvelles.

– Il dit qu'il s'est beaucoup absenté de chez lui, ces derniers temps. Il la croyait chez des amis.

– Et il a attendu aujourd'hui pour se faire du mouron? Donnez-moi votre sentiment sur le personnage.

Le sergent se concentra comme si on lui demandait de résoudre une énigme du troisième degré.

– Il ne ressemble pas à l'idée que je me fais d'un professeur, Sir.

– Vous savez, ils n'ont pas tous la tête d'Einstein! Non, je vous demandais s'il paraît sincère.

– S'il ne l'était pas, il ne serait pas venu nous trouver.

Diamond ne sembla pas convaincu par la réponse.

– Il est au courant de notre pêche de Chew Valley Lake?

– Des amis lui en ont parlé.

– Hmmm... A-t-il vu le portrait-robot que nous avons diffusé?

– Il n'y a pas fait allusion.

– Bon. Ne restez pas figé comme un arbre de Noël! Nous avons du pain sur la planche. Je propose de transférer la salle d'enquête ici même. Nous comptions réintégrer Bristol, mais cela change tout. Je vous charge de tout organiser. Et trouvez-moi quelqu'un pour prendre la déposition.

Avec l'assurance d'un homme qui maîtrise bien sa partie, Diamond poussa la porte qui le séparait du professeur.

– Mon nom est Diamond, annonça-t-il. *Superintendant* Diamond.

Au premier regard, il comprit ce que le sergent avait

voulu dire : l'homme ressemblait plus à un sportif qu'à un professeur. Cinq sets expédiés à Wimbledon, une bonne douche et des vêtements frais, et il avait accouru. Les épaulettes de son veston de lin noir accentuaient encore sa carrure, mais même sans elles, il n'avait rien de ces universitaires malingres et poussiéreux. A vue de nez, il ne devait pas avoir beaucoup plus de trente ans. Sa chemise bleu ciel – sans cravate – découvrait une double chaîne en or sur la poitrine. Des cheveux noirs épais, bien coupés, et une moustache à la mexicaine complétaient le portrait. La jeune génération avait déjà pris ses marques dans la Finance; l'Université allait-elle à son tour lui succomber?

– Gregory Jackman, annonça l'homme dans le plus pur accent Yorkshire. Avez-vous des nouvelles de ma femme?

Fidèle à sa méthode, Diamond se dispensa de répondre.

– Vous êtes enseignant, je crois. A l'université de Bath?

Jackman acquiesça.

– Quelle matière?

– L'anglais. Mais parlons plutôt de ma femme.

Une fonctionnaire entra, un bloc de sténo en main.

– Vous n'avez pas d'objection à ce qu'on prenne note de vos paroles? demanda Diamond.

– Pourquoi en aurais-je?

– Veuillez vous asseoir. Par pure formalité, je vous rappelle que rien ne vous oblige à parler, mais que ce que vous direz sera éventuellement consigné comme preuve. Maintenant, je vous écoute.

Jackman resta debout.

– J'ai déjà tout dit à votre collègue. Il a pris des notes.

– Pardonnez-moi, Professeur, répliqua le superintendant de son ton le plus obséquieux. En tant que chargé de l'enquête, je préférerais un récit de vive voix à la lecture d'un rapport écrit. Pour commencer, son nom.

Résigné, Jackman se campa sur une chaise.

– Geraldine Jackman, plus connue sous le nom de Gerry Snoo – son nom d'artiste. Elle aura trente-quatre ans dans une semaine ou deux, à moins que... Seigneur! Rien que d'y penser, j'en frémis.

– Pouvez-vous me la décrire, je vous prie?

– Le faut-il vraiment? Vous l'avez certainement vue à la télévision, dans *Les Milner*. Ou encore dans ce spot pour une bière, où elle posait avec un bouledogue. Elle a fait un peu de publicité, après son départ de la B.B.C.

Absorbé par l'observation de son homme, Diamond écoutait à peine ses paroles.

– Oh moi, vous savez... je regarde très peu la télévision. Faites comme si je n'avais jamais vu votre femme. De quelle couleur sont ses cheveux?

– Brun-roux. Noisette, si vous préférez.

– Au sergent, vous avez dit auburn.

L'homme serra les mâchoires, visiblement excédé par ces chipotages.

– Que cherchez-vous, Superintendant? A me prendre en défaut? Vous oubliez que je suis venu ici de mon plein gré, non pour répondre à un interrogatoire mais pour signaler la disparition de ma femme! On m'a dit qu'elle était peut-être morte.

– Qui vous a dit cela?

– Des amis très proches de Gerry ont vu le portrait-robot que vous avez diffusé à la télévision. La ressemblance les a frappés, et ils m'ont conseillé de me manifester auprès de la police.

Son visage exprimait une anxiété intense. Mais, aux yeux aguerris de Diamond, ce n'était pas une preuve suffisante pour conclure à son innocence.

– Je veux savoir! fit vivement Jackman. Vous avez retrouvé une femme; où est-elle?

– A la morgue municipale de Bristol. Mais ne sautons

pas les étapes. Il est inutile que je vous emmène là-bas si la description de votre femme ne correspond pas à celle du cadavre.

A force de patience, Diamond parvint à se faire dresser un portrait précis de Mrs Jackman. Le résultat se révéla très encourageant, ce qui incita Diamond à resserrer ses questions.

– Quand l'avez-vous vue pour la dernière fois ?

– Il y a trois semaines environ. C'était un lundi.

– Ce qui nous fait... le 11 septembre ?

– Euh... oui, c'est cela. Je suis parti tôt, elle était encore au lit. Je lui ai dit quand je comptais rentrer et puis j'ai filé pour attraper le Bath-Londres de 8h19.

– Vous aviez à faire à Londres pour votre travail ?

– Je suis responsable d'une exposition que la ville de Bath a organisée sur Jane Austen et dont l'inauguration eut lieu justement ce week-end là. Il fallait que je voie quelqu'un au sujet d'un manuscrit.

Diamond n'avait jamais ouvert un livre de Jane Austen; rien ne lui semblait plus incongru que ces policiers des séries TV qui citaient Shakespeare et écrivaient des poèmes à leurs heures perdues. Sa marotte, c'était les biographies – et plus particulièrement celles dont le titre incluait les mots *de Scotland Yard.*

– Et vous êtes resté absent pendant ces trois semaines ?

– Non, je suis rentré le mercredi suivant.

Diamond se cala dans son fauteuil et chassa de son esprit le fantôme de Jane Austen.

– Ainsi, dès le mercredi 13 septembre, vous saviez que votre femme avait disparu.

– Non, disparu n'est pas le mot. Elle découchait, mais c'était devenu coutumier et je ne m'en alarmais plus.

– Elle ne vous tient pas au courant de ses allées et venues ?

– Je ne suis pas son geôlier.

Diamond sortit de ses gonds.

– Mais vous êtes son mari, que diable! Vous devez quand même vous intéresser à ce qu'elle fait.

Le professeur prit son temps avant de juger bon de s'expliquer.

– Nous menons des vies assez indépendantes et nous n'empiétons pas sur le jardin secret de l'autre. Notre mariage est fondé sur ce respect mutuel. Voilà pourquoi je n'alerte pas la police quand Gerry s'absente un jour ou deux.

– Soit, mais cette fois il ne s'agit ni d'un jour ni de deux.

L'homme était habile, il maîtrisait parfaitement les subtilités de la langue comme on pouvait s'y attendre de la part d'un professeur d'anglais. En revanche, il ne devait pas ignorer que son retard à déclarer la disparition de sa femme le rendait suspect.

– J'ai été très occupé pendant ces trois semaines, et souvent absent. Il a fallu organiser la prochaine rentrée, assister à des commissions... Je me suis rendu à Londres, Oxford, Reading et même deux jours à Paris.

– Et votre femme? Où pensiez-vous qu'elle se trouvait, pendant ce temps?

– Chez des amis. Elle connaît beaucoup de monde à Londres et à Bristol.

– Elle ne travaille donc pas?

– Elle se repose, comme ils disent.

– Qui ça, « ils »?

– Les acteurs au chômage.

– Ah.

Peter Diamond connaissait le refrain. Cette expression lui en rappelait une autre : le « repos éternel » si souvent évoqué sur les épitaphes.

Jackman dut sentir ce moment de flottement chez son interlocuteur, car il jugea bon d'expliciter la formule.

– Gerry était sur la touche depuis dix-huit mois. A part quelques pubs, la télévision l'avait oubliée.

– C'est étrange. Pourtant, le nom de Candice Milner est encore sur toutes les lèvres.

Jackman hocha la tête.

– Justement, tout est lié. En outre, elle n'a pas vraiment de formation d'actrice. Elle était encore lycéenne lorsqu'on lui a offert le rôle de Candice.

Il s'engouffra immédiatement dans cette brèche qui desserrait l'étau de l'interrogatoire.

– Un véritable conte de fées moderne... Le réalisateur a flashé sur elle à Wimbledon. Vous connaissez la scène classique, dans les comédies musicales d'Hollywood. Fred Astaire dit à la jeune première : « Mademoiselle, qui que vous soyez, je vous veux dans mon spectacle. » Voilà ce qui est arrivé à Gerry, à l'âge de dix-huit ans. On lui a taillé un rôle sur mesure, elle n'a eu qu'à se glisser dedans et le succès est venu tout seul. Le revers de la médaille, c'est qu'elle n'a jamais réussi à se débarrasser de ce personnage.

– Elle en souffrait ?

– Au début, non. Apprendre son texte, répéter, enregistrer... c'est très prenant, vous savez. Sans compter les fêtes patronales le samedi et le petit jeu de cache-cache avec les échotiers et les paparazzi. Lorsqu'on l'a remerciée, elle s'en est plutôt bien trouvée.

– A quand cela remonte-t-il ?

– Presque deux ans. Pauvre Gerry... Ça l'a drôlement secouée. Un beau jour, elle a reçu un script qui prévoyait que Candice prenait un avion qui s'écrasait au-dessus des Alpes, sans aucun survivant. Elle est entrée dans une colère noire. Elle s'est battue comme une lionne pour défendre son rôle, mais le réalisateur a fini par lui avouer la vérité : à trente et un ans, elle n'était plus crédible dans la peau de la jeune ingénue.

Malgré la compassion apparente du récit, Diamond crut déceler un certain détachement. L'affaire serait peut-être moins complexe que prévu et le dénouement plus rapide.

Renonçant à tourner autour du pot plus longtemps, Diamond sortit de sa poche le portrait-robot, le déplia et le tendit à son interlocuteur.

– Voici le croquis qui a été montré à l'antenne. Qu'en pensez-vous ?

Jackman respira profondément, comme pour contrôler son émotion.

– Ça ressemble terriblement à Gerry.

Quelques minutes plus tard, une voiture de police les emmenait à la morgue.

– Je dois vous prévenir, Mr Jackman, que le corps que nous allons voir a passé une quinzaine de jours sous l'eau. Le portrait-robot a été un peu arrangé pour passer à la télévision.

– Merci de l'avertissement.

– Y a-t-il un signe particulier, une cicatrice, qui faciliterait l'identification ?

– Pas à ma connaissance. Dites, que se passera-t-il si ce n'est pas elle ?

– L'enquête sur la disparition de votre femme sera reprise par un autre service.

– J'ai pu me tromper...

Diamond préféra garder le silence. Il fit de même en entrant dans la chambre froide. Lorsqu'on souleva le drap, il n'avait d'yeux que pour Jackman.

Il attendit d'être de nouveau en voiture pour prononcer une parole.

– Naturellement, je peux compter sur votre coopération.

La tête dans les mains, le professeur parut sortir de sa torpeur.

– Comment ? Euh... bien sûr, je ferai mon possible pour vous aider.

– Parfait. Je vais vous faire réserver une chambre au Beaufort pour cette nuit – à moins que vous ne préfériez un autre hôtel.

Jackman se redressa vivement.

– Un hôtel? Pourquoi? J'aimerais mieux rentrer chez moi.

– Votre maison sera inaccessible ce soir, Monsieur.

– Pourquoi cela?

– Je compte la faire fouiller demain à la première heure – avec votre permission, s'entend. D'ici là, elle est sous scellés. Je vais envoyer un de mes hommes en faction.

– Quel genre de fouille?

– Recherche d'empreintes digitales et tout le tralala. La routine des enquêteurs du C.I.D., en somme.

– Mais... vous n'imaginez quand même pas que Gerry ait été assassinée sous mon propre toit?

– Professeur, dans mon métier, l'imagination n'a pas sa place. Nous traitons les faits. A savoir : premièrement, votre femme est morte; secondement, votre maison est le dernier lieu où elle ait été vue vivante. N'est-il pas normal de démarrer l'enquête de là-bas?

Cette impeccable et implacable exercice de logique policière n'impressionna guère l'universitaire.

– Je peux bien dormir chez moi une nuit de plus, vu que c'est ce que j'ai fait depuis trois semaines que Gerry a disparu.

La protestation laissa Diamond de marbre.

– Par quel moyen vous êtes-vous rendu au poste de police, tout à l'heure?

– Avec ma voiture.

– Où est-elle maintenant?

– Au parking public, juste à côté du poste – du moins, je l'espère.

– Vous avez les clés?

– Naturellement.

– Puis-je les emprunter?

– Vous n'allez quand même pas saisir mon véhicule!

Diamond se composa un sourire bienveillant.

– Il ne s'agit pas de saisie, rassurez-vous. Simplement

la routine : empreintes de pneus, etc. Mettons que nous découvrions devant chez vous des traces d'autres pneus que les vôtres. Nous pourrons alors exclure votre automobile de l'enquête.

Diamond n'était pas mécontent de sa réponse. Totalement crédible bien qu'à mille lieues de la réalité; ce qu'il voulait, c'était en fait examiner le coffre. Si le corps y avait été transporté, il resterait des traces.

Lorsqu'il fut en possession des clés, il prit son air le plus dégagé.

– Comptez-vous vous rendre à l'université, demain?

– Si ma maison doit être fouillée, je compte bien me trouver sur les lieux.

6

La perquisition, en définitive, ne débuta pas à l'aube. A 6h30, Peter Diamond fut tiré de son sommeil par la sonnerie du téléphone. Un inspecteur l'informa que l'adjoint au chef de la police en personne l'attendrait à 8h30 au poste de police.

Il y avait peu de chance que ce soit pour lui envoyer des fleurs; plutôt pour lui tresser une couronne d'épines. Replongeant sous l'oreiller, il rumina sa mauvaise humeur. Cette convocation ne pouvait plus mal tomber. Il allait falloir modifier les dispositions prises la veille. Des fourgons entiers d'enquêteurs, d'hommes en uniformes et de scientifiques allaient débarquer à 8h30 chez Jackman – et lui, pendant ce temps-là, serait coincé à Bristol.

Saisissant énergiquement le téléphone, il le logea sur la couette, le calant entre ses jambes. Résignée à voir la chambre conjugale transformée en antenne de poste de police, Stéphanie Diamond enfila en silence sa robe de chambre et descendit mettre la bouilloire sur le feu. Le premier appel de son mari fut pour reporter la perquisition à 11 heures. Pas question que quiconque fouille la maison hors de sa présence. En théorie, il aurait pu en déléguer la responsabilité à John Wigfull. Mais lorsqu'il eut l'inspecteur au bout du fil, il le chargea simplement d'aller prévenir Jackman à son hôtel du changement de programme.

Au Q.G. de Bristol, Mr Tott, l'adjoint au chef de la police, l'attendait derrière son bureau. Il arborait une chemise blanche et des bretelles roses – spectacle incongru, qui en aurait déboussolé plus d'un, mais pas Diamond. L'accueil, pourtant, fut bon enfant. On lui donna du « mon cher Peter », avant de l'inviter à s'installer dans le canapé de cuir noir qui trônait sous la fenêtre. Du café et des gâteaux secs furent commandés par téléphone. Lorsque Mr Tott se campa sur l'un des accoudoirs du sofa, bras croisés, on aurait dit, avec ses cheveux gominés et sa moustache d'officier de la garde, un modèle edwardien posant pour une photographie.

Loin de tranquilliser Diamond, cette mise en scène ne fit qu'ajouter à ses craintes. La dernière fois qu'on l'avait traité avec tant de considération, c'était à l'hôpital, pour lui annoncer que sa femme avait fait une fausse couche.

– Désolé d'avoir contrarié vos projets, fit Mr Tott d'un air sincèrement contrit, mais je devais vous voir au plus vite. Au fait, comment avance l'enquête?

Cet « au fait » corroborait son intuition : la convocation avait un tout autre motif.

– Nous avons identifié le corps hier soir. Mais sans doute en avez-vous été averti.

– Une actrice de télévision, n'est-ce pas?

– Exactement, Sir. La femme d'un professeur de lettres de Claverton.

Mr Tott se fendit d'un sourire jovial.

– Vous avez intérêt à réviser votre Shakespeare,

Peter! Mais venons-en au vif du sujet. J'ai ici une copie du rapport – encore confidentiel – concernant l'affaire Missendale.

C'était donc bien cela...

– J'ai pensé que vous deviez être parmi les premiers informés, reprit l'adjoint au chef de la police. Vous lirez avec soulagement que les accusations les plus folles se sont révélées infondées.

Diamond leva son épaisse silhouette et avança vers le bureau de son supérieur.

– Puis-je y jeter un oeil?

– Je vous en prie. Les éléments déterminants se trouvent dans les dernières pages. Prenez votre temps.

Parcourant en diagonale les premiers feuillets, Diamond constata que son nom revenait sans cesse. Puis il arriva aux passages essentiels.

Aucune preuve de préjugé raciste de la part de l'inspecteur Diamond... L'officier s'est fort bien acquitté d'un interrogatoire poussé... Les conclusions qu'il en a tirées paraissent totalement logiques... La Cour, d'ailleurs, devait confirmer le verdict.

Diamond tourna la page. Après les mois d'infamie que la presse lui avait infligés, il aurait dû ressentir un sentiment de victoire. Curieusement, ce n'était pas le cas. Une étrange apathie s'était emparée de lui. Soudain, une phrase le fit sursauter.

– Seigneur Jésus!

– Plaît-il?

– *Voici donc la conclusion à laquelle nous sommes parvenus : ce sont le physique imposant et le caractère autoritaire de l'inspecteur Diamond qui ont intimidé Missendale.* C'est complètement déplacé! Je ne suis tout de même pas responsable de ma carrure!

– En effet, fit Mr Tott d'un air indifférent, c'est totalement injuste.

La remarque ne suffit pas à amadouer le superintendant.

– Sir, l'aveu fut obtenu sans la moindre intimidation. Au procès, le juge l'a d'ailleurs établi de façon formelle.

– Je vous l'accorde... mais la commission d'enquête avait justement pour mission de réexaminer chaque point de l'affaire.

Diamond avait déjà repris sa lecture.

– Incroyable ! Ecoutez plutôt cela : *Nous notons avec regret que les échantillons de cheveux relevés sur le couvre-chef de l'assaillant ne furent jamais comparés à la chevelure de Missendale.* Je vous garantis, moi, que le chapeau incriminé fut expédié au laboratoire !

– Sans doute. Mais, d'après le rapport, vous n'avez procédé à aucun relevé capillaire sur la personne de Missendale.

Le superintendant resta abasourdi.

– N'oubliez pas, Sir, que l'affaire remonte à 1985. A l'époque, on ignorait tout des empreintes génétiques. Aucun laboratoire au monde n'aurait pu déterminer si ces cheveux étaient tombés du crâne de l'accusé ou de celui de Sammy Davis Jr ! Le rapport semble induire que l'analyse aurait pu innocenter Missendale, mais c'est faux.

– Le rapport ne dit rien de tel.

– *Nous notons avec regret...* Cela suggère bien que quelqu'un a commis une faute.

– Une négligence, disons. Personne ne vous soupçonne d'avoir dissimulé délibérément des informations.

– Mais on nous accuse, Jacob Blaize et moi, d'avoir manipulé l'accusé !

– N'exagérez rien, mon ami. Si c'était le cas, vous seriez déjà au chômage. Votre intégrité n'a jamais été mise en doute.

Diamond comprit qu'il devait la boucler. Mais, blessé dans son amour-propre, il ressentait un besoin impérieux de se justifier.

– J'ai moi-même tenté d'analyser mon erreur et j'ai

communiqué mes conclusions à la commission. Visiblement, je n'ai pas été entendu. S'il y a eu manipulation – ce qui me paraît évident –, elle n'a pas été de mon fait. Missendale avait le profil idéal du coupable : un casier judiciaire, un Q.I. déficient... Ceux qui tenaient les ficelles sont restés dans l'ombre, trop malins pour apparaître sur le devant de la scène. Missendale n'était qu'un pion. L'autre, le vrai tueur, a été protégé. Ils ont proposé au pauvre bougre un marché de dupes : produire un faux témoignage ou se voir éliminé purement et simplement. Il a préféré le trou tout court au trou dans la poitrine.

Mr Tott hocha la tête.

– Je veux bien vous croire. Le crime organisé ne cesse de s'étendre, de nos jours. Mais la commission n'avait pas à débattre de ce fait de société. Son seul objectif était d'apporter de la lumière sur une erreur judiciaire.

– Le résultat n'est pas éblouissant, maugréa Diamond.

– Un communiqué de plus de cent pages ne peut satisfaire intégralement tout le monde. Il va au moins calmer la polémique, j'en suis persuadé. Les médias ne relèveront pas les détails qui vous chagrinent. Ah ! Voici notre café.

Dès que la jeune employée se fut éclipsée, le superintendant reprit.

– J'aimerais connaître les effets qu'aura ce rapport sur la suite de ma carrière.

– Absolument aucun ! Tout cela est de l'histoire ancienne.

– On m'a traîné dans la boue, quatre années durant.

– Mais vous vous en relevez sans tache.

– Ne niez pas que vous m'avez mis des bâtons dans les roues.

L'adjoint au chef de la police remuait son café sans rien dire. L'allusion était très claire; elle concernait le remplacement de Billy Murray par John Wigfull.

– Je comprends fort bien votre démarche, enchaîna Diamond. Après le scandale Missendale, vous avez préféré prendre vos précautions. Mais j'étais en droit d'espérer que ce rapport m'absoudrait – ce qui n'est pas le cas.

– S'il vous rend plus respectueux des procédures, il n'aura pas été vain. Admettez-le, vous êtes farouchement réfractaire à la technologie. L'avancée spectaculaire de la science, ces dernières années, a de quoi perturber, je vous le concède. Mais nous devons tous nous efforcer de nous y adapter.

– Jusqu'à un certain point, monsieur. Le cerveau humain n'a pas encore rendu les armes. Annoncer sa capitulation devant l'intelligence artificielle comporte des risques.

– Qui parle de cela ? Tout est question de dosage.

Diamond referma l'épais document et le reposa sur le bureau de son supérieur.

– Que se passera-t-il la prochaine fois qu'un petit malfrat viendra pleurer à la suite d'un interrogatoire ?

– J'examinerai toutes les plaintes objectivement. Et je ne veux pas entendre que je suis guidé par des préjugés. Pour moi, vous êtes blanc comme neige. Point final. Souhaitiez-vous m'entretenir d'autre chose ?

– Non, Sir.

– Parfait. Sachez que j'ai personnellement placé Wigfull dans votre brigade. Mais – et j'insiste sur ce point – il n'est pas là pour servir de taupe. Je n'ai besoin ni de Wigfull ni de quiconque pour garder mes officiers à l'oeil. Est-ce clair ?

– Très clair, Sir.

– Maintenant, laissez-moi vous dire deux mots de Wigfull. Confronté à l'imminence d'un rapport dont j'ignorais les conclusions, j'ai dû envisager le pire : votre renvoi dans les plus brefs délais. Dans cette éventualité, il me fallait un homme de confiance pour vous succéder au pied levé. Wigfull m'a paru mieux convenir qu'aucun de vos gars. Naturellement, je ne lui ai pas révélé mon arrière-pensée. Mais s'il est bon policier, il l'aura devinée de lui-même. Je n'ignore pas l'antagonisme qui vous oppose. Mais votre forte personnalité, injustement incriminée par ce rapport, saura certainement tirer le meilleur parti des qualités de votre second.

Peu après 11 heures, le convoi de voitures et de cars de police s'immobilisait devant la maison de Jackman, dans une paisible rue de Bathwick Hill. En tête, la BMW de Diamond où avait pris place le professeur; juste derrière, la Toyota de Wigfull, qui transportait deux sergents et un agent. Les autres véhicules amenaient un spécialiste des indices matériels, deux biologistes et une escadre d'hommes en uniforme pour servir de renfort.

Au même moment, la Volvo bleue de Jackman était à l'inspection, à Manvers Street. En confiant les clés au laborantin, Diamond avait eu ce mot : « Je compte sur vous. *Ils* s'imaginent toujours avoir effacé toutes les traces. »

Brydon House était typiquement une maison d'universitaire. La relative proximité de la faculté avait d'ailleurs dû servir d'argument de vente à l'agent immobilier. Sa façade carrée, couverte de lierre, s'ornait d'un porche à colonnades et, au premier étage, d'un balcon circulaire. Construction du début du siècle, elle s'agrémentait d'un vaste jardin délimité par un muret de pierre.

Le superintendant invita Jackman à ouvrir la porte puis avança le bras, comme l'autre s'apprêtait à franchir le seuil.

– Désolé, Monsieur. Nous allons attendre un peu avant d'entrer.

Incrédule et consterné, le professeur vit deux hommes en blouses blanches gravir les marches du perron et s'asseoir pour ôter leurs souliers, qu'ils remplacèrent par des chaussons de polyéthylène.

– Si vous permettez, glissa Diamond à son oreille,

nous allons laisser les « astronautes » faire leur travail. Voudriez-vous me montrer votre jardin ?

– Quelle perte de temps ! soupira le pauvre professeur assiégé.

– J'ai un beau-frère à Doncaster, lança le superintendant en guise de diversion. A chaque visite que nous lui rendons, je suis à peine assis qu'il m'entraîne au fond du parc. Sans avoir la main particulièrement verte, j'en sais assez pour pouvoir dire que le jardin de Reggie est une sacrée jungle ! Quand arrive l'heure du thé et que ma soeur nous hèle, je me crois sauvé. Mais au bout de trois gorgées, il me harcèle de nouveau pour que je vienne admirer son potager ! A croire qu'il a peur de sortir seul... Ou que sa maison recèle un trésor qu'il craint de me voir découvrir. Pour moi, le mystère reste entier.

Si Jackman ne daigna pas avancer une explication, il consentit du moins à emboîter le pas au superintendant. A eux deux, ils formaient un couple incongru – l'universitaire athlétique avançait d'un pas vif, le policier courtaud avec mesure et pesanteur.

Estimant en avoir terminé avec les préliminaires, Diamond attaqua le sujet à l'ordre du jour.

– Votre femme... J'ai besoin de tout savoir sur elle. Son passé, sa famille, ses amis – les anciens comme les nouveaux –, ses ennemis éventuels, ses occupations quotidiennes, la position de son compte en banque, son état de santé, son rapport à la boisson, ses loisirs, ses lieux et magasins favoris...

– Nous n'étions mariés que depuis deux ans, répondit Jackman comme pour esquiver la liste de questions, aussi longue que précise.

– C'est bien assez pour être en mesure de me répondre, non ? Reprenons depuis le début. Comment vous êtes-vous rencontrés ?

L'angle d'attaque se révéla bien choisi. Jackman ébaucha un sourire et secoua la tête, preuve que les souvenirs affleuraient.

– A cause d'un pigeon – c'est du moins la version que Gerry aimait raconter. Je ne saurais dire si ce volatile a bel et bien existé, mais il est devenu un mythe entre nous. Elle roulait dans Great Russell Street, au volant de sa Renault 5...

– Pourriez-vous dater cet épisode ?

– Il y a un peu plus de deux ans. Comme je vous le disais, elle conduisait tranquillement lorsque cet abruti de pigeon londonien se campe au milieu de la chaussée, refusant obstinément de déguerpir. Gerry a préféré emboutir une camionnette garée là plutôt que d'effleurer la malheureuse créature. Je suppose que ce genre d'anecdotes constitue votre pain quotidien.

– Mon service ne s'occupe pas de la circulation.

– Ah. En tout cas, on devait être en mai. Je terminais ma dernière année au Birbeck College, avant de prendre ma chaire ici. Ce matin-là, j'avais travaillé à la British Library. En sortant pour me dégourdir les jambes, j'ai entendu la collision. Je me suis précipité pour ouvrir la portière de la Renault 5 et demander à la conductrice si elle était blessée. J'ai été frappé par sa pâleur – et son incomparable beauté. Elle n'avait rien, elle était seulement en état de choc. Je l'ai aidée à ranger sa voiture et l'ai emmenée dans le café le plus proche, pour qu'elle boive un thé fort. Ensuite, en parfait chevalier, je me suis mis en quête du propriétaire de la camionnette. Un moine bouddhiste.

– Un moine ? En plein Londres ?

– Il faisait des recherches à la bibliothèque, tout comme moi. Il a pris l'affaire avec une sérénité parfaite, félicitant même Gerry d'avoir sauvé la vie du pigeon. Il y a vu la preuve qu'elle était sur la voie du Nirvana... J'ai donc pu rassurer ma jeune protégée.

– Et je suppose que vous lui avez conseillé d'aller rapporter l'incident au poste de police le plus proche.

Mais Jackman entendait poursuivre son récit.

– Elle était perchée sur un tabouret de bar, et tamponnait ses yeux humides de son éblouissante chevelure rousse. Nous avons un peu parlé... Je me souviens surtout de son sourire, éclatant lui aussi. Puis elle m'a annoncé qu'elle avait rendez-vous vingt minutes plus tard aux studios de White City, et j'ai proposé de l'y conduire. La situation était embarrassante. Elle était célèbre, visiblement, mais je ne la connaissais pas. Je n'allume quasiment jamais le poste.

Arrivés à hauteur du verger de pommes, envahi par la végétation, ils durent renoncer à avancer. Diamond cueillit un brin d'herbe qu'il se mit à mâchonner. Pour l'instant, il fallait prendre son mal en patience, et subir ce récit à l'eau de rose; il se corserait en temps voulu.

– Vous vous êtes revus, je présume?

– Oui, l'attirance était mutuelle. Ajoutez à cela le prestige réciproque. J'avais à ses yeux l'aura de l'intellectuel; quant à moi, j'étais naturellement séduit par ses charmes. Mais l'idée d'avoir harponné la vedette numéro un du petit écran ajoutait encore du piment à l'aventure.

– Et sa conversation?

– Que voulez-vous dire?

– Se montrait-elle à la hauteur?

– Oh! Gerry avait la tête aussi bien faite que son corps. Si ses études ne s'étaient pas trouvées interrompues, elle serait certainement entrée à l'université.

Le ton de cette dernière remarque surprit le superintendant par son détachement; c'était plus le professeur que le mari qui parlait. Jusque-là, pourtant, tout son récit avait été plein de chaleur. Et il sonnait vrai. L'homme, décidément, était éminemment sympathique.

– Je me rappelle notre première nuit d'amour, reprit Jackman. C'était à Richmond Park, sous un ciel étoilé.

Il sourit au souvenir de cet épisode.

– Par la suite, nous avons trouvé des arrangements plus confortables. Elle s'est installée chez moi, à Teddington. Nous nous sommes mariés en septembre, civilement; la fête s'est déroulée sur une péniche. Nous étions deux cent cinquante.

Diamond enregistra le nombre, perturbé. Retrouver la piste des amis de la victime demanderait du temps et des effectifs.

– Curieusement, l'Université et le show-biz ont fait bon ménage, ce soir-là. Un quartet de jazz a mis tout le monde d'accord, et ce jusqu'au lendemain après-midi.

– C'était en 1987, n'est-ce pas? Quand vous êtes-vous installés à Bath?

– Immédiatement. Je devais prendre ma chaire quelques jours plus tard. Gerry travaillait encore pour la BBC et nous ne nous doutions pas que ses jours y étaient comptés. Elle louait un appartement à Ealing, pour les jours de tournage. Comme je vous l'ai dit, nos carrières respectives comptaient beaucoup pour nous. Voilà pourquoi nous sommes restés plus indépendants que d'autres couples. Nous avions des comptes en banque séparés; cette maison est à mon nom. Le processus de vente était déjà enclenché lorsque j'ai rencontré Gerry.

– Elle approuvait votre choix?

Le professeur se caressa le menton.

– Je crois que oui. C'est un peu excentré, mais elle avait sa voiture.

– La Renault 5?

– Non, elle l'avait remplacée par une Metro. Si vous souhaitez la voir, elle se trouve dans le garage.

– Plus tard. Lorsqu'elle a disparu, vous n'avez pas été intrigué de constater qu'elle n'avait pas pris sa voiture?

– Pas vraiment. Elle utilisait volontiers les taxis pour sortir, surtout quand elle savait que la soirée serait arrosée.

– Buvait-elle beaucoup?

– Elle aimait cela, mais n'était pas alcoolique.

Les chaussons de polyéthylène réglementaires aux pieds, John Wigfull monta dans la chambre principale, d'où l'avait appelé le spécialiste des indices matériels. L'un des membres de l'équipe scientifique, à quatre pattes, consignait des échantillons de fibres sur des bandes adhésives.

Bras croisés, Wigfull embrassa la pièce du regard.

– Tiens-tiens... des lits jumeaux.

– Certaines personnes préfèrent.

– Même quand on a pour femme Gerry Snoo?

Le spécialiste des indices matériels esquissa un demi-sourire.

– Ce n'est pas à moi de me prononcer, John. Je suis un scientifique, je manque terriblement d'imagination.

Avec ses matelas éventrés, la chambre avait perdu tout le charme qu'elle avait pu avoir précédemment. Grande, bien proportionnée, elle était tendue de blanc cassé et de vert d'eau. Une télévision et un magnétoscope faisaient face aux lits. Deux peintures abstraites, dans le style de Mondrian, l'égayaient – même si, aux yeux de l'inspecteur, elles accentuaient l'aspect impersonnel de la pièce.

Il eut une impression toute différente en pénétrant dans le cabinet de toilette adjacent, qui rendait un vibrant hommage à la carrière télévisuelle de Gerry Snoo. Aux murs, étaient placardées des photos de tournage, ainsi que des pages de magazines où l'on voyait Gerry dans des soirées, au milieu de la jet set. La table de toilette, avec ses rails d'ampoules, rappelait que l'on était chez une star; le mur d'en face affichait une impressionnante collection de fers à cheval, télégrammes, cartes de voeux et autres brins de bruyère. Le dernier mur de la pièce était occupé par un écran consacré aux coupures de presse. Sur l'étagère, dressée entre la garde-robe et la fenêtre, s'empilaient cassettes vidéo et livres de poches, dont les jaquettes annonçaient infailliblement *Les Milner*.

– De la nostalgie d'une star déchue..., lança plaisamment le spécialiste des indices matériels.

– Vous l'avez dit! répliqua Wigfull. Avez-vous trouvé quelque chose d'intéressant?

– Quelques taches microscopiques sur le duvet, qui pourraient être du sang. L'analyse le dira. La table de toilette est couverte d'empreintes digitales, sans doute celles de la victime. A part cela, pas grand-chose. Les placards ont été soigneusement vidés. Est-ce lui qui s'en est chargé?

– Lui... vous voulez dire le mari?

– Naturellement! Les meurtres sont des affaires familiales, non?

Le scientifique referma la mallette métallique contenant ses instruments.

– S'il est coupable, je parie que votre patron réussira à l'épingler. Diamond est très fort au jeu du chat et de la souris. D'abord, pattes de velours, puis il fond sur sa proie et lui brise les reins.

Wigfull haussa les épaules.

– Avant d'en arriver là, j'aimerais connaître le mobile.

– C'est très clair. Ils ne dormaient pas dans le même lit. Elle devait prendre son pied avec un autre. Le mari l'a découvert et... rideau pour Candice!

Dans le jardin, Diamond suivait patiemment les épisodes de la vie conjugale du professeur.

– Vous m'avez dit tout à l'heure le choc qu'elle a reçu en apprenant que son rôle avait été rayé du feuilleton. Mais vous avez ajouté qu'elle avait finalement repris le dessus.

– C'est exact, fit calmement le professeur.

Il était moins tendu, maintenant que les questions prenaient un tour plus linéaire et prévisible.

– Elle a d'abord essayé de faire revenir le réalisateur sur sa décision. Mais quand elle a compris qu'elle se fatiguait pour rien, elle a réagi avec beaucoup de bon sens. Elle m'a annoncé qu'elle comptait rattraper le temps perdu.

– Que voulait-elle dire ?

– Sa carrière précoce l'avait privée de la douce liberté de la jeunesse. L'occasion lui était enfin offerte de partir en vacances, de danser toute la nuit, de changer de coiffure, de prendre quelques kilos éventuellement... et de ne plus répondre au courrier de ses admirateurs ! Disons qu'elle a fait sa crise d'adolescence avec dix ans de retard.

– Drôle de début pour un mariage, hasarda Diamond.

Le ton piquant de la réplique attesta que le sous-entendu n'avait pas échappé à Jackman.

– Je vous le répète, notre union s'est bâtie sur le principe de l'indépendance et du respect mutuel. Nous n'avons jamais voulu que l'un de nous sacrifie sa personnalité par abnégation.

– Mais la base même de votre contrat – ou de votre arrangement, si vous préférez – se trouvait altérée, puisque la carrière de votre femme s'interrompait.

– Et alors ? Je n'allais pas lui imposer de rester à la maison pour repriser mes chaussettes ! Elle s'est trouvé des occupations, de nouvelles relations. Bien sûr, elle a renoncé à son pied-à-terre à Ealing.

Mais Diamond restait persuadé qu'il y avait un crapaud dans ce diamant apparemment parfait.

– Elle qui était habituée à Londres... elle a dû avoir du mal à se faire à la vie provinciale.

– Non, car le bruit a vite couru qu'elle s'était installée ici. Les invitations se sont remises à pleuvoir.

– Et vous-même, étiez-vous convié ?

– Assez souvent, mais je déclinais la plupart du temps. Lorsqu'on s'installe dans un nouveau poste, il faut tout organiser et j'étais peu disponible. Mais j'ai fini par connaître tous ses amis. Nous les avons même reçus ici.

– Des gens de Bath ?

– De Bristol. Et d'un peu partout, je pense.

– Vous *pensez* ? Dans ce cas, vous ne deviez pas les connaître si bien ! Ils n'étaient pas votre genre ?

Jackman lui décocha une oeillade glaciale.

– Je n'ai pas de *genre,* au sens où vous l'entendez. Mais je ne passais pas mon temps à leur demander où ils habitaient. Si vous voulez leurs noms et adresses, je les trouverai dans l'agenda de Gerry.

– Comment ? Vous ignorez les noms des amis de votre femme ?

– Je n'ai pas dit cela. Il y avait un couple qui s'appelait Maltby. De Clevedon, je crois. Et puis Paula et John Hare. Liza quelque chose. Un grand type, Mike, mais je ne sais pas d'où il venait.

– Ne vous fatiguez pas. Je consulterai le carnet d'adresses, puisque vous l'avez vous-même suggéré. Votre femme vous a-t-elle jamais rapporté une dispute qu'elle aurait eue avec l'un ou l'autre de ses amis ?

– Je ne m'en souviens pas.

– Revenons sur nos pas, voulez-vous ?

Tout en s'engageant précautionneusement sur les dalles encore humides après la nuit, Diamond tenta de faire le point.

– Si je comprends bien, elle ne vous parlait pas beaucoup de ses relations.

– Assez peu en effet, fit le professeur, imperturbable.

Devant eux, à peu près au centre du jardin, Diamond remarqua un espace pavé, plus sombre en son centre. Il crut d'abord que c'était un massif de fleurs mais, en approchant, comprit qu'il s'agissait des fondations calcinées d'un bâtiment de forme grossièrement octogonale.

– On dirait que vous avez fait un feu, lança-t-il pour meubler le silence.

– A cet emplacement, s'élevait jadis le pavillon d'été, expliqua le professeur avec l'urbanité d'un hôte aguerri. Il a brûlé la nuit où Gerry a tenté de me tuer.

L'électrochoc manqua de faire perdre l'équilibre au superintendant. Lorsqu'il put enfin parler, sa voix était altérée sous les coups conjugués de la surprise et de l'exaltation.

– Si je vous ai bien entendu, Professeur, il semblerait que vous ayez sauté quelques étapes dans votre récit.

DEUXIÈME PARTIE

GREGORY

1

Le 5 août, ma femme Geraldine tenta de m'assassiner.

Tuer son mari exige une certaine dose d'inimitié, pour ne pas dire de haine. Gerry passait aux yeux de tous pour un être chaleureux, exubérant et charmant. Sans compter sa beauté physique. Elle était arrivée à un âge où on employait plus volontiers à son égard les termes de « élégante » ou « raffinée » que simplement « jolie » ou « ravissante ». Sa chevelure incendiaire, qu'elle rassemblait en un chignon, dégageait sa nuque longue et blanche. Sa prédilection pour le noir n'avait rien de sinistre – c'était un signe de goût.

Dans l'intimité, toutefois, ses amis ne l'auraient pas reconnue. Depuis six mois, la vie avec elle était devenue intenable. D'humeur changeante, pour ne pas dire cyclothymique, elle était sujette à des accès de colère inexplicables, se croyant victime d'une machination ourdie par moi. Si sa voiture refusait de démarrer, c'est que je l'avais trafiquée; si un journal s'était égaré, je l'avais caché; et si le cumulus d'eau chaude était vide – parce qu'elle avait oublié un robinet ouvert –, c'était encore ma faute! Bref, le moindre incident domestique prenait des proportions gigantesques et devenait preuve flagrante de ma méchanceté. A d'autres moments, pourtant, elle connaissait des crises de joie survoltée tout aussi incontrôlables, souvent suivies d'un silence dépressif. Tout cela m'inquiétait, bien entendu, mais nous étions encore loin de la violence physique – du moins le croyais-je.

Avec le recul, il me semble que le premier indice du plan qu'elle concoctait me vint du médecin. Fin juillet, j'allais le consulter. Une visite de routine, que l'université impose à tous ses employés. Mon généraliste n'étant pas disponible, je fus reçu par le grand patron du service. Le Dr Bookbinder appartient à la vieille école, il porte un noeud papillon et des boutons de manchettes. La proximité d'un ordinateur lui hérisse le poil et, malgré l'affiche anti-tabac qui orne son mur, son cabinet empeste le cigare froid.

– Comment vous sentez-vous ?

– Aussi frais qu'un gardon, répondis-je.

Sans me vanter, je suis un homme robuste, l'oeil vif et le visage avenant.

– Quel âge avez-vous ? Trente-six, trente-sept ? Un professeur aussi jeune, c'est preque indécent ! Méfiez-vous de la vie sédentaire, elle peut provoquer constipation et hémorroïdes.

– J'essaie de faire de l'exercice.

– Magnifique ! Est-ce stressant ?

– Quoi donc ? L'exercice ?

– Non, l'exercice de votre profession.

– Pas tellement. Le département vient d'être créé, aussi ai-je assez peu d'élèves.

Le médecin parcourut le formulaire rempli par l'infirmière et le classa négligemment dans le dossier jaune où était consignée toute ma vie en termes médicaux.

– Rien à signaler, Professeur. Vous êtes le genre de client que les compagnies d'assurances aimeraient avoir plus souvent. Si je ne m'abuse, vous êtes marié à cette divine créature qui incarnait Candice Milner à la télévision ? C'est l'une de mes patientes.

J'acquiesçai.

– Elle est justement passée me voir lundi. Le piquant de ce métier, c'est que je vois plus les dames que leurs époux. Sans vouloir vous offenser.

– Pas du tout. Dans la mesure du possible, j'évite les cabinets médicaux.

Je décroisai mes jambes et me préparai à faire ma sortie.

– D'ailleurs, comme je ne suis pas venu pour mendier une semaine d'arrêt de travail, je ne vous retarderai pas plus longtemps.

Le Dr Bookbinder m'indiqua d'un geste de la main que je devais rester assis.

– Aimeriez-vous savoir pourquoi votre femme m'a rendu visite ?

Il y avait de l'indiscrétion dans l'air, ce qui ne me plaisait guère. Je restai sur mes gardes.

– Ma femme et moi respectons l'intimité l'un de l'autre.

– Vous dormez ensemble ?

Je marquai ma consternation en me redressant sur ma chaise.

– C'est une question d'ordre professionnel ?

– Naturellement.

J'hésitai un instant avant de répondre.

– Si vous entendez par là dans la même chambre, la réponse est oui.

– Dans ce cas, cela ne vous aura pas échappé.

– Quoi donc ?

– Les insomnies de votre femme.

– Ses... *insomnies* ?

– J'ai pensé que vous seriez peut-être en mesure de m'éclairer sur leur cause. Serait-elle anxieuse, déprimée à cause de son nouveau mode de vie ?

– Sans doute un peu, en effet.

– Vous n'avez pas remarqué que son sommeil était perturbé ?

– Franchement, non. Nous avons des lits jumeaux et je dors moi-même comme un loir.

– Le matin, vous ne lui demandez pas si elle a passé une bonne nuit ?

– Rarement.

Je marquai une pause.

– Je dois avouer, Docteur, que cette conversation me gêne terriblement. Si Geraldine avait voulu que je sois informé, elle l'aurait fait elle-même.

– J'étais persuadé que vous étiez au courant, voilà pourquoi je vous en ai parlé. Vous prenez la nouvelle au sérieux, n'est-ce pas ?

Cette dernière question me mit hors de moi et je dus me contrôler pour rester courtois.

– Naturellement ! Je ferai mon possible pour l'aider, quand ce ne serait que lui préparer du chocolat chaud au milieu de la nuit.

Le médecin renifla.

– Ce n'est pas ainsi que l'on combat l'insomnie.

– Vous avez une autre suggestion ?

– Ne vous en faites pas, dit-il d'un air dégagé, elle va retrouver le sommeil. Je l'ai mise sous barbituriques.

Là, je fronçai les sourcils.

– C'est donc grave ?

– Les somnifères plus doux que je lui avais prescrits sont restés sans effet.

– J'ignorais que cela durait depuis un moment.

– Nous sommes confrontés à un cas d'insomnie durable et opiniâtre. Seuls les bons vieux barbituriques peuvent l'enrayer. Dès que l'habitude du sommeil sera restaurée, tout rentrera dans l'ordre en quelques semaines.

– Ainsi, je ne peux rien y faire ?

– Il reste à traiter la cause du mal. La perte de sommeil résulte le plus souvent de l'anxiété. Vous êtes prêt à coopérer, ce qui est un point capital. Essayez de découvrir et de résoudre le problème qui la hante. Mais, surtout, soyez discret.

– Voilà bien la meilleure!

– Professeur, vous êtes un homme intelligent. Je n'ai pas besoin de vous dire que la confiance d'un patient envers son praticien est un élément essentiel.

– Précisément! explosai-je. C'est pourquoi je vais conseiller à ma femme de changer de médecin. Je vous souhaite le bonjour.

Sur ce, je quittai la pièce.

Dans ma voiture, je tentai de m'expliquer les insomnies de Geraldine et comment j'avais pu ne pas m'en rendre compte. L'idée que les barbituriques m'étaient destinés ne me traversa pas l'esprit.

2

Plus tard dans la matinée, à l'université de Bath, j'observais miss Hunter qui disposait des gaufrettes au chocolat sur une assiette. Hilary Hunter est l'assistante du doyen des Lettres. Dans la pièce à côté, le Comité d'organisation était en session et j'avais été convoqué pour la sixième question à l'ordre du jour. Je devais entrer en même temps que le café.

J'attendais depuis vingt minutes et commençais à perdre patience. Encore perturbé par l'entrevue avec Bookbinder, je tentai de plaisanter pour me changer les idées.

– Je me demande ce qu'ils fabriquent, là-dedans. Un concours de trottinette?

Hilary Hunter apprécie l'humour. L'image des cinq patriarches trottinant comme des garnements l'amusa mais, en loyale secrétaire, elle n'osa rire aux dépens de son chef et me tourna le dos pour aller éteindre la bouilloire – pour la troisième fois.

Après des minutes interminables, la sonnerie placée sur son bureau retentit. Elle versa prestement le café et saisit le plateau. En lui ouvrant la porte, je glissai à son oreille :

– Attention au petit en maillot jaune. C'est le chef de la bande.

Un coup dans les côtes ne lui aurait pas fait plus d'effet. Elle émit un gloussement sonore en entrant dans la pièce.

– Voulez-vous un mouchoir, miss? demanda le doyen.

Elle secoua énergiquement la tête.

– Dans ce cas, posez ce plateau. Nous nous servirons nous-mêmes. Jackman, entrez donc.

Le doyen me désigna un vaste canapé tendu de chintz – l'homme aime son confort.

– Voyons, comment se porte notre tout nouveau département littéraire? demanda-t-il avec pompe.

– Ma foi, ses premiers gazouillis sont encourageants.

– Hmm? Ah, très bien. Prêt à prendre son envol?

– Tout dépend de la destination. Vous me proposez un voyage aux Etats-Unis?

Le doyen étouffa un petit rire.

– Notre ami est plein d'humour! dit-il en se tournant vers l'assemblée. Professeur Oliver, exliquez-lui plutôt.

– Moi? demanda l'interpellé dans une explosion de miettes de gaufrette.

Je connaissais un peu Oliver, pour avoir bu quelques coups avec lui. Sans sa pipe, il n'est plus lui-même. Une réunion sans tabac le met au supplice, voilà pourquoi il grignotait sans relâche.

Il avala une gorgée de café avant de se lancer.

– Vous devez savoir, Greg, que nous cherchons à redorer le blason de l'université parmi nos coadministrés. On nous a reproché, ces dernières années, de nous être enfermés dans une tour d'ivoire et d'ignorer le bon peuple.

– Point tant d'emphase! intervint le doyen.

– Naturellement, c'est faux, reprit Oliver. Grâce à notre haut niveau scientifique et technologique, nous sommes en contact avec l'industrie locale; nous offrons un éventail impressionnant de cours ouverts aux auditeurs libres; notre association musicale organise des concerts et nos étudiants, bien sûr, ont droit à leur semaine de chahut, etc., etc.

– Et la course des chaises à porteurs, ajouta le professeur de religions comparées, un poids plume qui, tous les ans, se prête à ce petit jeu.

– Bref, tout cela pour dire, Greg, qu'il y a trois ans, nous avons organisé une exposition dans la Victoria Gallery.

– Pour un coup d'essai, ce fut un coup de maître, commenta le doyen.

– C'est moi qui fus chargé de la préparation, continua Oliver. J'avais choisi pour thème « L'art à Bath » et dressé la liste des peintres qui, à une époque ou une autre de leur vie, s'étaient installés ici. Un ensemble plutôt hétéroclite, je l'admets. Gainsborough, Sir Thomas Lawrence, Whistler, Lord Leighton et quelques autres moins connus.

– Le professeur Oliver avait même accroché l'une de ses toiles. Un motif abstrait, à dominante rose, si mes souvenirs sont bons.

Oliver parut embarrassé.

– J'avais un espace vide à remplir.

Estimant sans doute que l'aspect positif de l'exposition n'avait pas été suffisamment mis en valeur, le doyen revint à la charge.

– Outre les musées, nous avons fait appel à des collectionneurs privés. C'est bien là, d'ailleurs, l'un des succès d'une telle entreprise. Nous avons impliqué la population locale dans notre projet, les medias ont pris le relais. Le professeur Oliver s'est révélé en définitive un excellent communicateur.

Excédé par ces interminables préliminaires, je croisai les bras et pris la parole.

– Venons-en au fait, Messieurs. Quelle corvée allez-vous m'imposer ?

Le doyen me fit les gros yeux.

– Personne n'a parlé de « corvée », Jackman. Je m'étonne qu'un distingué professeur de lettres emploie un terme aussi trivial.

– « Labeur » vous semble-t-il plus approprié ?

– Pourquoi tant de cynisme ? Je sais que vous ne mâchez pas vos mots, mais pourquoi faire de l'obstruction systématique avant même de savoir de quoi il retourne ? Le département de littérature n'a pas encore gagné le prestige de ses aînés. Notre projet pourrait lui permettre de l'acquérir. Vous n'avez encore que deux promotions à gérer, ce qui vous rend relativement disponible pour...

– Message reçu, dis-je. A moi de hisser la bannière cette année. Ai-je carte blanche ?

– Avec certaines limites.

– Je n'ai donc pas carte blanche, grommelai-je.

– Le conseil municipal a suggéré un thème qui a aussitôt recueilli l'approbation de ce comité.

– A savoir ?

– *Jane Austen à Bath.*

Silence.

– Jane Austen, l'écrivain, précisa le Doyen dont le sens de l'humour ne s'embarrasse pas de subtilité. Au cas où vous l'ignoreriez, elle a vécu plusieurs années ici.

– On en apprend tous les jours, persiflai-je.

– Nous voulons rendre hommage à Bath à travers les écrits de Jane Austen.

J'inspirai une grande bouffée d'air pour ne pas perdre mon sang-froid.

– Un hommage, vraiment ! Dommage que Jane ne soit pas parmi nous pour apprécier l'ironie de la situation.

Le doyen prit la mouche.

– Vous allez nous expliquer cette remarque, s'il vous plaît.

– L'oeuvre de Jane Austen est tout le contraire d'un hommage à Bath. Elle ne s'est jamais autant emmerdée qu'ici.

– Professeur Jackman !

– Excusez-moi. Elle a vécu ici les années les moins heureuses de son existence.

– C'est un peu réducteur, non ?

Le professeur de religions comparées engloutit la dernière gaufrette au chocolat avant d'exprimer son point de vue.

– Qu'est-ce que le bonheur, au juste ? Que signifiait-il pour Jane Austen ? Nous nageons dans l'abstraction, Messieurs.

Je crus bon d'argumenter mon affirmation.

– D'après mes souvenirs, lorsque le révérend George Austen annonça à sa famille qu'ils quittaient Steventon – où Jane était née et avait passé son enfance – pour s'installer à Bath, elle a perdu connaissance. Ils y restèrent cinq ans. Cinq années qui furent jalonnées d'événements malheureux pour la jeune fille : des fiançailles rompues, des amis disparus... sans compter la mort de son père. La famille dut déménager, réduire son train de vie. Le bonheur, pour Jane ? Ce fut lorsqu'elle quitta enfin cet endroit maudit.

Mais il en aurait fallu plus pour désarçonner le doyen.

– Il demeure que l'un des plus grands romanciers du monde a résidé ici.

– Aucune de ses oeuvres majeures ne fut rédigée à Bath.

Le doyen me foudroya du regard.

– Essayez de comprendre qu'il s'agit d'une opportunité formidable! Tout le monde est enthousiasmé par le projet. Tous les employés de la bibliothèque municipale ont promis leur concours.

Mon sang ne fit qu'un tour.

– Ainsi, tout le monde était au courant... sauf moi!

Oliver tenta de calmer le jeu.

– Non, Greg, nous-mêmes n'avons été avertis que ce matin.

Je soupirai et allai me planter devant la fenêtre.

– Et je suis censé rassembler suffisamment de pièces pour remplir la Victoria Gallery?

– On a mis à notre disposition la salle des fêtes! annonça triomphalement le Doyen.

– Bigre! C'est encore plus grand.

– On ne pouvait rêver mieux. Jane Austen y a certainement dansé plusieurs fois...

– Mais comment voulez-vous que je trouve assez de matière pour meubler tant d'espace? A ma connaissance, il n'existe qu'un seul portrait de Jane. Par sa soeur. Une peinture de la taille d'une carte postale, exposée à la National Portrait Gallery. A supposer que je l'obtienne – ce qui est fort peu probable –, cela ne va pas garnir une salle de bal de trois cents mètres de long!

– Vous pourriez utiliser les romans, suggéra Tom Oliver.

Cet homme-là a raté sa carrière; il aurait dû être diplomate.

– En les disposant, ouverts, dans des vitrines? Ce n'est pas ainsi que nous attirerons les foules, quand tous ces livres sont disponibles dans n'importe quelle librairie.

– Pourquoi ne pas photographier la maison où elle a vécu?

Mon exaspération était telle que je prenais tout à la dérision.

– De fait, en agrandissant les clichés et en les fixant sur des panneaux, je parviendrais peut-être à meubler cette satanée salle des fêtes... Je pourrais aussi déguiser mes élèves en costumes d'époque et leur faire réciter un petit laïus du style : « Mesdames et Messieurs, saluons ensemble le talent du comité d'organisation, qui nous offre la plus belle reconstitution historique jamais mise en place! »

L'intervention de Tom Oliver arriva à temps pour m'épargner les foudres du doyen.

– Cessez vos sarcasmes, Greg. Si vous vous donnez la peine d'y réfléchir, je suis sûr que vous trouverez des idées lumineuses.

– Une opération de prestige, hein? Le nom de Jane Austen va servir d'appât pour ferrer les touristes. Mais la véritable opinion de Jane sur cette ville, tout le monde s'en moque! Je suppose qu'il est trop tard pour que le concepteur génial de cette idée admette une si futile objection d'ordre éthique.

– Ces querelles de spécialistes n'intéressent pas le public, répliqua le doyen. Nous voulons faire un geste à l'égard de nos coadministrés, pas les humilier! D'ailleurs, vous l'avez dit, il est trop tard.

Fataliste, je m'informai des modalités pratiques.

– De combien de temps disposé-je?

– L'inauguration aura lieu le 9 septembre.

La sentence était tombée.

– Eh bien, moi qui craignais de m'ennuyer pendant les vacances...

Ma raillerie ne décrocha pas un sourire au doyen.

– J'aimerais un premier rapport d'étude la semaine prochaine.

Pour mon bonheur – ou mon malheur –, je suis doué d'une ouïe extrêmement fine. En quittant la salle de réunion, j'entendis des commentaires mitigés à mon égard.

– Quel rouspéteur, ce type!

Je reconnus sans peine la voix du doyen, à laquelle fit écho celle d'Oliver.

– Il ne nous fera pas faux bond.
– Je l'espère pour lui.

3

Nombreux sont ceux qui traversent Pulteney Bridge sans même savoir que l'Avon coule sous leurs pieds. La raison en est simple : tel le Ponte Vecchio de Florence, il est bordé d'échoppes des deux côtés. Pour apercevoir la rivière, il faut entrer dans l'une des boutiques et se pencher par la fenêtre.

J'ai entendu dire que l'architecte, Robert Adam, s'est inspiré de l'illustre modèle italien lorsqu'il réalisa cet ouvrage, en 1769. Toutefois, la ressemblance est assez légère. Pulteney Bridge est une jolie construction palladienne, reposant sur trois arches. Son centre s'orne d'une fenêtre vénitienne et, à chaque extrémité, se dresse une guérite à péage.

La guérite ouest, en face de la bibliothèque, a été transformée en café, à l'enseigne de *Chez David*. C'est là que je me réfugiai après la tumultueuse session avec le comité. L'entrevue chez le médecin d'abord, la confrontation avec le doyen ensuite... j'avais besoin de tranquillité. D'ordinaire, je m'efforce de me montrer sociable en fréquentant la salle des profs, où j'entends ressasser les mêmes commentaires insipides sur les titres du *Guardian* ou de l'*Independent* – quand ce ne sont pas les résultats du dernier match de cricket ou la photocopieuse qui est *encore* en panne. Ce jour-là, je n'en eus pas le courage.

Chez David est pour moi un havre de paix. Ce petit bijou pas plus large qu'un wagon de tramway, avec ses arômes de cappuccino, ses sièges étroits disposés dos à dos, accueille une clientèle de fidèles qui aiment la douce quiétude du lieu. Face au *David* de Michel-Ange, accroché au mur, le David moderne se faufile entre les tables. Par chance, il est mince et souple, car il faut presque être contorsionniste pour passer derrière le comptoir.

Les places les plus prisées sont celles qui offrent une vue sur la rivière. Son cours rapide est jugulé par le barrage – une structure blanche, en forme de U. Mais ces lignes élégantes cachent un piège mortel. Des milliers de mètres cubes convergent ici dans un goulot, formant un tourbillon qui, chaque année, emporte sa moisson de nageurs et de canoteurs imprudents.

Je me faufilai jusqu'à une table jouxtant la fenêtre et commandai un café. Je repensai à Bookbinder. Qu'il aille au diable! Plus tard, je dirais tout à Geraldine. La transparence entre nous comptait plus qu'une prétendue éthique médicale, déjà traînée dans la boue par le praticien lui-même.

De ma poche, je sortis l'exemplaire au format de poche de *Northanger Abbey* que j'avais pris avec moi avant de quitter l'université. J'y retrouvai la citation que j'y cherchais, une appréciation que Jane Austen avait mise dans la bouche d'Isabella Thorpe : « Bath me donne de plus en plus la nausée. Ce matin, ton frère et moi en sommes tombés d'accord : si un séjour de quelques semaines ici peut se révéler agréable, nous ne nous y installerions pas pour un empire ».

Ce passage me fit l'effet d'un baume. Certes, il est abusif d'imputer l'opinion d'un personnage fictif à son auteur, et le livre recèle en outre quelques commentaires plus positifs sur la ville. Toutefois, dans mon humeur morose, je pris un certain plaisir à imaginer la reconstitution proprette du Bath de l'époque georgienne émaillée des propos caustiques de Jane.

Puis je tentai de me raisonner. Puisqu'on m'avait refilé le bébé, autant commencer sans tarder à l'aimer. S'il s'agissait de rendre hommage à l'oeuvre de Jane Austen, j'y étais tout à fait disposé. Mais je ne suis pas de ceux qui se plaisent à étudier les biographies des écrivains avec une minutie d'entomologiste. Pour moi, l'oeuvre a une vie autonome et je suis réfractaire à la critique moderne qui l'enterre sous des données factuelles.

Je fus momentanément distrait de mes pensées par le spectacle qui se déroulait de l'autre côté de la fenêtre. Trois jeunes garçons s'étaient aventurés jusqu'au barrage et avaient trouvé un gué là où se concentrait le bois flotté. Le courant, très violent au centre après plusieurs jours pluvieux, était un peu moins puissant sur le bord. Les gamins s'amusaient à lancer des bouts de bois dans les flots, pour le simple plaisir de créer des remous.

La scène illustrait parfaitement ma propre situation. Une exposition devait contenir des images fortes. Or, un livre, aussi bien mis en valeur soit-il, possède peu d'impact visuel. Tout son dynamisme réside dans le texte. Certes, je pourrais photographier les lieux ayant servi de décor aux deux romans concernant Bath, *Northanger Abbey* et *Persuasion*... mais à quoi bon ? Personne ne se déplacerait pour de banals clichés pris dans la rue. J'allais devoir me résoudre à adopter l'angle de la biographie, retrouver de vieilles photos de la famille et des amis.

Et pourquoi pas des images animées ? On pourrait installer un écran et projeter des extraits vidéo. La B.B.C. avait récemment diffusé un téléfilm adapté de *Persuasion*... En obtenir les droits ne devrait pas poser trop de problèmes.

Un peu ragaillardi, je tournai les yeux vers le barrage. L'un des garçons avançait sur le rebord, apparemment très en confiance. Plutôt robuste, il devait avoir douze ou treize ans.

Je me souviens avoir pensé simultanément que ce gamin mériterait une correction pour son imprudence et qu'à cet âge, on avait besoin de relever des défis. Quand il eut atteint le centre du barrage, il ramassa le bout de bois qu'il était venu repêcher et le brandit triomphalement, comme Excalibur.

L'un de ses acolytes, agacé peut-être par cette fanfaronnade, lui jeta une branche qui manqua son but. Mais, en voulant l'éviter, le risque-tout perdit son bel équilibre et, pour se rétablir, dut se réceptionner sur le palier inférieur.

C'est alors que son pied glissa. Il tomba sur le dos, aussitôt balayé par le courant.

J'eus la vision du pauvre enfant emporté par le maelstrom et me levai d'un bond. Je dus crier un mot à David et me mis à courir. Au bout du pont, je virai à droite et, m'aidant de la rampe métallique, descendis quatre à quatre les marches étroites conduisant au pied des arches. Arrivé au parapet, je scrutai la rivière. Rien. Sur l'autre rive, les deux autres semblaient pétrifiés d'effroi, les yeux rivés sur le vortex bouillonnant qui avait aspiré leur camarade.

Je ne perdis pas un instant. Débarrassé de ma veste et de mes chaussures, j'escaladai le parapet et sautai. J'atteignis l'eau, quelque quatre mètres plus bas. Je m'enfonçai, remontai à la surface, crachai et me mis à nager. Jusqu'alors, j'avais agi d'instinct. Maintenant, je commençais à douter. N'avais-je pas rêvé toute la scène ? Quelle idée de me donner ainsi en spectacle, quand mon naufragé avait peut-être déjà regagné la rive...

Soudain, ma main droite heurta la bordure de pierre du barrage. Je m'y agrippai et, en rampant, parvins à me hisser jusqu'à la plate-forme. Je me campai solidement sur mes deux pieds, pour résister au courant.

En face, les deux garçons criaient et gesticulaient à mon intention.

– Vous le voyez ? criai-je en retour.

– Il s'enfonce !

– Où cela ? Où l'avez-vous vu ?

– Ici, Monsieur ! Juste là !

J'orientai mon regard vers la direction indiquée. Là,

émergeant de l'écume, j'aperçus un bras. Au bout de ce bras, une main, les doigts en éventail. Puis, très vite, il fut englouti.

– Allez chercher le gilet de sauvetage! m'époumonai-je. Et du renfort!

Je n'avais pas grand espoir de réussir, mais je ne pouvais rester les bras croisés à regarder un enfant se noyer. Je descendis deux paliers. Mon pied glissa et, pour me rétablir, je me laissai tomber sur les genoux. Puis j'essayai d'avancer jusqu'à l'endroit où j'avais aperçu le bras.

Je sondai du regard l'eau en effervescence, désespéré. Soudain, à quelques mètres de moi, je vis surgir un torse qui, ballotté par le flot furieux, me parut aussi inerte qu'une bûche. Aussitôt, je plongeai. L'eau glacée me fit l'effet d'un rhinocéros qui charge. Je buvais la tasse, mes oreilles bourdonnaient. Ma tête heurta un corps dur, l'élément liquide se jouait de moi comme d'un vulgaire pantin... Finalement, ma main se referma sur un membre. J'avais attrapé le gamin par la cuisse.

A deux mains, je me mis à le tirer vers moi. Les courants contraires nous retournaient comme des crêpes. Un coup, aspirés vers les profondeurs, un coup, propulsés vers la surface... Toute mon énergie, je la mettais à ne pas lâcher le garçon. Peu à peu, il me sembla que la fureur de l'eau s'atténuait. Lorsque ma tête émergea, je pus aspirer une grande bouffée d'air. J'aperçus des feuillages au-dessus de nous et compris que nous avions été déportés sur le côté, où le courant était moins fort.

Mon épaule heurta la rive et je repris pied. Une main passée sous le dos du garçon, je l'extirpai de l'eau. Il était pâle comme la mort, et inconscient. Sa tête pendait, molle.

Chargé de ce fardeau inanimé, je luttai en vain contre le flux qui, bientôt, eut raison de mon équilibre précaire. Je tombai sur les genoux. Au risque de sortir un poncif, l'urgence de la situation décuplait mes forces. Je parvins à relever une jambe, puis à me redresser complètement. D'un pas chancelant, je gagnai la paroi et, de là, grimpai jusqu'à une petite plate-forme.

J'allongeai mon petit protégé et là, accroupi, je succombai au découragement. C'était bien beau de l'avoir tiré de l'eau, il fallait encore le ramener à la vie. Je n'avais que de très vagues notions de secourisme. Par une étrange transmission de pensée, l'un des autres garçons me cria alors : « Le bouche à bouche, Monsieur ! Pincez-lui le nez et soufflez dans sa bouche ».

Je suivis les instructions. Les lèvres étaient gluantes et froides. J'expirai plusieurs fois et vis la poitrine se gonfler, signe que l'air pénétrait dans les poumons. Puis plus rien. J'exerçai une pression répétée sur la partie inférieure du thorax.

Sans quitter des yeux la petite victime, j'interrogeai de loin son camarade.

– Tu es allé chercher de l'aide ?

– Nelson s'en est chargé. C'est lui qui avait lancé le bout de bois.

Sur le moment, je n'attachai guère d'importance à cette précision. Pour dire vrai, je commençais à paniquer. Renonçant à masser la poitrine, je cherchai le pouls. Pas le moindre battement. De nouveau, je tentai le bouche à bouche.

Une paupière avait frémi. A moins que je ne l'aie rêvé... ou que je l'aie heurtée moi-même en pinçant le nez... Je pris un peu de recul afin de mieux juger. Alors que j'avançais la main, un oeil s'ouvrit. Un battement de cils, puis les deux yeux s'ouvrirent.

Ce fut pour moi un moment intense. Une délivrance. Une vie venait d'être sauvée.

– Merci, Seigneur ! murmurai-je.

Je ne suis pas croyant, mais ce furent les premiers mots qui me vinrent aux lèvres.

L'enfant se mit à tousser et à crachoter.

– Je vais te tourner sur le côté, lui dis-je.

Jamais je n'avais tant goûté la communication entre deux êtres.

Son camarade accourut et s'agenouilla à mes côtés.

– Il est sauvé ! Vous lui avez rendu la vie ! Comment tu te sens, Mat ?

– Est-ce son nom, Mat ? demandai-je.

– Matthew, en fait. Moi, c'est Piers.

– Très bien, Piers. Donne-moi cette chemise. Nous allons lui couvrir les épaules.

– Voilà Nelson et le vieux Bill, annonça Piers.

En me retournant, j'aperçus non seulement les susnommés, mais une bonne vingtaine de personnes qui rappliquaient au pas de course. Avant qu'ils ne débarquent, je glissai un mot à Piers.

– A ta place, je ne parlerais pas du bout de bois qu'a lancé Nelson. Matthew marchait sur le barrage et il a glissé. Un point, c'est tout.

– Vous croyez ?

– J'en suis sûr.

– Très bien, Monsieur.

– Il n'a pas fait exprès, souffla Matt.

J'observai le petit visage livide, les yeux rouges et les cheveux noirs plaqués sur le front. Le gamin paraissait intelligent.

– Tu as raison, fiston. Dans la vie, on fait tous des bêtises qu'on regrette après.

Le *fiston* était venu tout naturellement. Le moment où il avait ouvert les yeux avait été un peu comme une naissance, et j'avais ressenti la joie et le soulagement que doit éprouver un père devant le miracle d'un accouchement.

– Mat, le Monsieur t'a sauvé la vie, dit Piers.

– Mat a besoin de repos, dis-je.

Ce n'était pas un policier que Nelson avait trouvé, mais un contractuel. La petite colonie de sauveteurs finit par arriver jusqu'à nous.

Quelqu'un avait aimablement ramassé ma veste et mes chaussures. Tout en les enfilant, je laissai les garçons donner leur version de l'aventure. La sirène d'une ambulance coupa court à leur récit.

Matthew eut beau protester qu'il voulait rentrer chez lui, on l'enveloppa dans une couverture et on entreprit de le hisser jusqu'au quai.

J'en profitai pour m'éclipser. Le rôle de valeureux sauveteur ne me tentait pas. Je préfère celui de l'empêcheur de tourner en rond qui dérange tant le doyen.

4

En fin d'après-midi, je buvais une tasse de café dans la cuisine lorsque le roulement de tambour de la porte du garage m'avertit du retour de Geraldine. Lui succédèrent le claquement de portière de la Metro, le martèlement des talons sur le sol en ciment puis le grincement de la clenche... La porte pivota vivement sur ses gonds.

De la fréquentation des studios, ma femme a gardé le goût des entrées théâtrales. Vêtu d'un peignoir blanc, j'étais ce jour-là, moi aussi, un parfait personnage de vaudeville.

– Seigneur ! s'écria-t-elle en me voyant. Y aurait-il de l'adultère dans l'air ?

Je souris, ravi de la voir retrouver un sens de l'humour qui l'avait désertée ces derniers temps.

– Tu veux un café ?

Elle acquiesça. En l'observant, je ne pus m'empêcher de songer à Candice, le personnage qu'elle avait incarné pendant presque dix ans. Elle était encore une très belle femme, mais le temps avait laissé ses marques. Son visage à lui seul expliquait pourquoi les photos de mariage finissent généralement au fond d'un tiroir, après quelques années...

– J'ai cru un instant que tu étais mort, me dit-elle.

– Mort ?

– En voyant ton costume accroché dans le garage. De loin, il m'a semblé que tu étais dedans. Pourquoi l'avoir pendu là ?

– J'ai pris un bain forcé, aujourd'hui. Mes affaires empestent la vase.

– Tu es sérieux ?

Tout en lui préparant un café instantané, je lui narrai ma mésaventure.

– Tu aurais pu te noyer, commenta-t-elle, lorsque j'eus terminé mon récit. Un peu plus, et tu étais *vraiment* mort.

Ce constat, loin d'être prononcé avec la gravité qui aurait été de mise, me parut teinté d'une note de déception. Mais je ne m'y appesantis pas, connaissant mieux qu'un autre les débordements de l'imagination humaine.

– Rassure-toi, plaisantai-je, je suis né sous une bonne étoile, comme le pigeon de Great Russell Street. Tu te souviens ?

– Je ne suis pas près de l'oublier.

Ces derniers temps, le pigeon était en quelques sorte devenu un oiseau de mauvais augure. Notre mariage battait de l'aile. Bien que Geraldine fût dégagée de toute obligation professionnelle, notre pacte d'indépendance mutuelle restait en vigueur. Je partais seul pour l'étranger, lorsque mon métier l'exigeait, et jamais elle ne me proposa de l'accompagner aux sports d'hiver. Chacun possédait sa propre voiture, son lit, ses journaux, ses livres et ses disques. Elle allait à l'église sans moi, nous sortions souvent séparément – elle, surtout. Elle s'était rapidement liée avec la faune des noctambules de Bristol et se montrait très assidue à les fréquenter.

Au bout de deux ans de mariage, ce respect mutuel de

notre indépendance était le seul lien qui nous unissait encore. Ses sautes d'humeur, ses crises de nerfs et ses accusations incessantes rendaient notre intimité étouffante. Nous ne faisions plus l'amour que par habitude et encore fallait-il que nous ayons tous deux un petit coup dans l'aile. Nos discussions étaient tendues, même lors des phases d'exaltation de Geraldine, car nos centres d'intérêt divergeaient trop. Elle ne me présentait pas ses amis. « Ils t'ennuieraient, disait-elle et, surtout, tu les ennuierais ! » Sans encore l'avouer, nous avions tous deux conscience que la séparation serait la seule issue.

Mais j'ignorais que ma femme avait de la séparation une conception plus *absolue* que la mienne...

Ce jour-là, ma loyauté l'emporta sur le ressentiment.

– Au fait, dis-je d'un ton badin. J'ai passé la visite médicale, ce matin. J'ai vu ton médecin, le Dr Bookbinder.

Son regard perçant se fixa sur moi.

– Je n'ai jamais dit que j'étais suivie par Bookbinder.

– Ce que tu n'as pas dit non plus, c'est qu'il te soignait pour insomnie.

La cafetière ne résista pas au coup de poing qu'elle frappa sur la table.

– Sacré nom de Dieu ! Ce sont mes problèmes personnels, tu n'avais pas le droit de poser des questions !

– Du calme, Gerry. Avant de sauter au plafond, sache que Bookbinder a parlé sans que je l'interroge. D'ailleurs, je n'avais même pas remarqué que tu dormais mal.

Elle ne répondit pas. Ses yeux verts étincelaient de colère. Je me montrai conciliant.

– Gerry, je n'ai pas envie de me quereller. Je suis sincèrement désolé de te savoir insomniaque. Mais ça doit aller mieux, avec les cachets qui t'ont été prescrits.

Loin de l'apaiser, mon intervention raviva sa fureur.

– Hein ? Tu es au courant de ça aussi ? Tu lis peut-être mon journal intime, pendant que tu y es !

Puisque la conciliation n'était pas à l'ordre du jour, je refusai de me laisser marcher sur les pieds.

– C'est à ton médecin qu'il faut te plaindre, pas à moi.

– Espèce de fouine immonde ! éructa-t-elle. Que complotes-tu donc ? Interroger mon médecin en cachette... C'est répugnant !

Comme d'habitude, elle se posait en victime.

– Ecoute-moi ! tonnai-je. J'en ai assez de ta parano. Si j'ai vu Bookbinder, c'est simplement parce que *mon* généraliste, Marshall, n'est pas là.

– Tu as fait exprès de fixer ce rendez-vous en l'absence de ton médecin. Tu as tout prémédité pour connaître mon état de santé.

– Arrête, Gerry.

– Mais ça crève les yeux ! Qu'est-ce que tu manigances ? Tu t'es mis mon médecin dans la poche, espèce de salaud !

– Voyons, si je complotais quoi que ce soit, je ne t'en parlerais pas.

– C'est encore une ruse de ta part ! hurla-t-elle. Tu savais très bien que ça me mettrait hors de moi, tu...

– Tu veux savoir pourquoi je t'en ai parlé ? C'est très simple. Premièrement, j'ai toujours été franc avec toi. Deuxièmement, si tu prends des barbituriques, il me semble imprudent de boire ou de conduire. La prochaine fois que tu sors, prends un taxi.

– Va te faire voir.

Elle empoigna son sac à main et gagna la porte.

– Je suis sérieux, Gerry. Tu risques d'avoir une mort sur la conscience, si tu continues comme ça.

Elle partit d'un éclat de rire que je renonçai à juguler.

5

Le jeudi après-midi, je me retrouvai devant une caméra de télévision, accoudé à l'une des cheminées de marbre de la grande salle des fêtes de Bath, choix téméraire pour abriter l'exposition Jane Austen. Mais c'était là pure coïncidence, car la B.B.C. m'avait invité pour parler de l'histoire du bâtiment, dans le cadre de l'émission *Points West.*

J'en profitai toutefois pour jauger les dimensions de la pièce, que je trouvai plus vaste encore que dans mon souvenir.

– Professeur, pourriez-vous vous rapprocher un peu de Sadie ?

– Si elle m'y autorise, dis-je.

Tandis que le réalisateur, un Néo-Zélandais nerveux, réglait les derniers problèmes techniques, je m'entretins en aparté avec Sadie, la journaliste qui devait mener l'interview.

– A propos de l'expo Jane Austen, que vous venez de mentionner... Je préférerais que nous ne l'abordions pas. Le projet est encore embryonnaire.

– Bien sûr. Dougie ne vous l'a pas dit ? Nous comptons simplement annoncer l'événement en fin d'émission. Ce qui nous intéresse, ce sont des anecdotes d'époque. Le faste, le décorum des bals...

– Et les histoires de coulisses ?

Sadie me lança un regard soupçonneux. Les journalistes craignent plus que tout les facétieux.

– Cela fera l'objet d'une autre émission. Nous ferons deux prises minimum. Si vous toussez ou butez sur un mot, ne vous en faites pas. Ce ne sera pas diffusé.

– Ma chère, je ne m'en fais jamais.

Visiblement, ce n'était pas ce qu'il fallait dire pour la

rassurer. Elle se tourna vers le réalisateur, qui donna le signal.

– Silence ! On tourne. Première prise... Action !

Sadie finissait de formuler sa première question lorsqu'un « Coupez ! » autoritaire l'interrompit. Il y avait un problème de son. Tandis que l'équipe s'affairait, je m'octroyai une courte pause. Désertant mon âtre, j'allai m'asseoir sur l'une des chaises Chippendale où les techniciens se détendaient entre les prises. J'y trouvai un exemplaire du *Bath Evening Chronicle* dont la une attira mon regard : *Le héros anonyme du barrage.*

L'article était ainsi rédigé :

« Hier après-midi, au barrage de Pulteney, un homme s'est jeté à l'eau pour sauver un écolier de la noyade. L'enfant, Matthew Didrikson de Lyncombe Rise, externe à l'Abbey Choir School, était inconscient en sortant de l'eau. Grâce au bouche à bouche prodigué par son sauveteur, il reprit connaissance. Emmené au Royal United Hospital pour examen, il en est ressorti peu après. Son valeureux bienfaiteur, un homme bien mis d'environ trente-cinq ans, s'est éclipsé sans faire connaître son identité.

Le Dr Rajinder Murtah, qui examina Matthew à l'hôpital, a affirmé que le garçon devait la vie à l'intervention du mystérieux sauveteur. Quant à Mrs Dana Didrikson, la mère, elle a manifesté son souhait de remercier personnellement l'homme qui lui avait rendu son fils ».

Une voix derrière mon épaule me fit sursauter.

– Inutile de vous cacher, je vous ai retrouvé.

Je repliai précipitamment le journal.

– Hein ?

– En route pour une deuxième prise, me dit Sadie.

Le soir de la diffusion de l'émission, une réunion du conseil des professeurs m'empêcha de la regarder. Gerry avait eu la bonne idée de brancher le magnétoscope, mais s'était trompée de chaîne. Aussi, en rentrant, dus-je subir dix minutes d'une émission de jardinage avant de comprendre ce qui s'était passé. Néanmoins, l'intention était gentille, surtout après la prise de bec qui nous avait opposés, et je l'en remerciai.

Plus tard dans la soirée, alors que je sirotais un cognac, le téléphone sonna. L'appel était sûrement pour Geraldine, dont les amis n'avaient pas d'heure pour jacasser de tout et de rien; mais comme elle était sous la douche, je décrochai.

– Pourrais-je parler au professeur Jackman? demanda une voix féminine.

– C'est lui-même.

– Il m'avait bien semblé reconnaître votre voix. Pardonnez-moi d'appeler si tard. Je ne vous dérange pas trop?

Un peu méfiant, je répondis par une autre question.

– Ainsi, vous me connaissez?

– En fait, non. Mon nom est Molly Abershaw.

Elle marqua une pause, comme si son nom devait me dire quelque chose. Devant mon silence, elle reprit.

– Je travaille pour le *Bath Evening Telegraph*. Je vous ai vu à la télévision, tout à l'heure.

La situation s'éclaircissant, je me détendis un peu.

– Vous êtes intéressée par l'exposition Jane Austen, je suppose.

– Euh... oui. C'est pour septembre, n'est-ce pas?

– Exactement.

Je me gardai d'ajouter qu'elle aurait pu attendre le lendemain pour m'appeler.

– Vous allez chercher à en faire la promotion, je pense. Nous aimerions lui consacrer un article, un peu plus tard.

– Fort bien. Il est encore un peu tôt, mais le moment venu, je serai tout disposé à vous informer. Et puisque vous avez mon numéro de téléphone privé, vous n'aurez aucun mal à me recontacter.

Elle dut sentir mon désir de mettre fin à l'entretien car elle se hâta d'enchaîner.

– Il y a autre chose... Tout à l'heure, j'ai rencontré le jeune garçon qui a failli se noyer, lundi. Il a vu *Points West* et a cru vous reconnaître. Pouvez-vous confirmer que vous êtes son courageux sauveteur ?

Je me mis aussitôt sur la défensive.

– Pourquoi cette question, miss Abershaw ?

– Eh bien, je crois que c'est une affaire d'ordre public. Vous avez fait preuve de bravoure et cela mérite d'être souligné. N'est-ce pas le rôle de la presse ?

– La presse a déjà relaté les faits, le lendemain même.

– Je sais, l'*Evening Chronicle*. Mais ils n'ont pu révéler le nom du...

– Du héros anonyme ?

– Précisément.

– Et vous espérez un scoop pour votre journal, hein ?

– Avouez, Professeur. C'était bien vous, n'est-ce pas ?

Bêtement, je reconnus les faits. A l'autre bout du fil, bien sûr, on exultait.

– Ecoutez, je ne veux pas que ça fasse de bruit.

Autant demander à un chien affamé de ne pas sauter sur l'os qu'on lui jetait ! songeais-je, furieux contre moi-même.

– N'importe qui aurait agi comme moi.

– Tu parles, Charles !

– Pardon ?

– On ne me la fait pas. Les gens qui auraient agi comme vous se comptent sur les doigts de la main. Tous les autres auraient tourné la tête.

– J'ignore ce que vous attendez de moi, miss. Mais, pour ma part, je considère l'incident clos.

– Votre nom va paraître dans mon journal. J'ai pensé que vous aimeriez peut-être voir imprimées deux ou trois citations pertinentes de votre cru. Voyez-vous un inconvénient à ce qu'un photographe passe chez vous demain matin ?

– Oui.

– Formidable ! Vers 9 heures, cela vous convient ?

– J'ai dit *oui*, j'y vois un inconvénient.

Le ton de la femme se fit moins charmeur, plus cassant.

– Notre journal est très influent dans la région, vous savez. Nous faisons beaucoup pour l'université.

– Sans doute, mais cette fois, toute publicité est superflue.

– Sauf votre respect, ce n'est pas mon avis.

– Eh bien, nos points de vue divergent, voilà tout.

C'est alors qu'elle joua son va-tout.

– N'êtes-vous pas curieux de savoir comment se porte votre petit protégé ?

Je compris tout le tort que pourrait me jouer une réponse négative.

– C'est bon, dis-je sans grand enthousiasme. Comment va-t-il ?

– Bien, mais il aimerait vous rencontrer pour vous remercier personnellement.

– Pas question. Je suis heureux d'apprendre qu'il est rétabli, mais cela s'arrête là. Merci de votre appel, miss Abershaw.

Et, sans tergiverser davantage, je raccrochai.

Le lendemain matin, ce fut avec une curiosité mêlée d'appréhension que j'achetai le journal de Molly Abershaw. Mon histoire, naturellement, faisait les gros titres. Et l'article me mit au supplice.

« Le voile se lève enfin sur le mystérieux inconnu du barrage de Pulteney. Il s'appelle Gregory Jackman, il a trente-sept ans et dirige le tout nouveau département de littérature de l'université de Bath. Plusieurs pistes nous ont été fournies par nos lecteurs, mais c'est finalement la jeune victime en personne, Matthew Didrikson, qui a retrouvé la trace de son sauveteur. Et cela, grâce à la télévision, qui diffusait hier soir une interview du professeur dans le cadre de l'émission *Points West*.

« Le *Bath Evening Telegraph* a, cette nuit même, réussi à contacter le discret universitaire, qui a confirmé la nouvelle. Après s'être assuré que Matthew était en bonnes mains, notre preux chevalier a préféré s'éclipser car – ce sont ses propres termes – *l'affaire était close, en ce qui (le) concernait* ».

Je me serais fort bien passé de cette publicité mais, finalement, j'étais chanceux dans mon malheur. L'année universitaire était achevée, ce qui m'épargnait l'indubitable chahut que m'aurait valu cet article.

Je décidai d'adopter un profil bas pendant le week-end. La seule mondanité prévue était une séance de dédicaces organisée le dimanche midi à la librairie de Waterstone, pour promouvoir le nouveau recueil de poèmes de Ted Hughes. Ensuite, si je parvenais à m'éclipser rapidement, j'irais faire un tour dans le Hampshire, à Chawton, où l'on pouvait visiter la maison de Jane Austen, transformée en musée.

C'était l'un de ces intervalles précieux – et éphémères – de l'été anglais, où la canicule annoncée se retient encore. La nation tout entière essayait les shorts de l'année passée et on époussetait les chapeaux de paille. Les pubs et les cafés sortaient leurs tables sur les trottoirs; les ventes de crème solaire, de lotion anti-moustiques, de bière et de laitues connaissaient une embellie. Et, à mon insu, ma femme se préparait à m'assassiner.

Le dimanche matin, je me rendis à l'université pour travailler à la fraîche. Puis je filai à la séance de dédicaces, où j'arrivai un peu après midi. L'attroupement autour de la table où le poète signait ses ouvrages me dissuada d'aller m'agglutiner à mon tour. Avisant un groupe de l'université, je me joignis à lui et nous devisâmes des tendances de la poésie contemporaine.

Soudain, une forte femme écarta d'un coup de coude l'un de mes collègues et s'adressa à moi. Si sa voix ne m'était pas inconnue, je ne la reconnus toutefois pas. Elle se présenta : Molly Abershaw.

L'irritation et la surprise me laissèrent sans voix, à l'inverse de la journaliste qui, de toute évidence, avait bien cogité son plan d'attaque. Tout sourire, elle m'annonça qu'elle souhaitait me présenter quelqu'un et, au même moment, fit surgir devant moi le jeune Matthew. Le pauvre gosse paraissait terriblement mal à l'aise. Miss Abershaw tenta de lui tirer quelques mots de gratitude, mais j'y coupai court tout net.

Imaginez la stupeur de mes compagnons, qui ignoraient tout de l'histoire... Mais je n'étais pas au bout de mes peines. La journaliste m'annonça que la mère de l'enfant était également venue pour me rencontrer. J'étais hors de moi et, lorsqu'un flash crépita devant mes yeux, je compris que j'avais été piégé. Mon sang ne fit qu'un tour. J'attrapai le photographe par le col et exigeai qu'il me remette sa pellicule. Transi de peur, le misérable ne fit pas un geste. Mais je ne renonçai pas et finis par obtenir ce que je désirais.

Jamais séance de dédicaces ne fut plus mouvementée.

6

Je quittai la réception dès que possible et pris la route de Chawton. Le *cottage* où Jane Austen passa les huit dernières années de sa vie a été transformé en musée par l'Association Jane Austen. Habituellement, je ne fréquente guère ces lieux, mais le comité d'organisation m'avait bien bourré le crâne. Je pris note d'un certain nombre d'objets, pour de futures recherches, mais écartai toutefois l'inévitable mèche de cheveux et les microphotographies de son épiderme... Mon dévouement à la cause de l'université a ses limites! Quand j'interrogeai le conservateur sur la possibilité d'emprunter certains objets d'exposition, il me dit de m'en référer à l'Association. Problèmes d'assurance, comme d'habitude.

Lorsque je repris la route, la grosse chaleur était passée; mais les rayons rasants du soleil déclinant rendirent le trajet pénible. J'arrivai à Bath peu avant 9 heures, fourbu, mais la journée me réservait encore d'autres surprises. Le rythme abrutissant d'un air de disco vint à ma rencontre dès que je tournai dans ma rue; en approchant, je constatai que les trottoirs étaient envahis d'imposants et luxueux monstres mécaniques. J'identifiai une Porsche, un ancien modèle de Bentley et en tirai vite la conclusion qui s'imposait : Geraldine recevait ses amis de Bristol. L'air sentait le charbon de bois et les chiches kebabs à plein nez. Très, très loin de Jane Austen.

Un barbu que je ne connaissais pas était assis sur le pas de la porte, frappant en cadence sur un biscuit datant du jubilé de George V – 1935 –, une pièce de collection à laquelle je tenais beaucoup et dont la place habituelle se trouvait sur le buffet gallois.

– Salut! me dit-il sans même lever les yeux. Qu'est-ce que tu apportes?

– Rien. J'habite ici.

Il leva vers moi son strabisme.

– Avec Gerry? Chapeau, mon vieux! Tu veux peut-être entrer?

J'enjambai ses mollets et traversai la maison; dans le patio, Geraldine dansait en face d'un certain Roger, agent immobilier de son état et inconditionnel de ce genre de sauteries. Gerry me fit coucou de la main et je fonçai vers la sono pour baisser le volume.

Sans cesser de se déhancher, elle me lança :

– On va bientôt manger. Dans une demi-heure, le barbecue sera prêt. D'ici là, tu as le temps de te changer pour être plus à l'aise.

Elle, de son côté, paraissait très à l'aise dans ses jodhpurs vert émeraude. Pieds nus, bien entendu.

Dire que je ne partageais pas la gaîté générale serait un euphémisme. En fait, je fulminais.

– Tu aurais quand même pu me prévenir !

– Désolée, mon amour. Tu as disparu si vite, ce matin. Mais détends-toi. Je t'ai trouvé un flirt.

– Quoi ?

– Une poule, une gonzesse si tu préfères !

Comme la musique s'était tue, elle interrompit son trémoussement pour me rejoindre. Son premier geste fut de desserrer ma cravate. Jamais, dans l'intimité, elle ne se montrait aussi hardie. La vodka, sans doute.

– Va te changer, me susurra-t-elle. Ta belle va arriver dans quelques minutes.

– Gerry, fis-je, saute dans la piscine.

– Mais je suis sérieuse. Une femme avec un nom de mec a appelé il y a une heure; elle voulait te parler. Attends, ça me revient... Cette star des années 40, avec un des yeux enjôleur et un chapeau mou... Dana Andrews ! C'est cela. Elle s'appelle Dana.

– Je ne connais personne de ce nom-là.

– Eh bien, tu ne vas pas tarder à la connaître. Elle paraissait si pressée de te parler que je l'ai invitée à mon barbecue. C'est la mère du gamin que tu as tiré de la rivière.

– Ah. Mrs Didrikson.

Une journée aussi bien commencée ne pouvait pas mieux finir...

– Tu n'as pas plus de cervelle qu'un oiseau. Ces gens-là n'apportent que des ennuis.

– Tu fais ton grand timide ? Moi qui croyais que tu vivais de livres et de publicité !

– Pas ce genre de publicité à trois sous. Je n'ai aucune envie de voir la presse assiéger ma maison, et surtout pas ce soir !

– Elle a dit qu'elle viendrait seule.

– Ouais, et moi je suis le tsar de Russie.

Je montai dans la chambre et sortis du placard des vêtements propres. Naturellement, la douche était occupée et je me rabattis sur la salle de bains. Croyez-le si vous voulez, le miroir s'était volatilisé.

Je redescendis, bien décidé à intercepter la visiteuse dans la rue, avant qu'elle n'entre en contact avec les amis de ma femme – et réciproquement. Au bout de quelques minutes, le ronronnement d'un moteur se fit entendre. Les pleins phares balayaient haut et large. Le véhicule avançait lentement, comme si le conducteur cherchait une adresse. Je reconnus une Mercedes. Elle s'arrêta sur le trottoir d'en face, mais personne n'en descendit.

La vitre se baissa et une femme brune m'apostropha.

– Puis-je rester garée ici ?

– Vous venez pour le barbecue ?

– Pas précisément.

La voix était hésitante.

– Seriez-vous le professeur Jackman ?

– Oui, mais c'est ma femme qui donne la soirée.

– Il y a malentendu, Professeur. C'est vous que je suis venue voir.

– Vous êtes Mrs Didrikson ?

Elle acquiesça. Je ne m'étais pas douté qu'elle arriverait en Mercedes. Une idée me traversa soudain l'esprit, qui me permettrait non seulement de déjouer les plans de Molly Abershaw –qui avait certainement manigancé cette rencontre – et d'échapper un moment aux amis de ma femme.

– Nous serons mieux pour discuter dans mon bistrot

favori, le *Viaduc*. Si vous n'y voyez pas d'inconvénient...

Elle hésita un instant.

– Ma foi, si cela vous arrange.

Je montai en voiture et engageai la conversation sur des sujets anodins. Elle conduisait merveilleusement bien, on sentait qu'elle y prenait plaisir. Pourtant, je l'aurais mieux vue au volant d'une petite voiture de sport, car la Mercedes était trop vaste pour elle. Son siège était surélevé grâce à deux épais coussins.

Le pub était bondé. Lorsque nous eûmes commandé à boire, elle se livra sans attendre.

– Après le consternant épisode de Waterstone, il fallait que je vous parle d'urgence. Croyez-moi, Matthew et moi avons été aussi scandalisés que vous par l'apparition de ce photographe. Nous voulions simplement vous dire merci et n'avons pas décelé la machination de Molly Abershaw. Je m'en veux terriblement. Me pardonnerez-vous ?

Ses yeux bruns braqués sur moi exprimaient une appréhension sincère. Le front haut, la bouche et le menton bien dessinés, tout son visage respirait l'intelligence et la droiture.

– N'en parlons, plus, dis-je. Je n'aurais pas dû exploser ainsi. J'espère que votre fils est totalement remis de son plongeon.

– Oui, mais... je voudrais tant vous témoigner ma reconnaissance. Les mots sont peu de chose face à...

– Allons, fis-je en souriant pour la mettre à l'aise. Offrez-moi un verre, cela suffira.

– Et vos vêtements ? Ils doivent être fichus.

– Vous ne connaissez pas mon teinturier. C'est un artiste ! On devrait lui confier la restauration des fresques de Léonard de Vinci, plutôt que des pantalons !

Le sourire qui éclaira ses traits la rendit soudain très belle.

– Que faites-vous dans la vie ? demandai-je.

– Chauffeur pour une société de brasserie.

– Ce doit être un travail éprouvant, surtout pour une femme.

– Il faut bien gagner sa vie. Je suis divorcée. Le père de Matthew est reparti vivre en Norvège. Nous nous sommes mariés trop jeunes.

Cet aveu, exprimé avec tant de simplicité, força mon admiration.

– Est-ce difficile d'élever un enfant ? Je n'ai pas d'expérience en la matière.

Elle baissa les yeux sur son verre, comme pour méditer ma question. Je me souviens de ce détail, car à mes yeux, cela dénotait une nature pondérée, réfléchie.

– Il faut être perpétuellement à l'écoute. Mat a douze ans, un âge difficile ou l'on n'est plus un enfant et pas encore un adulte. J'essaie de ne pas me formaliser devant ses réactions, parfois surprenantes. Ma plus grande peur, c'est qu'il ne me respecte plus.

– C'est une passe difficile, en effet. A-t-il des contacts avec son père ?

– Aucun. Sverre n'a jamais donné la moindre nouvelle. Mat est terriblement fier de son père, un joueur d'échecs de renommée internationale. Il collectionne les coupures de presse, les photos... mais comment en suis-je venue à parler de cela ? Au fait, je vous dois un verre.

Je la suivis des yeux tandis qu'elle allait rapporter nos verres vides au bar ; sa petite taille ne semblait pas la complexer. Sans doute la vie l'avait-elle endurcie. J'étais heureux qu'elle m'ait jugé digne de recevoir ses confidences. Lorsqu'elle revint avec nos boissons, cependant, elle marqua clairement son désir de changer de sujet.

– J'ai cru comprendre, à la télévision, que vous prépariez une exposition sur Jane Austen.

– Oui, à contrecoeur. J'ai tiré la courte paille. A mes moments perdus, je sillonne le sud de l'Angleterre, à la recherche d'objets à exposer. Ce n'est pas une mince affaire. Si vous entendez dire qu'on brade une napperon brodé de ses mains, ou une capote qu'elle aurait portée, vous saurez qui contacter!

– Tout vous intéresse?

– Absolument tout! Des mouchoirs de dentelle aux chaussures, en passant par les raquettes de tennis.

– Tennis? A l'époque de Jane Austen?

– C'est une boutade. Mais je dois me débrouiller pour remplir la salle des fêtes.

– Elle a vécu dans Gay Street, non?

– En effet. Excusez ma surprise, mais comment le savez-vous?

– Cela fait partie d'un travail sur lequel planche Matthew, à l'école.

– Eh bien, je devrais embaucher votre fils comme assistant! En fait, Jane a connu plusieurs domiciles, à Bath. Notamment le 1, Parangon, où vivait sa vieille tante indigne.

– Jane Austen avait une tante indigne?

Maintenant que j'avais vilipendé la tante Jane et aiguisé la curiosité de Mrs Didrikson, je me sentais obligé de poursuivre mon récit.

– C'est un fait sur lequel les biographes glissent rapidement. En dépit de son adresse évocatrice, la tante n'avait rien d'un parangon de vertu. Elle a été jugée pour vol à la tire; on l'accusait d'avoir dérobé de la dentelle chez une modiste. L'affaire a traîné, et elle a passé sept mois en détention préventive, en attendant le procès.

– Ce dut être une épreuve terrible pour elle.

– Pas tant que cela. Comme elle appartenait à la bonne société, elle fut autorisée à loger dans la maison du geôlier, et son mari s'installa avec elle. Jane Austen faillit y vivre également, ainsi que sa soeur Cassandre. Leur mère avait proposé le service des deux filles, mais cela ne se fit pas, car le logement était trop exigu.

– Cela aurait pu donner matière à un livre. Et quel fut le verdict du procès?

– La tante Jane finit par être acquittée et on s'en tint à la version qui arrangeait tout le monde, à savoir que la pauvre vieille avait été victime d'une fausse accusation et que les preuves avaient été falsifiées; les écrivains modernes qui ont étudié la question sont plus sceptiques. Il semble qu'elle n'ait dû son acquittement qu'à son rang social. Les jurés ont pensé qu'une femme riche et respectable n'avait nul besoin de voler dans les magasins.

– Ce qui est un jugement un peu hâtif. La nécessité matérielle n'est pas le seul motif qui pousse à voler.

J'acquiesçai.

– Par chance pour la tante Jane, on n'avait pas encore entendu parler de Freud, en 1800!

– Cette histoire est fascinante. J'espère que vous pourrez l'utiliser pour votre exposition.

– J'y compte bien. En définitive, ce n'est pas aussi hors sujet que cela peut d'abord paraître. Songez aux conséquences qu'aurait pu avoir une condamnation...

– La pendaison?

– Plus probablement la déportation. En tout cas, la famille Austen ne serait pas venue s'installer à Bath. *Northanger Abbey* et *Persuasion* n'auraient peut-être jamais vu le jour.

– Y avait-il un lien de sang entre Jane et sa tante?

– Aucun. Tante Jane était née Cholmeley. C'est en épousant l'oncle James qu'elle a pris le nom de Leigh Perrot. Elle a vécu jusqu'à quatre-vingt-dix ans!

– L'innocence récompensée?

– Non, les justes meurent tôt, les vilains meurent tard.

A voir les traits de Mrs Didrikson s'adoucir dès qu'elle souriait, il me prit l'envie de l'amuser encore. Mais elle ne m'en laissa pas l'occasion.

– Voulez-vous que je vous raccompagne?

– Déjà ?

– Je ne voudrais pas vous retenir trop longtemps loin de vos invités.

– Oh ! Je ne suis pas pressé de les retrouver. Mais vous êtes fatiguée, c'est vrai. Je n'aurais pas dû vous raconter l'histoire de la tante Jane... Allons-y.

7

La Mercedes entama la côte de Brassnocker Hill.

– Cela peut paraître incongru après ce qui s'est passé..., commençai-je, mais votre fils aime-t-il nager ?

– Je crois que oui.

– Je m'explique. L'université dispose d'une piscine. Elle est assez peu fréquentée en cette époque de reprise des cours. Croyez-vous qu'il aimerait venir nager avec moi ?

– Professeur, vous avez déjà beaucoup fait pour lui.

– J'aimerais le revoir. Après tout, c'est dans l'eau que nous nous sommes connus !

Elle esquissa un faible sourire.

– Je doute qu'il s'en souvienne.

– Mais il se rappellera la rebuffade que je lui ai infligée ce matin, à la librairie. Un tel incident peut le marquer, aussi, je voudrais lui prouver que je n'avais rien contre lui, personnellement. Nous pourrions arranger ça un soir, après la classe. Mardi, par exemple.

– C'est très gentil. Je le conduirai.

– Pourquoi ne vous joindriez-vous pas à nous, d'ailleurs ?

– Merci, non.

Ma proposition se voulait seulement courtoise, mais elle dut l'interpréter différemment, car je la sentis soudain plus tendue.

– Vous savez où se trouve la piscine de Claverton? demandai-je pour dissiper le malaise.

Elle se mit à rire.

– Vous parlez à un ancien chauffeur de taxi!

Notre arrivée dans Bathwick Hill se fit au son des Rolling Stones, bientôt couverts par des hurlements hystériques.

– Vous avez de la chance que vos voisins ne soient pas trop proches, remarqua ma conductrice.

– Je crois surtout que, depuis le temps, ils ont dû investir dans des boules Quies. Entrez donc prendre un verre ou manger un morceau.

– C'est très aimable, mais Matthew m'attend. Il sera impatient de savoir comment s'est déroulée notre entrevue.

Je compris qu'elle disait vrai, que ce n'était pas seulement un prétexte pour décliner mon invitation. Je descendis, lui souhaitai bonne nuit et regardai la Mercedes faire un demi-tour parfait puis prendre de la vitesse. Une maîtresse-femme. Derrière sa carapace se cachait une personne intelligente et intègre – deux qualités que j'apprécie particulièrement.

L'air était immobile et moite. L'odeur du bacon grillé se mêlait au parfum capiteux du chèvrefeuille. Les projecteurs autour de la piscine avaient été allumés et c'est là que je trouvai la compagnie; l'attraction du moment était fournie par trois femmes et deux hommes entièrement nus, qui se coursaient autour du bassin et tentaient de se pousser à l'eau. Ma première pensée fut que Geraldine avait sûrement été la première à se déshabiller. Mais je l'aperçus bientôt, agrippée à l'agent immobilier, et toujours vêtue de ses jodhpurs. La scène me rappela un dessin animé de James Thurber, *The Race of Life*, avec ses corps blêmes et bedonnants, plus étranges qu'érotiques. Les cris et les rires me parurent forcés et tout le spectacle terriblement pathétique. Enfin, un homme tomba à l'eau, au milieu des éclaboussures et des huées, bientôt suivi par d'autres.

Quittant la piscine, je regagnai le patio. Si je voulais me faire cuire un steak, il allait d'abord falloir m'occuper du barbecue. Je saisis une petite pelle et ravivai les braises; puis je choisis un morceau de viande sur le plat, une tranche de bacon, quelques rondelles de tomates et de champignons et disposai le tout sur la grille.

Un bras m'enlaça et je reconnus la voix de Geraldine, cajoleuse.

– Où te cachais-tu donc ?

– Je suis sorti faire un tour. Tu t'amuses bien ?

– Follement. Ton amie n'est pas venue, finalement ?

– Si, mais elle n'a pas pu rester.

– Quel dommage... Je vous avais gardé de la viande pour tous les deux. Tu dois être affamé ! Veux-tu que je m'occupe de la cuisson ?

– Inutile, va plutôt rejoindre tes invités.

Elle saisit une fourchette et retourna la tranche de bacon.

– Oh ! Ils n'ont pas besoin de moi. Et puis je ne veux pas négliger mon cher et tendre...

– Tu m'as donné d'autres surnoms, l'autre jour, quand tu m'accusais d'avoir comploté je ne sais quoi avec Bookbinder.

– Chéri, fit-elle en me serrant le bras, tu me connais. Je suis un Lion, j'ai besoin de rugir de temps en temps... Tu devrais souffler sur les braises, sinon ton steak ne cuira jamais. Je vais aller te chercher ma sauce maison. J'ai dû la rapatrier dans la cuisine, avant que ces goinfres ne nettoient le bol.

Resté seul, je pensai à l'expo. J'avais maintenant suffisamment de matière première; le nouveau défi qui se présentait résidait dans la disposition des objets.

Gerry ne tarda pas à réapparaître.

– Tu vas te régaler !

Elle prit une assiette sur la pile, y déposa les grillades et commença à verser la sauce.

– Hé ! Pas tant !

Trop tard. Elle avait abondamment nappé l'ensemble.

– Viens donc auprès de la piscine ! Tu connais presque tout le monde.

– Merci, mais je préfère manger ici, pendant que c'est chaud.

– Monsieur le professeur n'apprécie pas beaucoup mes turbulents amis, on dirait.

– Je n'ai rien dit de tel.

Elle me tendit une serviette en papier et des couverts.

– Remarque, je m'en doutais. Je t'ai préparé le lit de camp, dans le pavillon d'été. Tu y seras tranquille. J'ai laissé une demi-bouteille de Courvoisier et une boîte de cigares à côté du lit.

Gerry jouant les épouses modèles... On aurait tout vu ! Aussitôt, je subodorai une arrière-pensée de sa part. Aurait-elle l'aplomb d'inviter dans son lit ce Roger qui la mangeait des yeux ? Cela paraissait difficile à croire, mais je ne voyais pas d'autre explication à sa conduite.

– Je ne suis pas fatigué, dis-je.

– Tant mieux, répondit-elle avec un sourire enjôleur. Au moins, si tu veux t'allonger, tu sauras où aller.

Elle m'abandonna à mon assiette, que je mangeai de bon appétit. La sauce était un peu pimentée à mon goût, et je ne la terminai pas. Je pris conscience d'une présence à mes côtés et, levant les yeux, aperçus la face de lune de Roger, à laquelle la lumière artificielle donnait des reflets verdâtres.

– Ce vieux Greg ! lança-t-il. On se ressert en cachette, hein ?

Je lui décochai une œillade oblique.

– Pas du tout. Je viens juste d'arriver.

– Et moi, je ne vais pas tarder à partir. J'ai un

rendez-vous très important demain matin. Tu n'as pas vu Val ?

– Val ?

– Ma femme.

– Euh... non.

Je me gardai d'ajouter que j'ignorais qu'il était marié, vu son comportement à l'égard de Gerry.

– Ah ! La voilà. Val, ma chérie, viens saluer notre hôte avant que nous ne partions.

Je reconnus l'une des jeunes femmes qui, tout à l'heure, courait en tenue d'Eve au bord de la piscine ; sans doute avait-elle fini par faire le grand saut, car ses cheveux humides lui collaient aux tempes. Elle me dévisagea avec dédain.

– Ainsi, c'est vous le mari...

Roger sourit faiblement.

– Val vous remercie pour la soirée. Allez, viens, ma nymphe, nous rentrons.

Ils disparurent et je décidai de regagner la maison pour boire une tasse de café. En chemin, je fus intercepté par un groupe de théâtreux qui tentèrent de m'impressionner par des discours ampoulés. J'avais du mal à suivre le fil de la conversation. D'eux ou de moi, je ne savais qui était le plus vaseux.

De minute en minute, je me sentais plus las. Finalement, renonçant à lutter, je marmonnai quelques mots d'excuse et sortis. Mon seul objectif était d'atteindre le lit de camp avant de m'effondrer. Il me semblait que mes semelles étaient lestées de plomb. Je ne comprenais pas ce qui m'arrivait ; je n'avais rien bu depuis les deux cognacs, au café. Dans ma torpeur, je crus distinguer un martèlement de petits talons dans mon dos.

C'était Gerry.

– Greg, ça n'a pas l'air d'aller !

– Juste un peu de fatigue. Je vais me coucher.

– Veux-tu que je te soutienne ?

– Ce n'est pas la...

Ma cuisse heurta une table; la douleur raviva momentanément mon esprit embrumé. Je vis la silhouette de Gerry s'éloigner et tentai d'analyser mon état. J'avais été drogué. A tâtons, je cherchai à attraper le pot de moutarde posé sur la table. J'y plongeai le doigt, que je me fourrai dans la gorge. Pris d'un haut-le-coeur, je titubai jusqu'au bac de géraniums le plus proche et rendis mon dîner. La tête me tournait, je me sentais exténué. Je renouvelai l'opération, avec un résultat presque aussi copieux. Des gouttes de sueur glacée perlaient à mon front.

D'un pas chancelant, je dégringolai les marches du patio, contournai la piscine en manquant de chavirer, faillis m'affaler sur le gazon. Miraculeusement, je parvins jusqu'au pavillon d'été. Gerry n'avait pas menti : le lit de camp m'attendait. Je m'y écroulai comme une bûche, sans même ôter mes chaussures.

J'avais l'impression d'être en lévitation – une sensation très désagréable. La sauce... la sauce *maison...* bien sûr. Pour la troisième fois, je me mis un doigt dans la bouche.

Je ne sais au bout de combien de temps je repris conscience, mais il faisait encore nuit. Quelque chose m'avait réveillé. Les membres gourds, l'esprit abruti, je m'assoupis de nouveau.

De nouveau, un bruit; on avait bougé, tout près de moi. A moins que ce ne soit le vent? Non, mon intuition me disait qu'il s'agissait d'un être vivant. Un renard? Parfois, ils traversaient le jardin.

J'ouvris un oeil. A la clarté diffuse de la lune, je distinguai une silhouette humaine – Geraldine, vêtue d'un survêtement sombre. Je fus vaguement intrigué par sa présence, mais n'eus pas la force de chercher une explication, encore moins de l'interroger.

Je refermai les yeux.

Il me sembla percevoir un glougloutement, comme si

l'on vidait une bouteille à goulot étroit. J'en eus la confirmation en rouvrant les yeux. Ma femme déversait le contenu de la flasque de Courvoisier sur le sol. Trop K.O. pour intervenir, je songeai qu'elle devait être ivre morte; j'avais l'impression de visionner un film surréaliste où le bizarre force la raison à démissionner.

Lorsque la bouteille fut vide, Gerry en déboucha une seconde, qu'elle avait dû apporter avec elle. Elle en aspergea la pièce entière, y compris le lit. J'exprimai ma protestation sous la forme d'une série de grognements en provenance directe de l'âge des cavernes.

Elle n'y prit pas garde. L'étape suivante consista pour elle à prendre un havanc dans la boîte et à l'allumer. Hallucinant ! Elle qui ne fumait jamais un cigare ! Je la vis tirer avidement dessus pour faire rougeoyer la braise. Puis elle s'accroupit et je la perdis de vue.

Mes paupières retombèrent, exténuées par cet effort prolongé.

Mon odorat, en revanche, fonctionnait à merveille. L'odeur âcre de la fumée s'insinua dans mes narines et j'ouvris la bouche pour ne pas suffoquer. Un sifflement sourd me fit ouvrir les yeux : le lit était en feu – pas seulement le lit, d'ailleurs, mais la pièce entière.

« Mon coco, me dis-je, il va falloir déguerpir au plus vite si tu ne veux pas te consumer avec les meubles. »

TROISIÈME PARTIE

LES HOMMES EN BLOUSES BLANCHES

1

La salle de police de Manvers Street était tout de même plus spacieuse que la caravane. Les trombones ne valsaient plus dans leurs boîtes chaque fois que Peter Diamond traversait la pièce ; les archivistes n'étaient plus troublées par son souffle sur leur épaule ; les feuilles volantes et les fiches de renseignements n'étaient plus posées en équilibre instable sur le coin des tables ; quant au tourniquet à fiches, au lieu de trôner au centre de l'espace vital, il avait été relégué dans un coin. Quatre « chevaux de Troie » – surnom dont le superintendant avait affublé les ordinateurs – avaient été installés près de la porte, à la demande expresse du comité de la police, qui avait décidé de ne pas s'en laisser compter par les préjugés d'un vieux briscard acariâtre.

A part cela, les troupes avaient retrouvé confiance. L'enquête prenait enfin tournure. Depuis bientôt une heure et demie, un homme répondait aux questions de Diamond et Wigfull.

Les deux policiers sortirent pour une pause sandwich. Tous deux étaient en bras de chemise. Le Flic en voie de disparition paraissait aux anges ; la cravate desserrée, le col de sa chemise déboutonné, il pavoisait. L'interrogatoire du professeur Jackman allait apporter des éléments décisifs pour faire avancer l'enquête.

Son épaisse silhouette bien installée sur un bureau, il dégoupilla une canette de bière.

– Savez-vous, Wigfull, pourquoi il nous a raconté cette histoire d'incendie ?

N'étant pas devin, Wigfull préféra se taire.

– Il pose les fondations de sa défense, expliqua le superintendant ; mentalement, il est déjà devant la Cour, à plaider les circonstances atténuantes. J'imagine la suite : elle a récidivé et, cette fois, il s'est défendu. Mais il n'a pas su contrôler sa force. Il a paniqué et a essayé de se débarrasser du cadavre en le jetant dans le lac. Vous verrez, John, je suis sûr de mon fait.

– Ce n'est pas ce qu'il nous a dit hier.

– Ils commencent toujours par vous servir la même salade : blanche colombe et *tutti quanti*. Mais ce n'est qu'un amuse-gueule, il sait bien qu'il faudra ensuite passer au plat de résistance.

– Vous croyez qu'il est mûr pour avouer le crime ?

– Pas encore. L'homme a la tête froide, ne l'oubliez pas. Il tente d'abord de se rendre sympathique. Mais son histoire du pavillon d'été en dit déjà long.

– A votre avis, il ment ? Pourtant, le pavillon a bel et bien brûlé !

– C'est indubitable. Mais il n'est pas venu faire de déposition, à l'époque. Nous ignorons *comment* l'incendie s'est déclaré.

– On pourrait faire analyser les lieux...

– J'ai déjà pris les dispositions nécessaires.

Le ton était suffisant ; l'avantage qu'il marquait devant Wigfull le remplissait de joie. D'un air déterminé, il entreprit de desceller le coffrage de plastique contenant le sandwich.

– Cela prendra des semaines avant que le labo nous fournisse la moindre indication. Je préfère miser sur l'interrogatoire.

Comme l'emballage lui résistait, il tenta de le briser d'une pression des doigts, réduisant du même coup le sandwich en purée. Furieux, il le balança dans la corbeille – mais manqua son but.

– Puis-je vous offrir le mien? proposa Wigfull.

– Non, je dînerai tôt ce soir. Allez, en piste!

En les voyant entrer, le professeur Jackman consulta sa montre; à le voir si parfaitement maître de lui, on eût pu croire qu'il était l'interrogateur et non l'interrogé. Devant lui, un bol vide et un biscuit, dernier de son paquet, dont Diamond ne fit qu'une bouchée.

La sténo se glissa à pas de loup dans le dos du professeur et Diamond entra sans attendre dans le vif du sujet.

– Revenons à l'incendie du pavillon d'été. Vous en êtes sorti indemne, me semble-t-il.

– Oui.

– Le danger vous a donné la force de vous lever?

– Non sans difficulté.

– Etes-vous certain d'avoir été drogué?

– J'en ai l'intime conviction. Elle a très certainement utilisé les barbituriques que lui avait prescrits le médecin. Dieu sait combien de comprimés elle a dû écraser dans sa satanée sauce! Je vous l'ai dit, si je ne m'étais pas fait vomir, je n'en aurais pas réchappé.

– Vous avez eu beaucoup de chance.

– Ça, vous pouvez le dire! Il s'en est fallu de quelques secondes que je sois carbonisé. Mes chaussures et mon pantalon fumaient lorsque je suis sorti.

– Les auriez-vous par hasard conservés?

– Oh, non! Je les ai mis à la poubelle, ils étaient irrécupérables.

Il plissa les yeux et scruta son interlocuteur.

– Vous me croyez, n'est-ce pas?

Diamond ne daigna pas répondre.

– Ce qui m'intéresse, c'est ce qui s'est passé ensuite. Comment avez-vous réagi à cette tentative d'assassinat?

– Réagi? Je vous l'ai dit, j'étais groggy. J'ai rampé sur

la pelouse et j'ai dû m'assoupir. Lorsque je me suis réveillé, il faisait plein jour. J'avais mal partout. Les événements de la nuit étaient si confus que je crus avoir fait un mauvais rêve. Le tas de cendres en face de moi attestait pourtant que c'était bien réel. Je cherchai Geraldine mais, naturellement, elle avait pris la fuite.

– En aviez-vous la preuve?

– Sa voiture n'était plus dans le garage.

– Qu'avez-vous fait, alors?

– J'ai dormi, car j'était encore trop vaseux pour rien entreprendre. En me réveillant, je me suis mis à ranger. J'avais besoin de m'occuper manuellement.

– Mais vous n'avez pas jugé utile de prévenir la police.

– J'attendais d'avoir une explication avec Gerry.

– Mais vous ignoriez où elle était partie! Elle aurait très bien pu se tuer... Cela arrive fréquemment.

– Quand on a pris le soin de déguiser un meurtre en accident, on ne gâche pas tout en se suicidant, dit sèchement Jackman. Je savais qu'elle reviendrait.

Diamond échangea un clin d'oeil avec John Wigfull.

– Ainsi, vous vous êtes tout simplement mis à faire la vaisselle?

Jackman posa les coudes sur la table et se pencha vers les deux policiers.

– Ecoutez-moi bien : je suis ici de mon plein gré. Je vous relate les faits tels qu'ils se sont produits, mais je ne supporterai pas que vous mettiez ma parole en doute!

Diamond, qui en avait vu d'autres, ne se laissa pas impressionner par cette sortie.

– Nous essayons simplement de comprendre. Avançons, voulez-vous? Quand avez-vous revu votre femme?

– Le jour même, dans la soirée.

Le professeur reprit son récit du même ton enlevé et persuasif.

– Après avoir garé sa voiture, elle n'est pas entrée tout

de suite dans la maison. Moi, je l'observais de la fenêtre. Elle portait le même survêtement que la nuit précédente. Elle s'est dirigée vers le jardin et est restée un long moment à observer la carcasse calcinée du pavillon. A distance, toutefois. Puis elle a fait volte-face et s'est approchée de la maison.

Il sourit faiblement.

– Quand elle m'a aperçu devant la télévision, les doigts de pieds en éventail, elle a eu le choc de sa vie. Elle a failli tourner de l'oeil. Je lui ai servi un verre, très calme. Avant de l'accuser, je voulais voir comment elle allait réagir. Je lui ai demandé ce qu'elle avait fait de sa journée, et elle m'a répondu qu'elle s'était promenée, car elle ne supportait plus de rester dans la maison; pour le coup, elle disait sans doute vrai.

– Et qu'est-il arrivé lorsque vous avez mentionné l'*incident* de la nuit?

– Elle a tout nié, naturellement. Elle m'a servi la version qu'elle avait préparée pour la police, à savoir que j'avais dû mettre le feu au drap en fumant un cigare. Moi, je sais qu'elle m'avait drogué.

– Contentons-nous de dire que *quelqu'un* vous a drogué.

Mais Jackman avait des arguments tout prêts.

– Geraldine avait le produit à sa disposition; c'est elle qui avait préparé la sauce, qui est allée la chercher et me l'a servie – en abondance. A peine la dernière bouchée avalée, j'étais liquéfié. Elle avait planté le décor, sans oublier aucun des accessoires de la mise en scène. Et je n'ai pas rêvé lorsque je l'ai vue entrer dans le pavillon. La preuve, j'ai même retenu ce qu'elle portait, le même survêtement qu'elle avait encore le lendemain.

– Vous l'avez déjà dit. C'est un film que vous vous reprojetez souvent dans votre tête, hein?

– Oui, et à chaque fois, la conclusion est la même.

– Fort bien, Professeur! lança Diamond d'un ton

bonhomme, comme s'il prenait l'histoire pour argent comptant. Maintenant, dites-moi pourquoi.

– Pourquoi... a-t-elle tenté de me tuer ?

– C'est cela, oui.

Jackamn se gratta la tempe, ruminant la question.

– Je mets cela sur le compte de son état mental. Depuis quelque temps, elle manifestait des symptômes de paranoïa. Elle s'imaginait que je la persécutais, elle ne faisait plus la distinction entre ses chimères et la réalité. Je n'avais pas apprécié la gravité de son mal – jusqu'à cette nuit-là.

– Paranoïa...

Une lueur machiavélique éclaira l'oeil du superintendant lorsqu'il se tourna vers la sténo.

– Voulez-vous que l'on vous épelle ce mot ?

La petite fonctionnaire secoua la tête et Diamond revint à Jackman.

– Et vous ? Vous sentiez-vous persécuté ?

– Comment ?

– Persécuté... ou menacé, si vous préférez. Mais ce serait légitime, après ce qui vous est arrivé.

– Je n'emploierais pas ces termes.

– Lesquels emploieriez-vous, dans ce cas ?

Le professeur hésita et, quand il répondit, ce fut à contrecoeur.

– J'étais sur mes gardes.

– Vous n'avez pris aucune précaution particulière ?

– Elle n'allait pas se ruer sur moi avec une hache ! La mise en scène du pavillon avait été longuement préméditée, car elle ne voulait pas que l'on détecte son crime. Si elle tentait de nouveau de me tuer, je saurais bien repérer les signes avant-coureurs.

– Voilà la marque d'un homme courageux, dit Diamond sans en penser un mot.

Jackman se pencha en avant, comme pour donner plus de poids à son argumentation.

– Lorsqu'on vit avec quelqu'un, qu'on partage ses

joies comme ses peines, on doit croire en une certaine complicité. Certes, la magie entre nous était rompue depuis longtemps, mais de là à nous détruire mutuellement...

Sentant l'interrogé s'engager sur la pente des aveux, les deux policiers retinrent leur souffle.

– Pour le dire autrement, j'étais prêt à assumer ma part de responsabilité dans ce qui s'était passé. Je n'avais pas réussi à comprendre Gerry, et cette incompréhension avait nourri ses doutes. Il fallait y remédier.

– En lui octroyant le bénéfice du doute?

– Je n'avais pas le moindre doute. Elle avait tenté de me tuer mais avait échoué. Cette certitude me donnait un avantage sur elle.

Quelqu'un frappa à la porte et entra. Diamond s'apprêtait à rembarrer vertement l'intrus quand il reconnut le médecin de la police, accompagné par un agent qui portait une cuvette en forme de haricot contenant une seringue et d'autres ustensiles.

– Ah! s'exclama le superintendant, rasséréné.

Jackman, en revanche, affichait un air consterné.

– J'ai convoqué le médecin, expliqua Diamond, afin de prendre un échantillon de votre sang. Une procédure de routine, rien de plus.

– Une simple prise de sang?

Un sourire machiavélique illumina la face du superintendant.

– A quoi vous attendiez-vous? Un sérum de vérité?

2

Sur le palier où ils étaient tous deux sortis, Wigfull interrogea son supérieur.

– Prochaine étape?

– Ceci, répondit laconiquement Diamond.

Le superintendant attrapa un livre qu'il souleva à hauteur d'épaule, comme s'il s'apprêtait à prêter serment sur la Bible – une bible qui aurait eu une jaquette couverte d'éléphants roses.

– Le carnet d'adresses de Geraldine.

– Vous comptez passer tous les noms en revue?

Diamond se fendit d'un large sourire.

– Exactement. Avec l'aide de notre ami, bien sûr. Nous allons lui lâcher un peu la bride.

– Lui offrir la corde pour se pendre, plutôt!

– Vous retardez, mon vieux.

Wigfull hocha la tête d'un air entendu. L'opinion de Diamond sur la peine capitale n'était un secret pour personne. A ses yeux, le déclin historique de la Grande-Bretagne remontait à 1964, année de l'abolition de la peine de mort. Mais ce n'était pas le moment de le lancer sur ce vieux cheval de bataille.

– Comment va-t-il se trahir?

– En nous désignant un tiers.

– Hmmm... pour nous égarer?

– Nous « aider », John, rectifia Diamond hypocritement. Nous ne voulons pas accuser prématurément notre cher professeur, n'est-ce pas? Lui qui se montre si coopératif... Vous n'êtes qu'un affreux sournois.

– Et vous un horrible cynique!

Diamond se pâma d'aise.

Lorsqu'ils réintégrèrent la salle, ils trouvèrent Jackman en train de reboutonner sa manchette. Il paraissait beaucoup moins sûr de lui.

– Pourquoi vouliez-vous mon sang? demanda-t-il de but en blanc.

– A vous entendre, je serais un vampire! En réalité, c'est une procédure de routine, désormais. Avez-vous entendu parler des empreintes génétiques?

– Certes, mais je ne vois pas...

– On a retrouvé des traces de sang sur le couvre-lit de votre femme.

– Ah? Je ne les ai pas remarquées.

– Elles étaient assez discrètes.

La professeur parut méditer la nouvelle.

– Ainsi, on l'aurait attaquée dans son lit?

– Il est trop tôt pour le dire. Nous ignorons à qui appartient ce sang et, quand bien même ce serait le sien, elle a pu s'égratigner le plus innocemment du monde. Nous ne serons fixés qu'en fin de semaine prochaine. En attendant, voici de quoi nous occuper.

Diamond fit jaillir le carnet d'adresses de sa manche et ils entreprirent de passer en revue les noms. Si un carnet d'adresses est le reflet de la personnalité de son possesseur, alors, Geraldine Jackman était certainement quelqu'un de tourmenté. Parfois, un nom réduit aux initiales; parfois, un prénom seul; parfois, un numéro de téléphone sans adresse... Certaines lignes étaient soulignées ou entourées, d'autres entièrement rayées. Des notes éparses émaillaient le tout, horaires de trains, rendez-vous, soldes bancaires et de curieux gribouillis ressemblant à des toiles d'araignées. Un détective formé à l'école de Sherlock Holmes en aurait certainement déduit l'identité du meurtrier, ainsi que le mobile et les circonstances du crime. Plus terre-à-terre, Diamond se contenta d'observer les réactions de Jackman et d'écouter attentivement ses commentaires.

Après une heure et demie de ce fastidieux inventaire, Jackman était parvenu à identifier une bonne trentaine des amis de sa femme. Un large échantillon de noms restait mystérieux, mais la bonne volonté du professeur n'était pas à mettre en doute. Sur un point, seulement, il ne répondit pas à l'attente de Diamond : il ne désigna aucun suspect...

Peu satisfait des résultats, le superintendant opta pour une approche plus directe.

– Vous avez mentionné, tout à l'heure, un agent immobilier prénommé Roger.

Jackman feuilleta les pages du carnet.

– Roger Plato. Son nom est inscrit quelque part... Voilà, à la lettre R. Avec deux numéros de téléphone – professionnel et privé.

Diamond tira le carnet à lui et l'observa minutieusement.

– Le nom de sa femme n'apparaît pas.

– Je crois qu'elle fréquentait peu ce milieu.

– Pourtant, elle était présente, le soir du barbecue.

– Oui. Jusqu'alors, j'ignorais tout d'elle... jusqu'à son existence.

– Votre femme devait la connaître.

Jackman haussa les épaules mais ne répondit pas. Refermant brutalement l'opuscule, Diamond se fit soudain plus agressif.

– Plato couchait avec votre femme ?

Le coup de théâtre voulu par Diamond tomba à l'eau ; Jackman ne se laissa pas impressionner par la manœuvre.

– Ne serait-ce pas plutôt à Roger qu'il faudrait poser la question ?

Diamond rétrograda pour redevenir plus courtois.

– Je vais m'exprimer autrement. Soupçonniez-vous une liaison entre eux ?

Curieusement, cette seconde méthode déstabilisa davantage le professeur.

– N-non. S'il y avait vraiment eu quelque chose entre eux, elle se serait montrée plus discrète.

– Avait-elle un autre homme dans sa vie ?

– Je n'en sais rien.

– Cela vous aurait fait quelque chose ?

De nouveau, l'interrogé hésita.

– Oui.

– Ainsi, votre tolérance réciproque avait tout de même certaines limites.

A ce stade de l'interrogatoire, le professeur fit une tentative pour prendre l'initiative.

– Pourquoi ces questions, Superintendant ?

Diamond prit son air le plus candide.

– Tout simplement parce que la jalousie pourrait être le mobile que je cherche.

– La jalousie – de la part de qui ?

Peu habitué à être la cible d'une question pointue, Diamond leva les yeux au plafond.

– De la part d'une femme qui a été trompée, par exemple.

– Ou d'un mari ! N'essayez pas de finasser, Superintendant ! J'ai parfaitement compris que vous me considériez comme votre suspect numéro 1.

– Témoin, Professeur, pas suspect. Je ne vais pas vous accuser alors que j'ai besoin de votre aide.

Il tapota du doigt le carnet d'adresses.

– J'aimerais que nous revenions là-dessus. Nous sommes passés très vite sur certains noms. Andy, par exemple. Un prénom, un numéro de téléphone à Bristol et c'est tout. Cela vous dit quelque chose ?

– Rien.

– L'un des invités du barbecue, peut-être ?

– Je l'ignore. Je n'ai pas vu tout le monde, ce soir-là.

– Vous avez mentionné un homme vautré sur le seuil, qui tambourinait sur votre timbale du Couronnement...

– Du jubilé de George V. Je ne connaissais pas cette personne.

– Chrissie ?

– Jamais entendu parler.

– Fiona ?

– Ecoutez, nous avons déjà passé en revue tous ces noms. Au risque de me répéter, Gerry et moi ne passions pas notre temps à nous espionner. Je ne savais pas tout de sa vie, loin de là.

Diamond jugea bon de ne pas insister.

– Concentrons-nous sur votre vie, alors. Parlez-nous des semaines qui ont précédé la disparition de votre femme. Pour commencer, quand est-elle partie ?

– Le lundi 11 septembre, soit un peu plus de cinq semaines après le barbecue.

– Que s'est-il passé, pendant ces cinq semaines ?

Le professeur poussa un soupir exaspéré.

– Seigneur ! Je me suis démené pour avancer sur cette foutue exposition !

Mais Diamond en avait assez entendu sur Jane Austen.

– Et dans votre vie privée ?

– Pas grand-chose. Nous nous regardions un peu en chiens de faïence. En fait, nous nous sommes peu vus. Je rentrais tard le soir et Gerry m'évitait au maximum.

– Vous avez continué à dormir ensemble ?

– Dans la même chambre, oui.

Sa curiosité en éveil, Wigfull ne put s'empêcher d'intervenir.

– La présence d'une meurtrière en puissance ne vous empêchait pas de dormir ?

– Au contraire ; tant qu'elle était à côté de moi, j'étais sûr qu'elle ne manigançait pas quelque chose derrière mon dos.

Logique imparable, à laquelle Diamond riposta en tentant de relancer la dynamique du récit.

– Ce dut être une période de grande tension. Parveniez-vous à vous octroyer des moments de détente ?

– Je suis allé nager de temps à autre.

– Parlons-en, justement. Avec le jeune garçon que vous aviez sauvé des eaux, c'est bien cela ?

– Matthew, oui. Mais je ne vois pas en quoi ceci intéresse la police.

Diamond se prit la tête entre les mains, mimant l'abattement du caporal devant un bleu têtu et insoumis.

– Professeur, tout intéresse la police dans une enquête aussi importante que celle-ci. Absolument tout.

– Très bien. Sachez donc que Matthew est venu nager plusieurs fois avec moi. Nous nous retrouvions d'habitude devant la piscine.

– Avec sa mère ?

– Elle l'accompagnait en voiture.

On abordait au point qui intéressait Diamond. La chaleur avec laquelle le professeur avait évoqué la jeune femme divorcée devait être explicitée.

– Elle le ramenait ensuite ?

– Généralement, oui.

– Il y eut des exceptions ?

– Une fois ou deux, je l'ai raccompagné moi-même.

– Vous êtes entré dans la maison ? Pour boire une tasse de café ou...

L'apparente désinvolture de la question n'abusa pas le professeur mais lui valut un mouvement d'humeur.

– Encore des insinuations ! Qu'attendez-vous de moi ? Que j'avoue que les séances de natation n'étaient qu'une façade pour cacher mes rencontres secrètes avec Mrs Didrikson ? Allons bon ! Nous ne sommes plus en 1900, Superintendant !

– Daignerez-vous répondre à ma question, Professeur ?

– Daignerez-vous me dire en quoi cela peut éclairer la mort de ma femme ?

– L'avenir le dira peut-être. Etes-vous fatigué ? Souhaitez-vous une interruption ?

Jackman soupira, résigné.

– J'ai effectivement été invité à prendre une tasse de café, une fois ou deux. Et puisque ce sujet semble vous passionner, sachez que j'ai aussi emmené Mat à un match de cricket et à un tournoi de football. J'ai beaucoup d'affection pour le gamin. Me croirez-vous si je vous dis que j'ai agi sans la moindre arrière-pensée ?

– Ce que je crois n'a guère d'importance. Revenons à

votre femme. A-t-elle pris ombrage de vos sorties avec Matthew? Son esprit soupçonneux n'a-t-il pas imaginé que vous preniez du bon temps avec la mère?

– En parlant d'esprit soupçonneux, vous n'avez rien à lui envier! Rappelez-vous que c'est Gerry qui, la première, a invité Mrs Didrikson au barbecue. Elle ne pouvait donc pas me reprocher de me montrer courtois avec cette femme. Car il n'y a rien eu de plus. Je n'ai jamais couché avec elle.

– Pendant ces cinq semaines, qui votre femme a-t-elle vu? A qui a-t-elle téléphoné?

– Tout ce que je sais, c'est qu'elle passait toutes ses matinées au lit, à appeler la terre entière. J'ai d'ailleurs pu juger de ses talents d'actrice. Avec moi, elle était insupportable, me cherchait sans cesse querelle et, dès que le téléphone sonnait, elle devenait tout miel.

– Quels étaient les sujets de vos disputes?

– Je n'ai pas dit que nous nous disputions! Elle me cherchait des poux, mais je ne répondais pas. Par exemple, son miroir à main avait disparu, et elle m'accusait de l'avoir subtilisé. Bien sûr, c'était faux. J'ai fouillé la maison entière, lui ai proposé mon propre miroir de rasage, lui ai rappelé qu'elle pouvait se regarder dans l'une des innombrables glaces accrochées aux murs de la maison... Non, il lui fallait « son » miroir à main!

– Cette fixation... vous l'attribuez également à son état mental?

– Je n'interprète pas, je constate simplement. Dites, combien de temps comptez-vous encore me garder ici?

Diamond esquiva la question.

– J'aimerais examiner dans le détail les deux dernières journées de votre femme. Cela dit, le moment me paraît bien choisi pour faire une pause. Vous devez avoir faim, je vais vous faire apporter des sandwiches. Désirez-vous une bière ou une boisson chaude?

– Je croyais que les gens de mon espèce étaient mis au pain sec et à l'eau.

3

Peter Diamond posa sa veste sur un fichier, tira sur ses bretelles et constata que sa chemise était auréolée de sueur. L'interrogatoire n'avait pas été aussi fécond qu'il l'espérait. Le sujet était plus coriace que prévu. En se gardant d'incriminer un tiers, alors que l'occasion lui en était offerte sur un plateau, il avait déjoué toute attente.

Loin de succomber au découragement, Diamond salivait devant le nouveau défi à relever. A ce stade, un virage tactique s'imposait – un virage qui mettrait à l'épreuve les nerfs du professeur et ceux de quelqu'un d'autre... Sans lever les yeux du quotidien du soir déplié devant lui, le superintendant s'adressa à son second.

– Dorénavant, nous allons jouer le concerto à quatre mains. Vous mènerez l'entretien et moi, je le déséquilibrerai au moment opportun.

La décharge que reçut Wigfull combla d'aise le superintendant. L'émissaire venu d'en haut, le jeune inspecteur aux états de service irréprochables... A son tour, il allait entrer dans l'arène.

– Requinqué ? demanda Diamond en rentrant dans la pièce.

Puis, sans attendre de réponse :

– C'est l'inspecteur Wigfull qui va vous questionner.

Tel Néron au Colisée, il se mit à l'aise pour assister au combat des gladiateurs.

Avec sa fine moustache incurvée et ses grands yeux marron, Wigfull impressionnait moins que son supérieur. Il démarra sur un ton si courtois qu'on l'eût cru emprunté.

– Si j'ai bien compris, sir, vous n'avez pas revu votre femme vivante après le lundi 11 septembre.

– C'est exact.

– Vous souvenez-vous des événements du week-end ?

– On ne peut mieux, vu que l'exposition Jane Austen fut inaugurée le samedi. Mon Dieu, quelle panique ! Mais j'y reviendrai. Sans forfanterie, je crois pouvoir dire que ce fut un succès. La presse nationale s'est fendue de quelques commentaires élogieux et nous avons fait la une du journal télévisé local... Mais ce n'est pas de l'exposition que vous voulez m'entendre parler, je suppose ?

– Tout dépend le lien qu'elle a avec l'affaire.

Diamond émit un soupir pesant et un grincement de chaise.

– A mon avis, aucun, reprit Jackman sans se laisser impressionner. Revenons donc à mon emploi du temps. Le vendredi, j'ai passé un bon moment à Heathrow à attendre mon hôte du week-end, le Dr Louis Junker. Un universitaire américain, de Pittsburgh, un spécialiste de Jane Austen. Ayant entendu parler de l'exposition, il a organisé ses vacances autour de l'événement. Tout l'été, nous avons correspondu et je l'ai invité à passer le week-end de l'inauguration chez nous. Par malheur, son avion a été retardé et il n'est arrivé qu'à 16 heures, alors qu'il était prévu à 10.

– Il est resté tout le week-end ?

– Il est reparti le dimanche. La veille, il avait assisté à l'inauguration et m'avait félicité. En fait, j'ai passé très peu de temps avec lui, car j'étais débordé... entre les interviews, les officiels à accueillir. Gerry lui a servi d'escorte. A ma grande surprise, d'ailleurs, car ce genre de manifestation n'est généralement pas sa tasse de thé. Elle a tout de suite accroché avec Junker. Je me demande encore de quoi ils ont pu parler – elle qui n'ouvre jamais un livre sérieux !

– Elle se comportait normalement ?

– Tout dépend ce que vous entendez par là. Elle savait être exquise – avec les autres.

Un soupir lui échappa, comme s'il se reprochait l'amertume qu'il venait d'exprimer.

– Quoi qu'il en soit, nous étions tous exténués après l'exposition. Nous avons dîné rapidement dans un pub et sommes rentrés. Dimanche matin, nous avons traîné un peu en lisant les journaux puis sommes sortis au troquet avaler une bière et un sandwich.

– Juste Junker et vous ?

– Gerry a fait la grasse matinée, comme d'habitude. Elle ne s'est levée que pour dire au revoir à notre hôte. Je l'ai conduit à la gare vers 15h45.

– Vous avez tout à l'heure prononcé le mot « panique ».

– Cela s'est passé le dimanche soir. A la suite de toute la publicité faite autour de l'exposition, je me suis vu proposer toute une série d'objets plus ou moins en rapport avec Jane Austen. La plupart étaient inexploitables dans le cadre de mon projet mais, le soir de l'ouverture, on m'a fait présent de deux lettres, datées de 1800, qui, une fois authentifiées, pouvaient faire sensation dans le Landernau littéraire. Apparemment, il s'agissait de deux missives écrites par Jane Austen à l'attention de sa tante Jane.

– Vous parlez d'un cadeau ! s'esclaffa Wigfull.

Jackman parut vouloir minimiser l'importance de la chose.

– En réalité, c'était deux lettres très brèves et leur contenu n'était guère passionnant. Mais pour les érudits, ces pièces auraient naturellement une valeur considérable. Je les ai montrées au Dr Junker, qui connaît mieux que moi l'écriture de Jane. D'après lui, elles avaient bien été écrites de la main de l'écrivain.

– Etonnant... Rappelez-moi comment vous êtes entré en leur possession.

– Le donateur avait vu mon interview à la télévision. Il souhaitait garder l'anonymat, ce que j'ai respecté. A mon avis, les lettres provenaient d'un lot vendu par un philatéliste pour les cachets de la poste. A l'époque, vous le savez sans doute, on ne connaissait ni les enveloppes ni les timbres. On écrivait le message au recto, l'adresse du destinataire au verso, on pliait la feuille et on la scellait. Ensuite, la Poste l'affranchissait. Cela dit, les collectionneurs ne les recherchent pas particulièrement, et on en trouve parfois pour une bouchée de pain.

– A moins qu'il ne s'agisse de la correspondance d'un écrivain mondialement connu.

Un sourire fugitif s'esquissa sur les lèvres du professeur...

– Encore faut-il que le vendeur soit assez cultivé pour savoir ce qu'il a en main. Ces lettres étaient simplement signées « Affectueuses pensées de votre nièce Jane ». La plupart des gens ignorent que Mrs Leigh Perrot était la tante maternelle de Jane Austen.

– Quel prix pourrait atteindre une lettre authentique de Jane Austen ?

– Difficile à dire. On en a répertorié environ cent cinquante, mais elles sont rarement mises en vente. Sans doute atteindraient-elles les 10 000 livres, dans une salle des ventes londonienne.

– Je me demande si le généreux donateur avait conscience de leur valeur..., dit Wigfull d'un air songeur.

– C'est peu probable. J'avais d'ailleurs l'intention de les lui restituer, si la preuve était faite de leur authenticité.

L'emploi du passé mit la puce à l'oreille de l'inspecteur.

– Il y a eu un problème ?

– Elles ont disparu. Je les avais bêtement laissées dans un tiroir non verrouillé. Le dimanche soir, en les cherchant, j'ai tout mis sens dessus dessous. En vain. J'ai interrogé Gerry, qui m'a affirmé ne pas y avoir touché.

– Elle connaissait donc leur existence ?

– Bien sûr ! Elle était présente lorsque Junker les a examinées. Ah ! Messieurs, j'en étais malade. A minuit, après avoir fouillé la maison de fond en comble, je suis retourné voir Gerry et l'ai accusée du vol. Nous nous sommes bagarrés comme des chiens. Ironie du sort... Cette fois, c'est elle qui a dû me prendre pour un paranoïaque !

Diamond qui, jusqu'à présent, s'était admirablement contrôlé, ne put s'empêcher de mettre son grain de sel.

– Une bagarre ? L'avez-vous frappée ?

– Non, je ne suis pas un violent.

– Dans quelle pièce vous êtes-vous « disputés » ? Dans la chambre ?

En quelques secondes, le ton bon enfant de l'interrogatoire avait laissé place à un harcèlement oppressant ; Jackman perdit de sa faconde.

– C'est cela, oui, dans la chambre. Elle était déjà couchée.

– Vous l'avez réveillée pour l'accuser du vol ?

– Pas si vite ! Elle ne dormait pas.

– Vous ne l'avez pas secouée pour la forcer à avouer ?

– Certainement pas.

– Vous avez pourtant dit que vous vous étiez bagarrés.

– Verbalement. Je me suis emporté, j'ai exigé qu'elle me dise où elle les avait cachées...

– Dites-moi précisément où vous vous teniez lorsque cette algarade a eu lieu.

– Je n'en sais rien. J'ai dû me déplacer.

– Vous déplacer... vers le lit ?

– Peut-être. Je ne l'ai pas touchée, si c'est ce qui vous intéresse. Ni à ce moment-là... ni par la suite !

Estimant que la pression avait été suffisante, Diamond mit un bémol à ses attaques.

– Quelquefois, vous savez, le souvenir édulcore un peu la violence des querelles.

– Ce n'est pas le cas. Nous nous sommes envoyé des « douceurs » à la figure, c'est vrai, mais ce n'est pas allé plus loin. Au bout d'un moment, nous nous sommes tus.

– Vous sortez souvent de vos gonds ? poursuivit Diamond, réticent à céder le relais à son collègue.

– Non. Je n'ai fait qu'exprimer spontanément ma colère. Si je l'avais agressée physiquement, comme vous voulez me le faire dire, croyez-vous que je vous parlerais ainsi ?

– Quelquefois, cela soulage...

Pour toute réponse, Jackman serra les lèvres et Diamond, d'un geste seigneurial, indiqua à son vassal qu'il pouvait reprendre le flambeau.

Après un silence, Wigfull se lança.

– Avez-vous envisagé que le Dr Junker ait pu prendre les lettres ?

Le professeur prit son temps pour répondre.

– J'y ai pensé plus tard, bien sûr. Les universitaires ne sont malheureusement pas immunisés contre la tentation du vol. Ils s'investissent tellement sur un sujet d'étude qu'ils considèrent légitime d'acquérir des documents originaux – fût-ce, parfois, malhonnêtement. C'est le cauchemar des bibliothécaires d'université.

– A quel moment avez-vous dirigé vos soupçons vers Junker ?

– Plusieurs heures après son départ. Comme je vous l'ai dit, je l'ai déposé à la gare pour le train de 16h12, vers Paddington. Il comptait passer voir le professeur Dalrymple à University College le lendemain, puis il partirait pour Paris. Le lundi matin, après une nuit quasi blanche, j'ai pris le premier train pour Londres.

– A 8h19, c'est bien cela?

L'acuité de la mémoire de Wigfull, à défaut d'impressionner Diamond, força l'admiration de Jackman.

– Exactement.

– En quels termes avez-vous pris congé de votre femme?

– Je lui ai dit qu'il me fallait retrouver Junker pour lui parler des lettres.

Diamond remua sur sa chaise.

– Ce n'est pas ainsi que vous nous aviez présenté les choses. Vous avez prétendu que vous deviez voir différentes personnes qui avaient des manuscrits à prêter.

Par ce commentaire, le superintendant comptait faire entendre qu'il possédait, lui aussi, une excellente mémoire.

– Lors de notre première entrevue, expliqua Jackman, je ne pensais pas qu'il serait nécessaire de parler des lettres disparues.

– Fort intéressant... Poursuivez, Wigfull.

L'inspecteur reprit le cours de l'interrogatoire.

– Avez-vous pu rattraper le Dr Junker?

– En arrivant chez Dalrymple, j'ai appris que Junker avait annulé son rendez-vous. Il avait appelé le professeur depuis Heathrow pour s'excuser de devoir partir immédiatement pour Paris. Ce changement de programme a aggravé mes soupçons; j'ai filé moi-même à l'aéroport et pris le premier avion pour la France.

– Vous connaissiez son point de chute?

– Non, mais je savais qu'il n'avait pu réserver de chambre, puisqu'il ne comptait pas, au départ, quitter Londres avant le mardi. Aussi, en arrivant à Charles-de-Gaulle, je me suis rendu tout droit au bureau d'Information. Je leur ai dit que je cherchais à joindre d'urgence un collègue. Par chance, Junker était effectivement passé les voir et l'employée lui avait recommandé un petit hôtel près de la Sorbonne.

– Junker s'y trouvait ?

– Pas quand j'y suis arrivé, mais il avait bel et bien pris une chambre. J'ai fait de même et me suis installé, résolu à attendre aussi longtemps qu'il le faudrait. Il est rentré vers 23 heures. Ma présence l'a surpris, mais pas autrement alarmé. Je lui ai expliqué mon problème, suggérant avec le plus de diplomatie possible que les lettres s'étaient peut-être glissées, par erreur, au milieu de ses documents... Je ne voulais surtout pas faire de scandale, simplement rentrer en possession des lettres.

– Les avait-il ?

– Non, ou alors, il a merveilleusement joué la comédie. Il était tout à la fois désolé pour moi et un peu blessé que j'aie pu le soupçonner d'un tel larcin. Il m'a invité dans sa chambre et nous avons fouillé ensemble ses bagages, ses poches, son portefeuille... A la fin, j'ai dû me rendre à l'évidence : c'était bien Geraldine qui les avait subtilisées. J'ai regagné l'Angleterre dès le lendemain, décidé à obtenir ses aveux – et les lettres. Mais, bien entendu, elle n'était pas à la maison.

– Vous n'avez pas jugé bon d'en avertir la police ?

– Non, puisque j'étais certain que Gerry était la coupable. Je préférais régler l'affaire entre quatre yeux. Et puis il m'aurait déplu que le donateur apprenne le vol.

– Vous ne nous avez toujours pas révélé le nom de ce généreux ami des lettres...

– C'est confidentiel.

– Allons, Professeur, le rudoya Diamond, ceci est une enquête criminelle, pas une partie de cache-cache !

Jackman se montra intraitable.

– J'ai donné ma parole.

– Ce genre d'obstruction délibérée peut avoir de fâcheuses conséquences, vous savez.

– Je ne fais pas d'obstruction. Ce détail n'a aucun lien direct avec la mort de Gerry.

– Cela, c'est à nous d'en décider.
– Non. En la matière, je suis seul juge.

4

– Des questions?

Diamond promena son regard sur l'assemblée d'officiers du C.I.D. réunie dans la salle de conférence de Milsom Street. A priori, son exposé avait été assez clair pour ne pas susciter la moindre question. Il avait dressé la liste des points à aborder avec les amis de la victime : la date de leur dernière rencontre, la date de leur dernière conversation téléphonique ainsi que son contenu et – afin de réveiller la commère qui sommeille en chacun – leur avis sur les raisons qui auraient pu pousser quelqu'un à la tuer.

– Pas de questions? Dans ce cas, au boulot!

Diamond resta seul dans la pièce avec Wigfull.

– Vous, John, je vous confie Roger Plato et sa femme. Comment s'appelle-t-elle, déjà?

– Val.

Bien qu'il n'eût pas attendu une réponse aussi rapide et assurée, il la prit avec bonhomie.

– John-rapide-comme-l'éclair-Wigfull, voilà comment il faudrait vous appeler! Pas besoin d'ordinateur, quand vous êtes dans les parages. Je veux que vous interrogiez personnellement le couple Plato; leur témoignage est trop important pour être confié aux petits gars.

En bon policier, Wigfull savait qu'il lui fallait obéir aux ordres; toutefois, il manifesta sa déception.

– Et le professeur? Nous n'en avons pas encore terminé avec lui.

– On va le laisser mariner un peu.

Mais la perspective n'enchanta guère l'inspecteur.

– Il commençait à être mûr. Il peut s'en aller, si nous ne le mettons pas en garde à vue.

– Il est pris entre deux feux. Il sait que s'il ne se montre pas coopératif, cela pourra se retourner contre lui.

– Depuis vingt-quatre heures, il n'a cessé de coopérer.

– Sans grand succès. Mais cela va venir, soyez-en sûr.

– Alors, vous comptez le garder à vue ?

– Que feriez-vous à ma place ?

Les deux hommes avaient en tête la loi relative à la question. Un suspect pouvait être gardé trente-six heures sans inculpation, après quoi, la garantie d'un magistrat était requise.

– Il faudrait d'abord voir le rapport du labo, avança Wigfull.

– Nous ne l'aurons pas ce soir.

– Dans ce cas, je crois qu'il va falloir le libérer.

– Au risque de ne plus jamais le revoir ?

– Hmmm..., fit Wigfull d'un air songeur. Nous pourrions vérifier s'il était bien sur le vol pour Paris, le 11 septembre.

– On s'en occupe.

– Et le professeur Dalrymple, de University College ?

– Boon s'en charge.

– Alors, que faire, sir ?

Diamond éluda la question.

– L'enquête est en bonne voie. Jackman avait l'opportunité et le mobile : un mariage qui allait à vau-l'eau et une femme qui menaçait sa vie.

– Cela ne suffit pas à expliquer un meurtre.

– Je ne parle pas d'un crime prémédité, lança Diamond d'un air courroucé. Ils se sont disputés, violemment, sans doute. Il l'a accusée, à tort ou à raison, d'avoir volé les lettres. Aussitôt, elle s'est enflammée, ils se sont battus... Supposons qu'il l'ait étouffée en lui coinçant la tête sous un oreiller; il a compris alors qu'il fallait faire disparaître le corps, sans quoi sa carrière était compromise. Il l'a chargé dans sa voiture et l'a balancé dans le lac, après avoir ôté les vêtements et l'alliance. Le lendemain, pour se concocter un alibi, il s'est comporté comme s'il soupçonnait son confrère américain d'avoir dérobé les lettres.

La démonstration, pour exemplaire qu'elle fût, ne parut pas émouvoir l'inspecteur.

– Si les lettres étaient au centre de la querelle qui a entraîné la mort de sa femme, il ne les aurait pas mentionnées !

– Le bougre est malin, John. Il a transformé le mobile du crime en alibi. Je vous parie un double whisky qu'il s'est bien rendu à Paris et que l'entrevue avec Junker s'est déroulée exactement comme il nous l'a décrite. Et d'ailleurs, ces lettres n'ont peut-être rien à voir avec le mobile du crime; il a pu les utiliser pour faire diversion.

Le superintendant hocha la tête, frappé par la pertinence de ce qu'il venait de dire.

– Ce n'est pas tout. Sa conduite, elle aussi, l'accuse. Il a attendu plus de deux semaines avant de se manifester à la police – et encore, parce que le corps avait été découvert. Pourquoi ? Mais parce qu'il espérait que le cadavre resterait tranquillement au fond du lac. Il a eu largement le temps de mettre au point son histoire; au fond, il est terrorisé par ce que pourrait découvrir le labo. Avez-vous vu sa tête au moment de la prise de sang ? On tient peut-être bien là un élément capital.

– Les hommes en blanc sont parfois utiles..., remarqua Wigfull.

Diamond grimaça un sourire.

– En dernier recours, oui. Ils parviendront peut-être même à prouver que la voiture de Jackman a servi à transporter le corps. Voilà pourquoi notre homme, qui n'est pas sot, a préparé une solution de repli. Il a insisté sur le caractère détestable et dangereux de Geraldine. Si la preuve est faite de sa culpabilité, il plaidera les circonstances atténuantes et obtiendra la peine minimum.

Cette dernière phrase ne laissait aucun doute sur la justice idéale telle que la concevait Diamond.

Wigfull, pour sa part, sentait la situation lui échapper. En l'envoyant interroger le couple Plato, Diamond ne cherchait-il pas simplement à l'écarter ? Seul, il aurait tout loisir de pousser Jackman aux aveux – avec ses méthodes contestables.

– Si vous comptez reprendre l'interrogatoire de Jackman, j'aimerais être présent.

Le ton résolu n'impressionna pas Diamond.

– Très bien, je vous attendrai.

– Mais lui, est-il disposé à attendre ? Je peux différer ma visite chez les Plato.

– Non, trancha Diamond. L'opération ne portera de fruits que si tous les interrogatoires ont lieu au même moment. Sinon, la bande va se passer le mot que les poulets sont de sortie et préparer des réponses toutes faites. Roger Plato est une grosse légume, John. Je vous le confie.

Le superintendant tendit à son subalterne la liste répertoriant les noms et adresses de tous les amis de Geraldine Jackman. Wigfull l'attrapa à contrecoeur.

Diamond s'étira, bâilla et annonça :

– Je vais aller prendre un peu l'air.

Escorté de Wigfull, il traversa la réception. Soudain, comme un seul homme, un groupe de journalistes surgit de nulle part.

– L'enquête avance, Mr Diamond ?

– Je n'ai rien à déclarer.

– Vous interrogez un suspect ? Allez-vous le garder pour la nuit ?

– Est-il déjà inculpé ?

Sans répondre, les deux policiers se frayèrent un

passage au milieu de la meute et gagnèrent la cour, où leurs voitures étaient garées. Wigfull s'installa au volant de sa Toyota et démarra.

Diamond le regarda s'éloigner puis, faisant volte-face, revint vers le poste de police.

5

Le superintendant traversa la salle de police sans un mot pour quiconque. L'information arrivait sans discontinuer, monopolisant six archivistes et la totalité des opérateurs de saisie. Fiches de renseignements et relevés informatiques s'entassaient, en attente d'examen, mais Diamond avait une autre priorité. Arracher des aveux au professeur avant le retour de Wigfull.

Il ouvrit brusquement la porte. Debout au milieu de la pièce, Jackman avait le visage tiré, la posture décidée du combattant prêt à parer l'assaut.

– J'aimerais que les choses soient claires, lança-t-il. Suis-je en état d'arrestation ou non ?

– D'« arrestation » ? répéta Diamond, comme si le mot n'avait plus court dans la police moderne.

– Je suis venu de mon plein gré, et je peux très bien décider de m'en aller !

Diamond attesta le fait d'un hochement de tête.

– Certes, mais je préférerais que vous n'en fassiez rien. Il reste encore quelques zones d'ombre, ne croyez-vous pas ?

L'agressivité de Jackman n'était pas pour l'effaroucher, bien au contraire. L'universitaire serein avait été un adversaire autrement redoutable.

– Que voulez-vous encore savoir ? Je vous ai tout dit.

Diamond sourit avec aménité.

– Vous vous êtes montré remarquablement coopératif, sir. Au fait, mon prénom est Peter. Maintenant que nous sommes seuls, oublions un peu le protocole.

Jackman éclata d'un rire amer, tout en promenant son regard sur l'installation acoustique.

– Nous n'avons pas enregistré les conversations, put dire Diamond sans mentir. Si nous l'avions fait, vous auriez été prévenu. Voilà pourquoi il y avait tout à l'heure une sténo.

Il marqua une pause, afin de s'assurer que l'absence de la jeune employée était appréciée à sa juste valeur.

– Si vous le souhaitez, nous pouvons changer de décor. Je vous aurais bien proposé une petite promenade vespérale, mais la presse serait trop heureuse de fondre sur nous. Vous connaissez ces rapaces, Gregory...

Déjà déstabilisé par le changement de ton, Jackman encaissa là un nouveau coup.

– Greg, si vous y tenez.

– Excusez-moi, Greg.

Diamond n'aurait pas parlé autrement avec son plus vieux et plus cher ami. Contrairement aux rumeurs qui circulèrent après son transfert à la brigade de l'Avon et du Somerset, il ne maltraitait pas vraiment les suspects. Plus subtilement, il aimait gagner leur confiance. Au moment qu'il jugeait opportun, il abandonnait les manières bourrues pour une convivialité charmante, à laquelle bien peu résistaient, surtout après plusieurs heures d'un feu nourri de questions. C'était d'ailleurs ainsi qu'il avait procédé avec Hedley Missendale; à l'époque, il avait sincèrement cru que c'étaient ses sourires et ses cajoleries qui avaient poussé le gars aux aveux. Aujourd'hui encore et malgré ce faux pas, il restait convaincu de l'efficacité de cette technique.

– Vous me pardonnerez si je vous ai un peu brusqué, tout à l'heure. Dans mon métier, les faits comptent tant qu'on néglige parfois le facteur humain. J'ai oublié que vous étiez venu de votre plein gré, pour nous rendre service.

Le charme ne parut pas opérer pleinement, car Jackman resta de marbre.

– Un autre café, Greg?

– Quel est le but de votre manœuvre? M'endormir avant de me livrer aux coups de botte de votre collègue?

L'image fit sourire Diamond. Imaginer John Wigfull, le Monsieur Propre mandaté par le Q.G., tabassant un suspect... cela ne manquait pas de piquant!

– L'inspecteur est parti pour Bristol, afin d'interroger un témoin.

– Je plaisantais, dit Jackman sans conviction.

Le sourire de Diamond s'épanouit.

– Je commence à apprécier votre sens de l'humour.

– Finalement, je veux bien ce café.

– Fort bien. Descendons à la cantine, nous en profiterons pour manger un morceau. Je meurs de faim, pas vous?

Il saisit le combiné du téléphone.

– Vous permettez? Elle est habituée, mais elle aime bien que je la prévienne.

Il composa un numéro.

– Allô? C'est moi... Tout va bien?... Je ne sais pas, mon coeur, mais dès que possible... Oui, bien sûr... Non, ne m'attends pas.

Il reposa l'appareil et se tourna vers Jackman.

– Elle regarde le match de football. Quand je suis à la maison, elle m'empêche toujours de les voir! Ah! Les femmes...

Il prolongea le couplet dans les escaliers et lorsqu'ils furent attablés devant des sanwiches et du café. Il décrivit les bizarreries de caractères féminins qu'il avait côtoyés et, voyant les muscles de la mâchoire du professeur se détendre, s'enhardit à des confidences. La cour assidue qu'il avait faite à Stéphanie, sa femme; à l'époque, elle était cheftaine d'une compagnie de Jeannettes...

– Et moi, j'étais relativement plus mince qu'aujourd'hui !

Pour ponctuer sa tirade, il enfourna dans sa bouche la fin de son sandwich.

– Vous croyez à l'amour, Greg ?

– Comment ?

– Croyez-vous que l'amour existe, ou n'est-ce qu'une illusion ? Un truc inventé par les poètes et les auteurs de chansons ? Le désir, l'admiration, le respect... tout cela se conçoit aisément. Mais l'amour... Aimiez-vous Geraldine, lorsque vous l'avez épousée ?

Jackman le dévisagea un long moment.

– C'est donc là que vous vouliez en venir. Pourquoi tant de détours ?

De voir ses efforts si mal récompensés, Diamond se sentit piqué au vif.

– Si vous le prenez ainsi... Je cherchais simplement un terrain d'entente.

Jackman étouffa un ricanement sarcastique.

– Sacré vieux Peter ! Si c'est le moyen de me débarrasser de vous, je vous dirai tout ce que vous voulez entendre ! Enfin, presque. Oui, je crois que je l'aimais. Par la suite, malgré les heurts, j'ai gardé de la tendresse pour elle. Ai-je bien répondu ?

– Mis à part son physique, qu'est-ce qui vous a plu en elle ?

– Je croyais avoir fait le tour de la question. J'étais flatté qu'elle me préfère aux jeunes premiers qu'elle côtoyait dans son travail.

– Ce n'est pas de l'amour.

– Qu'essayez-vous encore de prouver ? Que je suis un psychopathe, incapable d'éprouver le moindre sentiment humain ? J'aimais Gerry parce qu'elle était un être unique. Intelligente, pleine d'allant et d'enthousiasme. Aussi curieux que cela puisse vous paraître, nos esprits se rencontraient sur de nombreux terrains. Etes-vous satisfait ?

Le plaidoyer, pour bref qu'il fût, ne manquait pas de conviction.

– Ensuite, continua Jackman, tout s'est dégradé. La merveilleuse connivence entre nous s'est dissipée. Avec ses amis, elle restait la Gerry débordante de vitalité, mais pas avec moi. J'étais devenu son ennemi intime.

– Elle vous a rendu la vie insupportable.

– Non, corrigea le professeur, je n'ai jamais employé ce terme. C'était supportable – la preuve, je l'ai supporté.

– J'oubliais que je m'adressais à un fin linguiste, dit plaisamment Diamond, soucieux de ne pas attiser le feu. Disons simplement qu'elle était difficile à vivre. Pourquoi ne pas avoir divorcé, Greg ? C'était pourtant le moyen le plus simple de régler vos problèmes.

Jackman repoussa son assiette encore à moitié pleine, comme dégoûté par la tournure agressive que reprenait l'entretien.

– Vous continuez à penser que j'ai résolu le problème en l'éliminant, hein ?

– Je n'ai pas dit cela.

– Ni Gerry ni moi n'étions opposés au divorce ; je pense qu'elle savait comme moi que notre histoire risquait de finir ainsi. Mais nous n'en avons jamais parlé.

– Et pourquoi ?

– D'abord, je vous rappelle que notre mariage n'avait que deux ans. Certes, Gerry avait considérablement changé dans l'intervalle, mais je lui trouvais des excuses. Le choc du licenciement, l'exil en province... Je voulais lui laisser le temps de s'adapter à sa nouvelle vie. Il n'est pas facile de redevenir Mrs Tout-le-Monde, quand on a été Candice Milner !

Il regarda furtivement à droite, puis à gauche, comme s'il se préparait à une révélation capitale ; mais la radio, qui diffusait *She Loves You* des Beatles, étouffait toute conversation privée.

– Vous allez me prendre pour un cinglé, mais j'avais parfois l'impression qu'elle était possédée. Si j'avais pu exorciser son démon, notre mariage aurait peut-être été sauvé. Pour revenir à votre question, je n'ai jamais évoqué le divorce car je ne voulais pas l'abandonner. J'espérais que ce qui restait de notre amour nous permettrait de survivre à cette crise.

– Mais vous avez continué à vous disputer violemment.

– Bien sûr, elle me harcelait sans cesse.

– L'avez-vous tuée, Greg?

– Non.

– Je voulais dire : par accident.

Jackman haussa un sourcil.

– Homicide involontaire, c'est cela?

– Je vois que vous avez étudié la terminologie.

– Je ne lis pas que Milton et Shakespeare, vous savez. Mais ne comptez pas sur moi pour confirmer vos hypothèses, Mr Diamond. Si vous voulez m'épingler, je vous en laisse la responsabilité. Mais je ne serai pas complice.

Diamond resta coi.

– En parlant d'écrivain, reprit le professeur, Joe Orton fait dire à l'un de ses personnages que les policiers, comme les écureuils roux, sont une espèce menacée. Un faux pas est si vite arrivé...

En un clin d'oeil, la situation s'était retournée, et Diamond se trouvait désormais sur le banc des accusés. Il eut le désagréable pressentiment que ce beau parleur de Jackman avait eu vent de l'affaire Missendale. Fort de cet avertissement, il jugea opportun de rectifier le tir : pas question de tenter d'extorquer la moindre confession par la manière forte.

Ravalant son amour-propre, il se retrancha sur des terrains moins hasardeux.

– Attendons le rapport du labo. Si l'analyse de sang, les empreintes digitales et les échantillons prélevés dans votre voiture concordent, vous serez bel et bien épinglé, comme vous dites.

– Qu'est-ce que ma voiture vient faire ici ?

– Il a bien fallu un véhicule pour transporter le cadavre jusqu'au lac.

« Je perds mon avantage », songea le superintendant tout en prononçant ces mots. « Moi qui voulais le séduire, je suis en train de lui glacer les sangs. »

– J'ai tout de même le droit de laisser mes empreintes digitales sur *ma* voiture.

– Imaginez que l'on trouve des cheveux dans le coffre et que le labo prouve de façon formelle qu'ils appartenaient à votre femme.

Jackman eut une moue dubitative.

– On peut vraiment identifier des cheveux comme ça ?

– Pas les cheveux proprement dit, concéda Diamond, mais les particules microscopiques du cuir chevelu. Les scientifiques ont relevé toutes sortes de poussières et de débris.

– Vous voulez vraiment ma peau, hein ?

– Vous déraillez, Greg. Vous devriez vous en tenir à Milton et Shakespeare.

– Vous me soupçonnez de l'avoir tuée et vous ne voulez pas en démordre.

L'évolution vers l'affrontement était désormais irréversible. Diamond opina longuement du bonnet, comme pour laisser entendre qu'il avait plus qu'un simple soupçon, beaucoup plus.

– Comment puis-je vous convaincre que vous vous trompez ?

– Commencez par m'expliquer pourquoi vous avez attendu trois semaines avant de signaler la disparition de votre femme.

– Sa fuite ne m'a pas surpris. Puisqu'elle avait volé les lettres, elle ne voulait pas m'affronter.

– Et qu'avez-vous fait ?

– J'ai téléphoné à ses amis les plus proches. Sans résultat. Il n'est pas impossible qu'elle leur ait demandé le silence.

– C'est tout ?

– J'ai pensé qu'elle tenterait peut-être de faire estimer les lettres. J'ai donc enquêté auprès des commissaires-priseurs et des antiquaires du *West Country* et de Londres. Là aussi, j'ai fait chou blanc.

– Vous parlez de monnayer ces lettres... Jusqu'ici, vous prétendiez qu'elle les avait subtilisées par pure malice.

– Ce fut mon premier sentiment, en effet. A ma connaissance, Gerry n'était pas à court d'argent. Quelques jours plus tard, son relevé bancaire est arrivé. Je l'ai ouvert, espérant y dénicher des informations qui m'aideraient à la retrouver. Son compte était à découvert de près de trois mille livres.

– Trois mille livres ? Quelle nature de débits ?

– Essentiellement des retraits par carte de crédit.

– D'après vous, où passaient toutes ces sommes ?

Jackman haussa les épaules, en signe d'incertitude.

– Le train de vie d'une bande de noceurs, je suppose.

– Au point de dilapider une fortune ?

– Peut-être pas une fortune à proprement parler. Lorsque je l'ai rencontrée, elle m'a semblé très à l'aise financièrement. La télévision payait bien – sans compter les extras.

Des claquements de talons dans l'allée... Levant la tête, le superintendant reconnut l'un des agents de la salle de police.

– Un appel urgent, Monsieur. De l'inspecteur Wigfull.

– De Bristol ?

– Oui.

– Il a intérêt que ce soit vraiment urgent. Tenez compagnie au professeur, je reviens tout de suite.

Maudissant intérieurement son second qui avait l'aplomb de l'espionner à distance, Diamond remonta au bureau.

– J'écoute.

– Mr Diamond ?

La voix de Wigfull était tendue.

– Evidemment, c'est moi ! Pas le prince de Galles !

– Je sors de chez les Plato et j'ai à vous livrer une information qui me paraît de la plus haute importance. Ce fameux lundi où le professeur est allé à Paris, Geraldine Jackman a téléphoné aux Plato. Entre 10 heures et 10h30. Vous comprenez où je veux en venir ? Si Jackman a pris le train de 8h19 pour Londres, comme il l'affirme, il ne peut pas l'avoir tuée. Elle était encore vivante après son départ... Monsieur Diamond ?... Vous m'entendez ?

Diamond reposa brutalement le combiné, sans même répondre.

– Sergent Boon ! cria-t-il.

– Monsieur ?

– Avez-vous vérifié les mouvements du professeur ?

– Oui, Monsieur.

– Eh bien, accouchez, mon vieux !

– Tout est confirmé, Monsieur. Il a bien rencontré le professeur Dalrymple à University College, un peu avant 11 heures, le 11 septembre. Ensuite, il a pris le vol d'Air France numéro 1410 à destination de Paris.

Telle une baudruche qui se dégonfle, le superintendant s'avachit sur sa chaise. Puis, d'une voix à peine audible, il donna ses ordres au sergent.

– Faites amener une voiture devant la sortie de service. Le professeur rentre chez lui.

6

Tout l'été, on n'avait parlé que du trou de la couche d'ozone et de l'effet de serre. Comme si l'ensoleillement exceptionnel qu'on avait connu ne pouvait résulter que d'un dérèglement du climat anglais. Les premières gelées avaient rassuré tout le monde.

En ce matin frileux, coincé dans les embouteillages sur le chemin de Manvers Street, Peter Diamond observait d'un œil goguenard les géraniums à la mine défaite. Cette année, la municipalité n'avait ménagé ni ses efforts ni ses deniers pour tenter de ravir à Exeter le titre de cité la plus fleurie. Pas une terrasse, un toit ou un réverbère qui ne se soit vu gratifié d'un pot ou d'un massif... Tant d'enthousiasme, tant d'investissement – pour un piètre résultat. Exeter avait conservé son titre, et Bath regardait tristement ses bouquets se flétrir. Quant à Peter Diamond, plus pratique que poète, il attendait avec impatience que l'on nettoie les rues de ces ornements décatis.

Devant lui, le bus ralentit à l'approche de son arrêt. Alors qu'il s'apprêtait à dépasser, le superintendant vit que la file entière était au point mort. Par chance, la voiture derrière lui fit un appel de phares, l'invitant à se rabattre. Reconnaissant, Diamond leva les yeux vers le rétroviseur; pour voir qui était le bon Samaritain. Un type dans une Toyota, avec une grosse moustache et un sourire épanoui... Wigfull! C'était bien sa veine. L'inspecteur devait se gausser intérieurement de son supérieur, pour avoir confondu un bus municipal avec un car de touristes – qui, naturellement, n'avait aucune raison de marquer des arrêts...

Enervé, il tourna le bouton de la radio et tomba sur le bulletin d'informations de Radio Bristol. « On attend des développements dans l'affaire du meurtre de Geraldine

Snoo, ex-vedette de la série TV *Les Milner*. Son mari, le professeur Jackman de l'université de Bath, a donné à la police... »

– Du fil à retordre..., maugréa le superintendant en éteignant le poste.

Le car redémarra; c'était l'un de ces véhicules à impériale affrétés par la ville pour des tours guidés et dotés, chacun, d'un nom en rapport avec le passé prestigieux de Bath. Celui-ci s'appelait... Jane Austen. « Encore un détail comme celui-ci », songea Diamond, « et je finirai par croire que le ciel se moque de moi... »

Il faillit manquer l'entrée du poste de police et donna un coup de volant brusque, omettant le clignotant. Wigfull, derrière, avait heureusement anticipé.

Pas la moindre allusion ne fut faite à cet épisode lorsque les deux hommes se retrouvèrent dans le bureau du superintendant, bientôt rejoints par Halliwell, Croxley et Dalton.

Diamond ouvrit la séance sur un mode mineur.

– Voici les derniers rapports du laboratoire – ou ce qui en tient lieu. Les paris sont encore ouverts quant à la date du meurtre, quoique le 11 septembre fasse figure de favori. La victime était certainement morte avant son immersion – comme si on ne le savait pas. Et l'asphyxie demeure la cause la plus probable de la mort. Non, sans blague...

Il attrapa une deuxième feuille de papier.

– Concernant les deux automobiles, celles de Jackman et de la victime. Aucune ne semble avoir été utilisée pour le transport du cadavre. Soit le meurtrier se promenait avec un aspirateur, soit il va nous falloir chercher ailleurs.

Une troisième feuille de papier.

– Groupes sanguins. La victime était O+, ainsi que son mari. Les traces de sang repérées sur le couvre-lit n'ont rien révélé lors de la première analyse.

– Ainsi, le prof est dédouané, observa Keith Halliwell.

L'œil mauvais de son supérieur lui fit regretter aussitôt son intervention et il se mit à mastiquer son chewing-gum avec une application redoublée.

– Je lis ici que les échantillons de sang prélevés sur le couvre-lit vont subir une seconde analyse : composition de l'ADN, c'est-à-dire les empreintes génétiques. Eh bien ! Cela fera au moins plaisir à la presse.

Croxley, généralement le plus réservé de la bande, voulut parler au nom de la science.

– Cette méthode donne des résultats infaillibles.

– Et totalement inutilisables, tant que nous n'avons pas trouvé un suspect répondant au profil.

Croxley vira au rouge.

– Et maintenant, Messieurs, je vous propose une petite séance de *brain-storming.*

Il n'en fallut pas davantage pour réduire l'assemblée au silence – un silence consterné que Diamond tarda volontairement à rompre.

– Premièrement, annonça-t-il enfin, une mise à jour s'impose. Dalton, veuillez nous rendre compte des rendez-vous d'hier soir.

Dalton, qui était responsable du suivi informatique, prit un air horrifié.

– Les informations ne sont pas encore disponibles, sir.

– Et pourquoi cela ?

– C'est trop tôt.

– Je croyais que tout était sur ordinateur.

Le superintendant lança un regard faussement interrogatif, dont le seul but était d'achever le malheureux inspecteur, déjà totalement décontenancé.

– Il y a là pour je ne sais combien de livres de *hardware,* et vous ne pouvez pas nous montrer le moindre résultat imprimé ?

– Les données doivent d'abord être saisies, Sir.

– Inutile de nous assommer de votre jargon. Je croyais que l'avantage principal de ces foutues machines était de nous faire gagner du temps.

– C'est exact, mais la saisie ne peut se faire que manuellement.

– N'en parlons plus, alors. J'ai déjà jeté un œil aux rapports. Je n'y ai rien trouvé de capital, à une exception près.

La perche resta en suspens un bon moment, personne ne voulant fournir à Diamond le mot qui relancerait la machine. Croxley fut le premier à craquer.

– De quoi s'agit-il ?

Diamond répondit avec une indifférence calculée.

– Geraldine Jackman était encore en vie le 11 septembre au matin. Elle a passé un coup de fil. John, soyez gentil, répétez-nous la conversation que vous avez eue avec Mr et Mrs Plato.

– Eh bien, il semblerait que...

– Non ! Donnez-nous des faits, pas des conjectures !

Wigfull serra les mâchoires avant de reprendre.

– Mrs Valerie Plato a reçu un appel entre 10 heures et 10h30. Son interlocutrice s'est présentée comme Geraldine Jackman.

– A-t-on le moindre doute sur son identité ?

– Pas à ma connaissance, Monsieur. Cela dit, ce « fait » n'est attesté que par le témoignage des Plato.

– Poursuivez.

– Elle a demandé à parler à Roger. Sa femme lui a transmis l'appareil et est restée dans la pièce. Ici, si vous permettez, j'aimerais m'en référer à mes notes.

Etait-ce là un sarcasme délibéré ? En tout cas, personne ne fut assez imprudent pour rire.

Carnet en main, Wigfull put reprendre son exposé.

– Mrs Jackman s'est excusée de les déranger, mais elle avait besoin d'aide. Elle s'était disputée avec Greg – M. Jackman – et aurait aimé être hébergée quelques jours par les Plato, le temps que l'orage se dissipe. Mrs

Plato a signifié à son mari qu'il n'en était pas question.

– Pourquoi? demanda innocemment Halliwell.

Son ignorance était excusable. Ayant passé toute la semaine à faire du porte à porte, il n'était pas au courant de toute l'affaire.

– Plato traînait pas mal avec Geraldine.

– Traîner? Est-ce vraiment le mot?

– C'est celui qu'a employé Valerie Plato. Roger s'en est défendu et, je dois dire, il m'a paru sincère. Comme ils se retrouvaient souvent, sans leur conjoint respectif, dans les soirées, une certaine connivence s'était établie entre eux. Selon lui, Geraldine Jackman n'était pas en quête d'un amant.

– Nous nous égarons! intervint le superintendant. Revenez à ce coup de téléphone, John.

– J'y arrive. Plato a expliqué à Geraldine qu'il ne pouvait l'héberger et elle a raccroché.

– A-t-elle manifesté un mouvement d'humeur?

– Apparemment non. Elle a dû comprendre qu'elle n'avait aucune chance quand Valerie a décroché.

– Et ensuite? demanda Croxley de son accent irlandais rocailleux. A-t-elle appelé quelqu'un d'autre?

Diamond ouvrit les mains, en signe d'impuissance.

– Notre piste s'arrête là.

Les quatre hommes restèrent silencieux, accablés par la nouvelle. Diamond, lui, ne fut pas long à réagir.

– Eh bien, Messieurs, il ne nous reste plus qu'à mettre en pratique la bonne vieille méthode de papa Diamond! J'ai nommé le porte à porte. Halliwell, envoyez vos gars à Widcombe. Je veux un rapport complet sur tout ce qui s'est passé autour de Brydon House le lundi 11 septembre. Interrogez les voisins, le laitier, le facteur... Compris?

– Oui, sir.

– Alors, en piste!

Halliwell quitta prestement la pièce, visiblement soulagé.

Diamond se tourna vers le reste de son équipe.

– Des suggestions ?

Dalton se racla la gorge.

– Je me trompe peut-être, sir, mais je pense qu'il serait intéressant de connaître l'emploi du temps de Valerie Plato ce jour-là.

Le superintendant se tourna vers Wigfull.

– Qu'en dites-vous ? La femme Plato vous semble-t-elle suspecte ?

– Ce n'est pas impossible. Elle est du genre rangé, bien tranquille, mais dans un accès de jalousie...

– A-t-elle un alibi ? demanda Dalton.

– A-t-elle une voiture ? demanda Diamond.

– Oui, une Volvo. Son mari, lui, conduit une Rover. Quant à l'alibi, ils sont restés ensemble chez eux jusqu'à 13 heures, puis Roger est parti travailler et Valerie est sortie faire quelques courses.

– Pas d'alibi, donc, conclut Dalton.

– Pas si vite, l'arrêta Wigfull. Des commerçants ont pu la remarquer, elle a peut-être gardé les tickets de caisse de ses achats.

Dalton haussa les épaules et capitula. Diamond prit la relève.

– Comment était-elle quand vous lui avez parlé ? Nerveuse ?

– Pas particulièrement. Plutôt réservée.

– Et le mari ?

– Un peu agité.

– Avez-vous eu l'impression qu'ils venaient de se disputer ?

– J'en mettrais ma main au feu.

– Et pourtant, vous ne semblez pas vouloir les classer au rang des suspects.

– Non, mais vous devriez peut-être leur parler vous-même.

– Merci du conseil, John. Autant vous dire, Messieurs, que je ne suis pas renversé par vos résultats.

Tenace, Wigfull tenta de se justifier.

– Je suis persuadé que les Plato ont dit la vérité. En outre, leur témoignage confirme la déposition du professeur Jackman.

– Je vous écoute.

– Si Geraldine a volé les lettres, comme le croit son mari, il était tout naturel qu'elle cherche un endroit où se réfugier.

Malgré la rebuffade qu'il venait de subir, Dalton y alla de sa remarque.

– La question à dix mille dollars, c'est : que s'est-il passé après le coup de fil infructueux aux Plato ? Aucun de ses amis n'a dit avoir été contacté.

– L'un d'entre eux peut mentir, avança Croxley.

– Et qu'est-ce que vous sous-entendez par là, s'il vous plaît ?

Le ton inquisiteur de Diamond dissimulait en réalité une vraie curiosité.

– Que la personne qu'elle a appelée ensuite est son meurtrier. Quelqu'un qui lui a offert un asile et l'a tuée.

– Pour quelle raison ?

Voyant son camarade bien en peine de répondre, l'intarissable Halliwell vint à son secours.

– A cause des lettres de Jane Austen. Elle avait dû les emporter avec elle.

– Assassinée pour deux malheureuses lettres ?

– Elles valaient leur pesant d'or.

– Plus de dix mille livres, d'après Jackman, reconnut le superintendant. Mais ces gens n'étaient pas des imbéciles. Ils devaient bien se douter qu'ils risqueraient gros à mettre sur le marché ces pièces à conviction. Hypothèse refusée.

– Cela dit, dit Wigfull d'une petite voix posée, il serait peut-être avisé de prévenir les bouquinistes spécialisés dans les lettres anciennes. Ils ne doivent pas être très nombreux.

Pour toute félicitation, il se vit décocher une oeillade glaciale et un ordre sans appel.

– Procédez donc.

– Si c'était moi, dit Dalton, j'essaierais de les vendre aux Etats-Unis.

Diamond secoua la tête d'un air dubitatif.

– A mes yeux, les lettres ne constituent pas un mobile assez plausible. Je ne suis même pas entièrement convaincu de leur existence.

– Vous croyez que le professeur a menti ?

– Il est resté évasif sur leur provenance.

– Faisons pression sur lui, suggéra Dalton.

– Il est malheureusement trop tard...

– Il existe un autre moyen de vérifier l'information, s'enhardit Croxley. Cet Américain, le Dr Junker... N'a-t-il pas examiné les lettres ?

Diamond fit claquer ses doigts.

– Junker ! Bien sûr... Je l'avais mis hors jeu, croyant qu'il était encore en vacances en Europe. Mais il doit être de retour chez lui, à présent. Appelons-le immédiatement.

– A votre place, ... sir, commença Wigfull.

– Quoi encore ? tonna Diamond.

– Il est actuellement 5h10 du matin à Pittsburgh, sir.

7

Diamond parvint à joindre le Dr Louis Junker peu après 15 heures Grâce à un amplificateur de volume, Wigfull et Dalton purent suivre la conversation.

– Allo ? Qui est à l'appareil ?

– Le superintendant Peter Diamond, de Bath, en Angleterre. Mais mon nom ne vous dira rien.

– En effet.

– J'enquête sur la mort de Mrs Geraldine Jackman.

Un silence prévisible s'ensuivit. Les trois policiers attendirent patiemment.

– Mrs Jackman ? La femme de Greg est morte ?

– Son corps a été retrouvé dans un lac artificiel. Il semblerait qu'elle ait été assassinée.

– Ass... mais c'est impossible !

– La dernière fois qu'elle a été vue vivante remonte au lundi 11 septembre. J'ai cru comprendre que vous aviez séjourné chez le professeur peu avant.

– Le 11 septembre... Un instant, que je retrouve mes esprits... Mais vous savez, Mr...

– Diamond.

– Mr Diamond, j'ignore tout de ce drame. C'est un grand choc pour moi.

Malgré la distance, Diamond tenta de faire passer un peu de chaleur dans sa voix.

– Docteur Junker, nous savons bien que vous n'êtes nullement impliqué dans cette mort. En revanche, vous pourriez m'aider à reconstituer la chronologie des événements du week-end. Y voyez-vous un inconvénient ?

Un nouveau silence que Dalton, fiévreux, combla en glissant à l'oreille de Wigfull :

– Il appelle son avocat sur l'autre ligne !

Mais la voix de Junker se fit bientôt entendre.

– Si vous croyez vraiment que je puisse vous rendre service, je ferai de mon mieux. Mais je suis encore tout secoué. Comment va Greg ?

– Le professeur va bien.

– La dernière fois que je l'ai vu, c'était à Paris. Nous devions être... mon Dieu ! le 11 septembre, le jour de... Il m'attendait à mon hôtel. Ecoutez, si vous comptez inculper Greg Jackman, j'aimerais autant que vous me le disiez. Il a été charmant à mon égard. Elle aussi, d'ailleurs.

Junker avait un débit rapide et un accent prononcé. Prévoyant, Diamond avait branché un magnétophone qui lui permettrait de mieux analyser les réponses plus tard.

– Docteur Junker, personne n'a été inculpé pour le moment. Nous cherchons seulement à rassembler les faits qui ont directement précédé la mort de Mrs Jackman.

– Très bien.

– Merci de votre compréhension. Remontons jusqu'à votre première prise de contact avec le professeur.

– C'était en juillet. J'avais entendu parler de l'exposition Jane Austen qu'il préparait et... Il faut vous dire que ma spécialité est le roman du XIXe siècle et que je travaille actuellement sur ce qui sera, je l'espère, la biographie de référence de Jane Austen. Souhaitez-vous connaître mes antécédents?

– Ce n'est pas utile pour l'instant, Monsieur. Donc, vous avez décidé de venir en Angleterre.

– En réalité, j'avais prévu de longue date un séjour en Europe. J'ai simplement eu à ajouter à mon itinéraire un crochet par Bath.

La rencontre à Heathrow, le retard de l'avion... Point par point, la version de Junker confirmait celle de Jackman.

– Il devait être 19h30 lorsque nous arrivâmes enfin à Brydon House. Gerry – pardon, Mrs Jackman – nous a accueillis avec chaleur. Une femme splendide... splendide, vraiment. Elle m'a proposé de me préparer à dîner, mais j'étais si exténué par le voyage que je lui ai dit qu'un sandwich et un café suffiraient. J'ai pris une douche et...

Ses premières réticences passées, le docteur se révélait un témoin prolixe – presque trop.

– Dr Junker, intervint Diamond, si rien d'important ne s'est passé ce soir-là...

– Mais je ne vous ai pas encore parlé de la visite !

Le superintendant agrippa les bras de son fauteuil.

– La visite ?

– Oui. Ragaillardi par la douche, je suis redescendu et j'ai trouvé le professeur en discussion avec une petite femme brune. Ils étaient penchés au-dessus d'une table et examinaient un document. J'allais m'éclipser lorsque Greg m'a appelé. Il devait être surexcité, car il a oublié de faire les présentations. En approchant, j'ai compris la raison de sa fébrilité. Il avait sous les yeux deux lettres de Jane Austen, deux originaux.

Le visage de Diamond resta impassible ; toutefois, il évita de croiser le regard de Wigfull. Après avoir mis en doute l'existence même des lettres, il s'attendait à des sarcasmes de la part de son second.

Junker se lança dans une description si minutieuse des lettres qu'il eût été stupide de nourrir encore le moindre doute quant à leur authenticité. Toutes deux dataient de septembre 1799, époque à laquelle Mrs Leigh Perrot, la tante Jane, était logée dans la maison du geôlier, en attendant le procès.

– On n'est jamais à l'abri des faussaires, admit Junker, mais je parierais mon dernier dollar que ces lettres étaient authentiques. Le style, le graphisme, tout concordait. Même les fautes d'orthographe. Jane butait souvent sur le mot « accueil », qu'elle écrivait « acceuil ». On retrouve cette erreur dans la seconde missive.

Maintenant qu'ils savaient tout de l'écriture de Jane Austen, les trois policiers brûlaient de connaître l'identité du donateur. Diamond tenta d'orienter le dialogue dans la bonne direction.

– La femme qui était avec Jackman, ce soir-là... avait-elle trouvé les lettres elle-même ?

– A ce qu'on m'a dit, oui.

– Et vous n'avez pas été présentés ?

– Pas tout de suite, mais Greg s'en est chargé plus tard. Elle s'appelait – je ne pense pas que ce soit un secret – Mrs Didrikson.

Dana Didrikson. Premier mystère résolu.

Cette fois, Diamond chercha le regard de Wigfull et le trouva. Tout un pan de l'affaire s'éclairait d'un coup. Le refus de Jackman de révéler le nom du donateur prenait une nouvelle signification.

Au bout du fil, le Dr Junker parut s'étonner de ce long silence.

– Avez-vous bien entendu le nom ?

– Oui, je vous remercie. Le professeur s'attendait-il à ce présent ?

– J'en doute, vu l'état d'excitation dans lequel cela l'a plongé.

– Mrs Didrikson devait jubiler, elle aussi.

– Pas vraiment. Elle est restée très calme, très laconique aussi.

– A-t-elle dit d'où provenaient les lettres ?

– D'un collectionneur de timbres.

– Pensez-vous qu'elle connaissait leur valeur ?

– Certainement, mais cela ne semblait pas l'émouvoir. Elle paraissait surtout pressée de s'en aller. Quand Greg a parlé de lui rendre les lettres après l'exposition, elle a refusé ; c'était un cadeau personnel. J'ai cru comprendre que c'était pour le remercier d'avoir sauvé son fils de la noyade.

– Je suis au courant.

– Bien. Pour ne pas me montrer indélicat, j'ai esquissé une retraite discrète vers la porte. A ce moment là, Mrs Jackman est entrée – je devrais dire : a fait son entrée ! Avec son parfum capiteux et son long fourreau noir, on aurait dit une star arrivant sur un plateau ! Bref, Greg l'accueillit avec chaleur et lui montra les lettres. Mrs Didrikson et elle se connaissaient apparemment, mais il y eut d'emblée un froid entre elles. Et cela ne s'arrangea pas lorsque Mrs Jackman lança qu'elle ne comprendrait jamais qu'on puisse collectionner des papiers poussiéreux sans aucune valeur littéraire.

– Par provocation ?

– C'est en tout cas ainsi que je l'ai interprété. Mrs Didrikson n'a pas bronché et Greg a tenté une contre-offensive diplomatique, que j'ai soutenue de mon mieux. Pendant ce temps-là, Gerry se rapprochait de plus en plus de moi, me lançant des oeillades sensuelles. Elle tentait de chiper la vedette à Mrs Didrikson. Inutile de vous dire que j'étais extrêmement gêné. Et quand Mrs Didrikson a fait mine de partir, Gerry a suggéré à son mari d'emmener *son amie* au restaurant !

– Le soir même ?

– Oui, pour la remercier de tout le mal qu'elle s'était donné. Quel jeu jouait-elle, je me le demande encore ! Greg a répliqué qu'il ne pouvait m'abandonner le soir de mon arrivée. Gerry a alors déclaré qu'elle serait enchantée de me tenir compagnie. Mais Mrs Didrikson a coupé court à la scène en annonçant qu'elle devait nous quitter. Greg l'a raccompagnée jusqu'à sa voiture et moi, je suis resté avec Gerry, qui a commencé à me passer la main dans le cou.

Le Dr Junker toussota nerveusement.

– Imaginez, Mr Diamond, un universitaire de près de cinquante ans, avec une calvitie naissante, des lunettes à double foyer posées sur un nez proéminent... qui se fait draguer par une séduisante jeune femme ! Qu'auriez-vous fait, à ma place ?

Au grand regret de ses collègues, Diamond ne jugea pas utile de répondre.

– Dois-je comprendre qu'il s'est passé quelque chose entre vous ?

– Certainement pas !

– Avec son mari à proximité, ce n'aurait pas été facile...

– Vous pensez qu'elle bluffait ?

Diamond perdit soudain patience.

– Que voulez-vous que j'en sache ? Je suis un policier, pas une rédactrice du courrier du coeur ! Que s'est-il passé ensuite ?

– Elle m'a servi un verre. Greg est revenu et nous avons réexaminé les lettres. Il a décidé qu'il faudrait les faire expertiser avant de les exposer. Seigneur, que n'ai-je eu l'idée de les photographier ! Vous ne les avez pas retrouvées, je suppose ?

– Non.

– Quel malheur...

– Et après, Dr Junker ?

– Je suis allé dormir et n'ai émergé qu'à 11 heures, le lendemain. Greg était déjà parti pour l'exposition.

– Vous étiez donc seul avec Mrs Jackman ?

Un petit rire gêné au bout du fil.

– En effet, mais elle avait changé d'attitude. Toujours charmante, mais plus du tout entreprenante. Elle m'a conduit à la salle des Fêtes et nous sommes restés ensemble, pendant les cérémonies d'ouverture.

– Avez-vous beaucoup discuté ?

– Bien sûr.

– Vous a-t-elle confié ses problèmes, ses projets ?

– Désolé, mais nous n'avons pas abordé de sujets privés. Après l'expérience de la soirée précédente, j'ai préféré m'en tenir au roman du XIXe siècle.

– Avez-vous rencontré des amis, des connaissances de Mrs Jackman ?

– Non. Naturellement, des tas d'admirateurs l'ont reconnue et lui ont demandé de signer des autographes.

– Avez-vous parlé à quiconque des lettres ?

– Non. Greg et moi étions convenus de garder le silence tant que leur authenticité ne serait pas formellement avérée.

L'échange de questions et de réponses se poursuivit, avec un résultat très semblable au récit du professeur Jackman. On en arriva enfin à la matinée du dimanche.

Les deux universitaires s'étaient rendus au café du coin.

– Sans Mrs Jackman ? demanda Diamond.

– J'ai cru comprendre qu'elle était restée au lit.

– Le professeur a-t-il refait allusion à la soirée du vendredi ?

– Brièvement, pour s'excuser de la conduite de sa femme. Après le déjeuner, nous avons regagné la maison et bientôt, ce fut l'heure du départ pour moi. Gerry était descendue pour me saluer et elle m'a dit au revoir très gentiment. Après cela, je ne l'ai plus revue. Greg m'a conduit au train. Le lendemain matin, j'avais un rendez-vous avec un professeur de University College.

– Dalrymple, je crois.

– Vous êtes bien informé. En fait, j'ai dû annuler par manque de temps. J'ai pris l'avion pour la France et... Souhaitez-vous que je vous parle de ma rencontre avec Greg à Paris ?

– S'il vous plaît.

– En rentrant du restaurant, ce lundi soir, je l'ai trouvé dans le hall de mon hôtel. Vous imaginez ma surprise ! Il m'a dit que les lettres de Jane Austen avaient disparu et a suggéré qu'elles auraient pu se glisser dans mes affaires, par accident. J'ai bien compris ce dont il me soupçonnait et j'étais affreusement gêné. Je n'avais pas caché mon intérêt pour ces lettres... mais je vous jure, Mr Diamond, que je ne les avais pas prises. Nous avons fouillé ensemble mes affaires, sans résultat. Il a conclu, et moi avec lui, que Gerry avait dû les voler. J'ai avancé comme explication qu'elle devait être jalouse de la femme qui lui avait offert un cadeau aussi précieux.

– Et qu'a-t-il pensé de votre théorie ?

– Pas grand-chose. Je crois qu'il était plus soucieux de retrouver les lettres que d'analyser le comportement de sa femme. Nous nous sommes quittés en bons termes et je ne l'ai pas revu.

D'un signe du menton, Diamond invita Wigfull et

Dalton à lui communiquer d'éventuelles questions, mais ils secouèrent la tête en signe de dénégation. Le superintendant remercia son interlocuteur et raccrocha.

Pendant quelques instants, on entendit les mouches voler dans la pièce.

– Pourquoi ce mystère? demanda finalement Wigfull. Pourquoi Jackman a-t-il tenu secret le nom de Dana Didrikson?

– Attendez-vous une réponse ou l'avez-vous déjà? répliqua Diamond.

– Il la protège, c'est évident. Il sait qu'elle a tué Geraldine.

– Il devait se douter que nous l'apprendrions tôt ou tard.

– Mais il ne voulait pas la désigner lui-même comme suspecte. Je ne serais pas étonné qu'il soit amoureux d'elle.

Diamond resta médusé; ce genre d'analyse psychologique était rare dans la police... et encore plus dans la bouche de Wigfull! Sans doute un coup de sang passager, un instant d'égarement.

– Expliquez-vous, John. Quel pourrait être son mobile?

– Le béguin.

Diamond lança un regard à Dalton, qui paraissait statufié.

– Le scénario classique, reprit Wigfull. Une femme seule, sans fortune personnelle, avec un enfant à élever... Jackman est le chevalier sans peur et sans reproche, le séduisant héros qui a arraché son fils aux griffes de la mort... En plus, il a de l'instruction, de l'argent. Un seul problème : sa femme, qui lui rend la vie impossible – et précaire. Pour que le ciel de Dana s'éclaircisse, il suffirait qu'il divorce. Mais il est trop loyal pour abandonner sa femme. Alors, il ne reste plus qu'une solution.

– Il faut que nous lui parlions, dit simplement Diamond.

– Voulez-vous me confier l'interrogatoire ?

Diamond sourit, ou plutôt, il montra les dents.

8

Les jurons fusèrent dans la BMW lorsque Diamond manqua une bifurcation que Wigfull, co-pilote pour l'occasion, avait signalée trop tard. L'inspecteur tenta de se justifier en expliquant que l'adresse de Mrs Didrikson se trouvait juste à la pliure de la carte, qui avait été mal rescotchée. Vexé de voir ses talents de bricoleur mis en accusation, Diamond se plaignit de l'itinéraire choisi par Wigfull, tout en virages et en chemins de traverse.

L'obstacle suivant ne fut pas long à surgir. Dans l'impossibilité de faire demi-tour, ils durent s'engager sur une côte très raide et débouchèrent bientôt dans un goulet si étroit que deux voitures ne pouvaient s'y croiser. Naturellement, une camionnette postale se présenta en même temps qu'eux, et ils durent reculer pour lui céder le passage. A la deuxième tentative, ils étaient presque au bout de leurs peines lorsqu'une Mini rouge apparut au sommet. Un conducteur courtois leur aurait laissé la priorité, mais celui-ci continua à avancer, tous feux allumés.

– Encore un beau spécimen de chauffard ! maugréa Diamond.

– Je m'en occupe, dit Wigfull en détachant sa ceinture de sécurité.

L'atmosphère s'était allégée dans la BMW depuis que les deux policiers étaient unis face à une nuisance extérieure.

Diamond observa le conducteur de la Mini, qui avait fini par s'arrêter.

– Non, laissons tomber. Il doit avoir quatre-vingt-dix ans au moins, le pauvre vieux fou. Il a oublié où était la marche arrière.

– Dans ce cas, il ne devrait pas conduire.

Wigfull avait du mal à partager la soudaine bonté d'âme de son patron. Il en avait pris pour son grade, et ne voyait pas pourquoi un vieux chnoque devrait être épargné.

– Mon petit doigt me dit de ne pas insister.

Diamond enclencha la marche arrière.

– Vous n'auriez pas fait ça à Londres, commenta Wigfull.

– C'est vrai. Je suis devenu doux comme un agneau, depuis que je suis ici.

– Je n'avais pas remarqué.

Au bas de la côte, le vieil homme dans la Mini accéléra et les dépassa à vive allure; l'intrépide lâcha même d'une main son volant pour soulever son chapeau.

– Vous voyez? dit Diamond. La politesse entraîne la politesse.

Le troisième essai fut le bon. Après trois virages serrés, ils découvrirent le nom de la rue gravé dans un mur. En surplomb sur une terrasse, six petites maisons georgiennes alignaient leur portail en fer forgé. Celle des Didrikson, comme les autres, aurait pu être mieux entretenue.

Ils se garèrent devant et gravirent trois volées de marches avant de parvenir à une porte peinte en bleu roi.

– On dirait qu'il y a quelqu'un, avança Wigfull.

– Tant mieux, car je n'ai pas envie de revenir trop souvent.

Ils frappèrent et la porte s'ouvrit sur un garçon en pantalon vert, chemise blanche et cravate rayée – l'uniforme d'une des écoles les plus selectes de la région.

– Bonjour, fiston ! lança Diamond. Ta mère est là ?

L'apostrophe amicale n'obtint pas l'effet désiré.

– Nous n'achetons rien aux démarcheurs.

Le garçon pouvait avoir entre douze et quatorze ans, âge ingrat de l'adolescence, qui en veut à la terre entière.

– Nous sommes de la police.

– Vous avez un mandat ?

– Comment t'appelles-tu ?

– Matthew.

– Mathew comment ?

– Didrikson.

– Eh bien, Matthew Didrikson, tu regardes *The Bill* de temps en temps ?

– Ça m'arrive.

– Dans ce cas, tu devrais savoir que les mandats ne sont nécessaires qu'en cas de perquisition. Nous voulons simplement voir ta maman. Est-elle là ?

– Elle travaille.

Diamond fit un pas en avant.

– Nous allons entrer l'attendre.

Le garçon bloqua un instant le passage, d'un air frondeur, puis recula devant l'imposante silhouette de Diamond. Resté en retrait, Wigfull s'écria soudain :

– Quelqu'un sort par derrière !

– Rattrapons-le.

Un pied voltigea, immobilisant le superintendant qui s'élançait. Retrouvant ses réflexes de rugbyman, il tenta de crocheter l'adversaire, tout en amorçant un plongeon. Mouvement ambitieux et technique, requérant une sveltesse que Diamond avait perdue. Le coup le frappa à l'entrejambe avec une douleur aussi vive que s'il s'était empalé. Puis le gamin plongea pour lui attraper la cuisse.

Guidé par le seul instinct de survie, il repoussa l'attaque du mieux qu'il put et s'effondra à terre, à quatre pattes, complètement K.O. Le gamin heurta le mur dans un bruit sourd.

Il souffrait le martyre. D'un instant à l'autre, il le sentait, il allait perdre connaissance. La voix de Wigfull lui parvint, assourdie.

– Laissez-moi faire.

Comme s'il était encore en mesure de tenter quoi que ce fût...

Peu à peu, la douleur se fit plus diffuse, plus supportable. Diamond ouvrit les yeux. Ses joues étaient baignées de larmes. Au moins, songea-t-il, la fonction d'élimination n'est pas altérée... Il chercha des yeux le délinquant juvénile qui l'avait mutilé. N'écoutant que son courage, Matthew Didrikson avait pris la fuite.

Péniblement, il parvint à agripper un pied de table et s'en aida pour retrouver une position presque verticale. Tel un lutteur de sumo chargeant son adversaire, il jeta son dévolu sur la première chaise venue. Une fois assis, il resta prostré, n'ayant conscience que du feu qui lui dévorait l'entrejambe.

– Ça va, sir?

Wigfull. Il n'y avait que lui pour poser des questions aussi stupides.

– A votre avis?

L'inspecteur ne s'aventura pas à donner un diagnostic.

– C'est sûrement Mrs Didrikson que j'ai vue s'enfuir. Je n'ai malheureusement pas pu la rattraper. Elle a disparu au volant d'une Mercedes noire. J'ai relevé le numéro.

– Vous voulez peut-être que je vous félicite pour cela!

– Vous n'auriez pas par hasard de radio sur vous?

– Et pour quoi faire, je vous le demande?

– Pour envoyer un message.

– Il y a un téléphone sur la table à côté de vous, espèce de triple andouille!

Aussitôt, Diamond se sentit un peu mieux. Wigfull, de son côté, fit le nécessaire pour que des patrouilles soient organisées.

– Elle va sans doute emprunter l'autoroute. Avec un peu de chance, on l'aura interceptée dans une heure. Finalement, nous avançons plus vite que prévu. En prenant la fuite, la jeune dame vient de se ranger d'elle-même parmi les suspects. Dites, voulez-vous que je cherche un analgésique ?

– Enfin un propos sensé, bougonna Diamond.

Un peu plus tard, il s'installait avec précaution dans sa voiture – côté passager. La codéine que Wigfull avait dénichée commençait à faire de l'effet.

Au volant, l'inspecteur se racla la gorge.

– Pardon... les clés.

– Vous n'auriez pas pu y penser avant ?

Finalement, il parvint à repêcher le trousseau au fond de sa poche et ils se mirent en route. Après les deux virages en épingle à cheveux, ils obliquèrent vers la gauche et débouchèrent au sommet de la côte qu'ils avaient eue tant de mal à gravir à l'aller. Wigfull pila net.

– Encore !

Diamond fut pris d'une crise de rire. C'était stupide, car chaque spasme réveillait la douleur, mais il ne pouvait s'en empêcher.

A mi-chemin de la pente, une Mercedes noire, arrêtée. Juste derrière, une Mini rouge. Pare-chocs contre pare-chocs. Le conducteur de la Mini, reconnaissable à son chapeau mou, était descendu pour examiner les dommages. Le chauffeur de la Mercedes n'avait pas quitté son siège.

– Je vais aller voir, dit Wigfull.

Diamond sortit à son tour et le suivit en boitillant. Pour rien au monde il n'aurait raté la scène qui se préparait.

9

Une égratignure sur la peinture de la Mercedes, une petite bosselure sur l'aile de la Mini – les dommages matériels étaient infimes, mais suffisants pour fournir un prétexte. Après s'être assuré qu'aucun des deux conducteurs n'était blessé, Wigfull reçut la déposition du vieil homme; Diamond, pour sa part, se présenta à la femme et la pria de lui donner les clés.

– Merci. Maintenant, veuillez vous installer sur l'autre siège.

Alors qu'elle s'exécutait, Diamond remarqua que ses mains tremblaient. Il se baissa afin de se glisser à la place du conducteur et réalisa juste à temps qu'il n'y arriverait pas. Deux coussinets de mousse laissaient un espace minuscule sous le volant; tenter d'y loger la partie la plus sensible, déjà endommagée, de son anatomie aurait été courir au désastre.

– Vous permettez? demanda-t-il en déplaçant les coussins.

Cette fois, il put enfin s'installer.

– Vous êtes bien Mrs Dana Didrikson?

– Oui.

Encadré de la masse sombre de ses cheveux, son visage était translucide comme le lait écrémé. La bouche était fine, l'œil noir et vif, avec une expression de bête traquée.

Tout en se demandant si elle serait capable de commettre un meurtre, il lança l'interrogatoire.

– Racontez-moi ce qui s'est passé, je vous prie.

– Je roulais trop vite, je n'ai pas pu m'arrêter à temps.

– Pourquoi cette hâte?

Elle soupira, comme si elle jugeait superflu de poser une question dont on connaissait la réponse.

– Parce que je tentais de fuir.

Une réponse franche, directe. Diamond eut une poussée d'adrénaline. L'heure des révélations avait sonné, pour peu que la dame se décide.

– Fuir ? répéta-t-il.

– Par l'arrière de la maison. Vous ne m'avez pas vue ?

– Si.

– Dans ce cas...

– Dans ce cas, comprit-il, je n'ai rien d'autre à vous dire.

Pour ne pas la brusquer, il resta sur le terrain pratique.

– Je suppose que votre voiture était garée à l'arrière de la maison ?

– Oui. Que va-t-il m'arriver ?

– Nous allons recueillir votre déposition. Attendez-moi un instant, voulez-vous ?

Il s'extirpa péniblement du siège et approcha de Wigfull.

– John, prenez le volant de la Mercedes et faites demi-tour. Je crois qu'elle va cracher le morceau.

– Si elle admet sa responsabilité, intervint le vieillard à la Mini, j'aimerais que ce soit inscrit sur le constat.

– Merci d'attirer notre attention sur ce point, dit Diamond. Un agent ne tardera pas à arriver.

Les deux policiers quittèrent là l'homme au chapeau mou et prirent place dans la Mercedes. Wigfull au volant, Diamond sur le siège arrière.

– Retour à la case départ, annonça le superintendant.

Au sommet de la colline, Diamond reprit le volant de sa propre voiture. Le convoi se remit en route et s'arrêta devant la maison des Didrikson.

La porte était restée ouverte; certain qu'elle ne récidiverait pas dans sa tentative de fuite, Diamond laissa l'hôtesse entrer la première.

– Matthew? appela-t-elle.

Pas de réponse.

– Je l'ai vu quitter la pièce au moment où nous entrions, dit Diamond.

– Je ne vois pas pourquoi il se cacherait. Matthew, où es-tu?

– Tout à l'heure, expliqua Wigfull, il a tenté de nous barrer le passage. Il a même attaqué violemment Mr Diamond.

– Ce n'est qu'un enfant, riposta Mrs Didrikson avec un soupçon de dédain.

Diamond fit signe à son acolyte de ne pas insister.

– Nous allons devoir nous entretenir longuement avec vous, Mrs Didrikson.

– Ici?

– Non, à Manvers Street. Il est déjà tard; peut-être aimeriez-vous préparer quelques affaires pour la nuit.

– Mais Matthew? Je ne peux pas le laisser tout seul. Il n'a que douze ans, vous savez.

Diamond l'assura que le nécessaire serait fait pour que son fils passe la nuit au pensionnat de l'Abbey Choir School, son école. Avant de monter à l'étage pour surveiller ses préparatifs, il donna ses instructions à Wigfull.

La chambre de Dana Didrikson ne révélait pas grand-chose du caractère de la jeune femme, sinon qu'elle était soigneuse et sobre dans ses goûts. Un papier peint uni, de cette teinte magnolia si prisée des décorateurs; des étagères et des penderies, un grand lit, une table de nuit – vide –, une moquette claire, passe-partout... et des rideaux assortis. Pas la moindre photo, le moindre livre, encore moins de vêtements sur les chaises. L'anonymat d'une chambre d'hôtel, en tout cas d'une chambre où l'on ne faisait que dormir.

D'un placard, elle sortit un sac de voyages dans lequel elle entassa quelques effets.

– Puis-je également préparer les affaires de Matthew ?

Diamond acquiesça et la suivit à l'étage supérieur. La chambre du garçon était plus vivante. Des oiseaux et des chauves-souris en carton pendaient du plafond, des posters de stars du rock ornaient les murs; quant au sol, il était jonché de chaussettes et de pochettes de disques. Plus vivante, vraiment; d'autant que son propriétaire s'y trouvait, allongé sur le lit.

– Mat ! Je te croyais sorti. Tu n'as pas répondu quand je t'ai appelé.

Couché sur le ventre à feuilleter une bande dessinée, il ne leva pas la tête.

– Mat, tu m'entends ?

Une voix bougonne s'échappa de la tignasse noire.

– C'est des sales poulets. Ils m'ont frappé et sont entrés de force dans la maison.

– Frappé ?

– Je l'ai simplement repoussé pour éviter ses coups de pied, expliqua Diamond.

– Vous m'avez balancé contre le mur ! riposta le garçon avec véhémence. Et d'abord, qu'est-ce que vous voulez ?

– Parler avec ta mère d'une affaire sur laquelle nous enquêtons.

L'insolence du gamin aurait mérité une leçon, mais il jugea que ce n'était ni le moment ni son rôle. Le môme donnait l'exemple criant d'un déficit affectif, qu'il faisait payer à sa malheureuse mère.

Mrs Didrikson expliqua la situation à son fils; après une vaine tentative pour être autorisé à rester seul dans la maison, Matthew se replongea dans sa BD. En dépit de tout, Diamond ne put éprouver qu'une immense compassion pour lui.

QUATRIÈME PARTIE

DANA

1

C'est à propos de ce qui est arrivé à Geraldine Jackman, n'est-ce pas ? Vous voulez savoir comment j'ai rencontré le couple. Eh bien... parlons-en. Mais cela va me demander un gros effort. Je ne suis pas l'une de ces pipelettes qui déballent leur vie dans la queue des supermarchés. Sans être vraiment timide, je suis d'un naturel réservé, ce qui me fait parfois paraître distante. Je lutte constamment contre mon caractère car, croyez-moi, quand on élève seule son enfant, il faut savoir se – et le – défendre.

Quand Sverre m'a quittée, il y a trois ans, je suis devenue chauffeur de taxi. Un drôle de métier, direz-vous, pour quelqu'un d'asocial ! Ce fut ma planche de salut. J'ai appris à me construire une façade et à me retrancher derrière. En apparence, j'étais la conductrice aimable qui parlait de tout et de rien, des embouteillages et des grèves du métro ; mon vrai moi était à des milliers de kilomètres de là. Mais c'est une autre histoire...

Venons-en au fait. A l'époque où j'ai rencontré les Jackman, j'avais déjà été embauchée comme chauffeur de maître par Mr Stanley Buckle, l'administrateur gérant de Realbrew Ales. D'où la Mercedes. Je n'en suis pas propriétaire.

J'avais eu plusieurs fois Mr Buckle comme passager dans mon taxi et nous avions devisé agréablement. Je ne savais pas, alors, qu'il dirigeait Realbrew. Mais je savais qu'il avait des parts dans plusieurs affaires de Bath et de Bristol et j'avais vu sa magnifique maison, sur la colline qui surplombe Clifton College. Aussi, lorsqu'il m'a offert le poste, j'ai tout de suite compris que c'était sérieux. Il m'a demandé combien je gagnais dans les bonnes semaines et m'a proposé un salaire équivalent; avec des horaires moins astreignants et la possibilité d'utiliser la voiture à titre personnel, à condition de noter scrupuleusement les kilomètres parcourus. Je n'ai pas hésité.

Vous êtes au courant, bien sûr, de l'aventure de mon fils, en juillet. Greg –pardon, le professeur Jackman – vous aura tout dit. Ce fut l'un des jours les plus affreux de ma vie, et pas seulement à cause de l'accident de Mat. Le matin, j'avais eu des démêlés avec la police. Pardonnez-moi cette parenthèse, mais elle me paraît importante, car elle est liée à tout ce qui se passa ensuite.

Ce matin-là, Mr Buckle me téléphona à l'aube. Il avait besoin de la voiture et me priait de me rendre chez lui pour 9 heures.

J'en déduisis, comme c'était le cas d'ordinaire, qu'il devait se rendre à Londres pour affaires. Conclusion qui se révéla tout à fait erronée lorsque j'arrivai à Clifton.

Le ciel sans nuage et la chaleur matinale laissaient prévoir une journée caniculaire. La bonne philippine m'escorta jusqu'au jardin où mon patron, arborant un chapeau de paille, un short bleu-gris et des lunettes de soleil miroir, se prélassait dans un transat, au bord de la piscine. Seule concession au travail : un téléphone cellulaire posé sur le pavement, à portée de la main. D'un geste du bras, il m'invita à m'asseoir sur une chaise métallique.

Je le trouvai d'humeur aussi radieuse que le temps. Il s'excusa pour l'horaire matutinal et m'offrit un jus de pamplemousse. Puis il s'inquiéta de la scolarité de mon fils, me livrant au passage quelques conseils. Les hommes se croient toujours obligés de me donner leur avis sur l'éducation de Matthew... comme si la virilité était une valeur mise en péril par une mère célibataire.

Une fois ce devoir accompli, il prit le ton de la confidence.

– La mission que je vais vous confier requiert la plus grande discrétion.

– Oh..., fis-je pour marquer mon approbation autant que ma réserve.

– Loin de moi l'idée de détourner de vertueuses jeunes femmes du droit chemin, proféra-t-il avec un sourire carnassier.

Le plus drôle, c'est qu'il disait la vérité. Charmian, la tigresse qui partageait sa vie, lui aurait lacéré les parties vitales au moindre regard baladeur. Elle me l'avait clairement fait comprendre dès notre première rencontre.

– Ce que je vous propose, reprit-il, n'est pas très avouable. Vous êtes employée par la Realbrew, mais j'ai des intérêts ailleurs, vous le savez sûrement. J'aimerais en quelque sorte louer vos services pour la journée. Il s'agit d'aller prendre livraison d'une marchandise à Southampton. Tous mes chauffeurs habituels sont occupés. Voulez-vous être l'ange salvateur qui va me tirer de ce pétrin ? C'est extrêmement urgent.

Ses yeux suppliants me rappelèrent ceux des chiens en plâtre qu'on utilise comme sébiles dans les quêtes pour la protection des animaux.

J'hésitai. S'il m'avait donné ses instructions sans détour, je ne me serais pas posé de questions. La façon qu'il avait eue d'enrober l'affaire m'avait mise sur mes gardes. Plusieurs fois déjà, au vu de son train de vie, je m'étais demandé si toutes ses activités étaient absolument honnêtes. Je n'avais nulle envie de m'embarquer dans une histoire louche.

– De quoi s'agit-il ? demandai-je.

– Des ours en peluche.

Je crus avoir mal entendu.

– Des ours en...

– Huit cents oursons fabriqués à Taiwan. Tout petits et très légers. Ils sont conditionnés dans quatre cartons qui entreront facilement dans le coffre de la voiture.

Les idées se bousculèrent dans mon esprit : les docks de Southampton... les importations illicites... le trafic de drogue.

– Toutes les formalités ont été effectuées, si c'est ce qui vous inquiète. Vous n'aurez qu'à présenter le laissez-passer que je vais vous fournir, charger la marchandise et la convoyer jusqu'à un garage, sur Whiteladies Road. Je vous donnerai la clé.

– Puis-je demander pourquoi vous êtes si pressé, s'il s'agit simplement d'un chargement de peluches?

J'essayais de faire passer ma méfiance pour une curiosité légitime. Mr Buckle sembla trouver ma question incongrue.

– Voyons, vous n'avez pas entendu parler de la grande kermesse de Longleat House? Samedi, c'est le grand pique-nique des ours en peluche. Il y en aura des centaines... et autant d'enfants. Je ne peux tout de même pas faire faux bond à ces charmants bambins!

Je me sentis soudain stupide. Désarmée par le sourire jovial de mon patron, j'acceptai la mission.

Je roulais sur l'A36 lorsque je fus arrêtée. La livraison s'était déroulée sans problème. J'avais déjà parcouru 60 kilomètres sur le chemin du retour et traversai Heytesbury lorsque je remarquai une voiture rouge qui me suivait. Je ralentis, mais elle ne me doubla pas. Quelques minutes plus tard, je vis dans le rétroviseur qu'un gyrophare avait été installé sur le toit. Vu de loin, mes deux poursuivants ne semblaient pas porter d'uniformes, mais les appels de phares insistants me décidèrent à m'arrêter sur le bas-côté. La voiture rouge se rangea également.

Je baissai ma vitre. L'un des deux hommes approcha et m'annonça qu'il était de la police. Il me montra une carte officielle qui me parut authentique et me demanda d'éteindre le moteur et de lui donner la clé. Je m'exécutai.

– Savez-vous que vous rouliez à plus de 110 km/h ?

– Je ne m'en suis pas rendu compte.

– Où allez-vous ?

– A Bristol. Je viens de Southampton.

– Pour affaires ?

– Oui.

Je songeai alors au contenu de mon coffre et compris que j'étais perdue. Lorsqu'il me demanda de descendre, je savais que ce n'était pas pour me faire souffler dans le ballon.

Le deuxième homme nous rejoignit ; sa carte disait qu'il était inspecteur.

– Ouvrez le coffre, je vous prie.

En faisant tourner la clé dans la serrure, je pensais à mon patron qui lézardait au bord de sa piscine et m'avait envoyée au casse-pipe. Et dire que je ne savais même pas ce que contenaient ces cartons...

– Qu'y a-t-il là-dedans ? demanda justement l'un des policiers.

– Des ours en peluche, fis-je d'un air qui se voulait convaincant.

Les deux hommes échangèrent un regard.

– Pour quelle société travaillez-vous, déjà ?

– Realbrew Ales. Mais mon patron m'a demandé là un service personnel.

– Personnel, hein ? Il collectionne les peluches ?

J'expliquai tout, le pique-nique, la vente de charité, etc.

– Hmmm... Il va falloir que nous y jetions un coup d'œil. Auriez-vous l'obligeance d'ouvrir l'un des cartons ?

Je me sentais aussi à l'aise qu'un lièvre pris dans un collet.

– C'est que... ils ne m'appartiennent pas.

– Vous direz à leur propriétaire que des policiers vous ont demandé de faire preuve de coopération. Car vous êtes disposée à coopérer, n'est-ce pas ?

Je pris le canif qu'on me tendait. Mon pouls battait à cent à l'heure. Je fis une incision dans le ruban adhésif qui scellait le carton.

– Videz le carton, miss.

J'écartai une couche de caoutchouc-mousse – et faillis m'évanouir de joie en apercevant vingt-cinq adorables oursons, alignés en rang par cinq, qui reposaient sur un lit de polystyrène.

Les policiers insistèrent pour que je vide entièrement le carton. Huit épaisseurs, deux cents peluches. Puis il fallut déballer les trois autres cartons. A chaque fois, mon coeur se serrait... mais rangée après rangée, ce n'étaient que minuscules plantigrades qui me regardaient candidement de leurs yeux en plastique.

L'inspecteur prit en main l'un des oursons et l'examina attentivement. Puis les deux hommes s'éloignèrent pour tenir conciliabule. Ils eurent beau secouer, tordre, renifler... en vain. La scène m'aurait paru cocasse si je n'avais été si anxieuse.

Puis ils revinrent ; l'inspecteur me tendit le malheureux ourson qui, même sous la torture, ne m'avait pas trahie.

– Eu égard à la coopération dont vous avez fait preuve, je ne dresserai pas de procès-verbal pour excès de vitesse. Considérez ceci comme un avertissement.

Je dus murmurer quelques mots d'excuse et ils réintégrèrent leur véhicule. Ils n'avaient pas reparlé des ours.

En arrivant à Clifton, je trouvai Mr Buckle où je l'avais laissé. Il avait simplement déplacé son transat pour suivre l'écliptique. Il n'était pas seul. Deux quinquagénaires en short jouaient aux cartes sous un parasol. Un troisième homme, un blond, faisait des longueurs dans la piscine. Aucun ne remarqua mon arrivée, menu fretin que j'étais. Quant à mon patron, il s'était assoupi.

Je dus répéter deux fois son nom avant qu'il ne remue. Sa première question fut pour savoir quelle heure il était.

Je lui donnai le renseignement et lui demandai une entrevue en privé. A cela, il répliqua qu'il n'avait pas de secret pour ses amis. Je lui narrai donc l'incident.

– J'estime avoir le droit de savoir de quoi il retourne, fis-je en guise de conclusion.

Il se gratta la nuque.

– J'avoue ne rien y comprendre, Dana. Mon nom a-t-il été prononcé ?

– Non.

– Ont-ils vérifié l'état des pneus et des freins ?

– Je vous le répète, la voiture ne les intéressait pas du tout.

Et comme il ne semblait pas disposé à comprendre, j'ajoutai :

– A mon avis, ils ont été tuyautés.

Cela ne l'impressionna guère.

– Non, ils sont pleins de préjugés, c'est tout. Ils voient une belle Mercedes rutilante et ils s'imaginent aussitôt qu'il y a anguille sous le capot. Il faudra vous y habituer – ou sinon, respecter les limitations de vitesse.

– Vous parlez comme eux.

Il sourit de toutes ses dents et me proposa de plonger dans la piscine.

– Je pourrais vous prêter un deux pièces... ou une seule, si cela vous dit.

J'en déduisis que Charmian était absente pour l'après-midi.

– Non, merci, dis-je, je dois partir.

J'allais partir lorsqu'il se rappela qu'on avait laissé un

message pour moi au bureau. Il me tendit son téléphone cellulaire et j'appelai aussitôt. C'est ainsi que j'appris que mon fils avait été transporté à l'hôpital.

2

Vous imaginez mon affolement. Anita, la standardiste de Realbrew, eut beau m'assurer que ce n'était pas grave, je ne la crus pas. Une mère imagine toujours le pire et se persuade que les autres sous-estiment la gravité de l'accident pour la rassurer.

Je fonçai à l'hôpital, oubliant toutes les promesses que j'avais pu faire concernant le respect des limitations de vitesse. En arrivant, je me garai juste en face de l'entrée du service des accidentés, aspirai une grande bouffée d'air et me présentai à l'accueil.

L'hôtesse me gratifia d'un sourire administratif et m'annonça que Matthew était actuellement examiné par le Dr Murtah. Quand je l'interrogeai, elle ne voulut rien me dire et se contenta de m'inviter à prendre place dans la salle d'attente.

Ce que je fis, en désespoir de cause. J'avais la chair de poule – en plein mois de juillet.

Finalement, un homme en blouse blanche vint me chercher. Après s'être présenté comme le Dr Murtah, il m'annonça avec ce langage précieux qu'utilisent souvent les Orientaux, que le garçonnet ne garderait aucune séquelle de sa mésaventure. Quelques éraflures superficielles et une lésion dans le dos. Le Dr Murtah lui avait fait une injection de pénicilline pour éviter tout risque d'infection.

– Sans vouloir me mêler de ce qui ne me regarde pas, Mrs Didrikson, vous devriez prendre des mesures pour que ce genre d'incident ne se reproduise pas. Le malandrin mérite une bonne semonce.

– Vous avez raison, dis-je complaisamment. Merci de votre conseil.

Il m'indiqua une alcôve dans la salle et disparut. Mon jeune malandrin était assis sur un lit.

– Maman, je...

Ses yeux scintillaient et les miens me picotaient. Je lui mis un doigt sur les lèvres.

– Chut ! Nous parlerons plus tard.

– Ils m'ont prêté cette robe de chambre. Mes vêtements sont encore mouillés.

– Cela n'a pas d'importance, dis-je.

Une infirmière vint s'assurer que nous avions un moyen de locomotion et insista pour que mon fils garde les effets prêtés par l'hôpital. Je promis de les rapporter sans tarder.

Je me penchai pour aider Matthew à enfiler les sandales mais il les attrapa le premier. Il n'aime pas qu'on le materne. A douze ans, il est déjà plus grand que moi... Ce n'est qu'un détail, mais je crois que cela a modifié nos relations.

Lorsque nous traversâmes le hall, la réceptionniste me héla. Elle avait un formulaire à me faire remplir. Tandis que je m'en acquittais, je fus surprise d'entendre Mat qui discutait avec quelqu'un. Une grosse fille aux cheveux blonds coupés ras, avec de lourdes boucles d'oreilles. Elle portait un jean et un T-shirt et je la pris d'abord pour une assistante sociale.

J'approchai.

– Bonjour, me lança-t-elle. Mon nom est Molly Abershaw.

A l'entendre, j'aurais dû immédiatement la situer – ce qui n'était pas le cas. Je trouvai son arrogance assez déplaisante.

– Je sais que vous êtes pressés de rentrer chez vous, continua-t-elle. Quelle histoire époustouflante, non ?

Ce n'était pas le mot que j'aurais spontanément employé, mais je ne bronchai pas, car il me tardait d'en finir.

– J'étais à Bathford, lorsque j'ai reçu l'appel. J'ai roulé comme une dératée – un peu plus, je faisais moi-même la une des journaux ! Dans notre métier, il est essentiel d'arriver les premiers. Mon photographe sera là d'un instant à l'autre. Nous aimerions prendre une photo de toi, Matthew.

– Vous êtes journaliste ? demandai-je d'un ton peu avenant.

– Je ne vous l'ai pas dit ? Je travaille pour l'*Evening Telegraph*. Vous n'y voyez pas d'inconvénient, je présume ?

Je la détrompai sèchement.

– Mrs Didrikson ! protesta-t-elle, vous ne pouvez y échapper. Si ce n'est pas moi, ce sera l'un de mes concurrents. Nous n'imprimerons que l'exacte vérité, je vous le promets. C'est d'ailleurs pourquoi je suis venue vous parler. Dites-moi que vous répondrez à mes questions...

– Je n'en vois pas l'intérêt. Je n'étais pas là lorsque ça s'est passé. Vous en savez déjà probablement plus que moi !

– Et moi, renchérit Matthew, je ne me souviens de rien.

Notre peu d'enthousiasme ne désarma pas Molly Abershaw.

– Ecoutez, ne croyez pas que je cherche à vous harceler. J'ai seulement besoin de vérifier les faits. Je ne sais même pas comment s'orthographie votre nom !

Je comblai cette lacune et la priai de s'en tenir à l'essentiel.

– Très bien. Quel âge as-tu, Matthew ?

Il me lança un regard interrogateur. Je songeai que plus vite elle aurait griffonné quelques notes, plus vite elle nous laisserait tranquilles. Fort de mon feu vert, Mat répondit.

– Douze ans.

– Et tu jouais près du barrage de Pulteney. Tu étais seul ?

– Non.

– Qui était avec toi ?

– Je ne veux pas qu'ils aient des ennuis.

– Pourquoi ? On t'a poussé ?

– Pas du tout. J'ai perdu l'équilibre et je suis tombé.

– Et tu as failli te noyer...

– Je ne me souviens de rien.

Je saisis la balle au bond.

– Voilà, nous n'avons rien d'autre à vous dire. Au revoir.

– Mais le sauvetage...

– Matthew vous l'a dit, il ne se rappelle rien.

– Voyons, Matthew, tu dois bien savoir à quoi ressemble l'homme qui t'a sauvé la vie !

– Il était grand et moustachu. Il portait une chemise rayée et une cravate.

– Un homme élégant, donc. Jeune ?

– Pas très.

– Plus de quarante ans ?

– Non, moins que ça.

– T'a-t-il dit quelque chose ?

– Il a surtout parlé à Piers.

– Piers ? L'un de tes camarades ?

Le pauvre Mat se mordit la lèvre, conscient d'avoir fait une gaffe.

– S'il vous plaît, n'imprimez pas son nom. On aurait dû être en classe.

– Hmmm... Vous faisiez l'école buissonnière, alors ?

Je crus bon d'intervenir.

– Cette affaire regarde l'école, pas les journaux. Viens, Matt, on s'en va.

– Quel dommage que le photographe soit en retard..., dit miss Abershaw.

Je ne répondis pas et fis un pas vers la porte. Une fois dehors, je cherchai des yeux la Mercedes. Avec toutes ces émotions, j'avais oublié où j'étais garée.

– Là ! dit Matthew en pointant la voiture du doigt.

Miss Abershaw nous avait suivis.

– Oh ! Une Mercedes...

– Ma mère est chauffeur, dit Matthew.

Et j'ajoutai, un peu méchamment :

– Ça fera un détail croustillant dans votre papier. Vous voulez le kilométrage, aussi ?

– Je me disais seulement que nous devions tous gagner notre vie d'une façon ou d'une autre.

Pour la première fois, elle me parut sympathique. J'en vins à réviser mon jugement; elle faisait un métier difficile, elle avait pour mission de collecter des scoops, comme d'autres collectaient des ours en peluche.

– Excusez-moi, dis-je. J'ai eu une journée affreuse.

– Je viens d'avoir une idée. Si Maxim, notre photographe, vient chez vous dans une heure, le laisserez-vous prendre une photo ?

Je m'assis au volant et griffonnai mon adresse au dos d'une carte de visite.

– Merci, dit-elle, c'est très gentil. Votre mari sera-t-il là aussi ?

– Je suis divorcée.

– Mon papa est un grand joueur d'échecs norvégien, clama Matthew.

Je claquai ma portière et mis le moteur en marche. Une fois sur la route, je me tournai vers mon fils.

– Tu n'avais pas besoin de dire ça, à propos de ton père.

– Pourquoi ? Je suis fier de lui.

Le reste du trajet se déroula en silence.

3

Le lendemain, bien qu'il fût sur pied, je préférai garder Matthew à la maison; l'année touchait à sa fin et il avait bien droit à un petit répit avant d'être convoqué dans le bureau du proviseur. Vous connaissez l'Abbey Choir School, bien sûr. Ils mettent un point d'honneur à prodiguer ce qu'ils appellent une éducation « traditionnelle ». Les parents doivent remplir un formulaire autorisant les châtiments corporels sur les garçons en cas de mauvaise conduite. Soi-disant la meilleure façon de leur inculquer obéissance et loyauté... L'école buissonnière est sanctionnée par une raclée.

Moi qui ai reçu une éducation très libre, je dois avouer que ces méthodes me paraissent totalement archaïques. J'ai passé des nuits blanches à me demander si j'avais raison de laisser Matthew dans un tel établissement. Et pourtant, il y a trois ans, j'ai remué ciel et terre pour qu'il soit admis. Sverre venait de me quitter, j'étais déboussolée. L'idée d'élever seule mon fils me terrifiait.

Aujourd'hui, je me dis que plus l'école est dure, mieux il sera armé pour affronter les épreuves de la vie. Voilà ma justification. J'ai travaillé comme une damnée pour payer sa scolarité, alors, je ne vais pas renoncer.

Je serais plus sereine si j'étais intimement persuadée des vertus du système. J'admets que l'histoire sainte, la musique sacrée et l'enseignement du latin soient à l'honneur dans une école confessionnelle... mais pourquoi faut-il que tout le reste soit aussi désuet ? Ils passent des heures sur l'analyse grammaticale; le programme de littérature ne dépasse pas Dickens, le professeur de mathématiques interdit les calculettes... et à la récréation, on leur apprend à manier une batte de cricket!

Tout cela est d'un rigorisme désespérant. Quant aux châtiments corporels, ils sont intolérables.

Curieusement, Matthew n'a jamais exprimé le désir de changer d'école. Il ne se plaint jamais, sauf les samedis où il doit rejoindre la chorale, à l'occasion d'un mariage. Quant à l'école buissonnière – nous, nous disions « sécher les cours », et j'en étais une adepte fervente ! –, c'est à ma connaissance un phénomène nouveau.

Quand j'ai abordé la question, l'autre soir, il a pris la chose à la légère. Il n'a même pas quitté des yeux la télévision.

– Le prof était absent, on nous a envoyés à la bibliothèque. Avec mes deux copains, on a décidé d'aller se baigner. C'est tout.

– Le barrage n'est pas l'endroit idéal pour nager.

– On n'a pas nagé. On s'est juste amusés au bord de l'eau.

– De toute façon, c'était dangereux. Pourquoi a-t-il fallu que ce soit toi qui t'avances sur la jetée ?

– Ils m'avaient lancé un défi.

– Oh !

Il se gratta la tête et me regarda avec cet air qu'il prenait quand il avait quelque chose d'important à dire.

– Je suis désolé, M'man. Ça ne se reproduira pas.

Je ne voulais surtout pas qu'il se culpabilise.

– Tout le monde fait des bêtises, tu sais. Je les ai faites, quand j'en avais l'âge.

Il parut stupéfait.

– C'est exactement ce qu'il a dit.

– Qui ?

– L'homme qui m'a tiré de l'eau.

Il resta songeur, puis ajouta :

– On devrait essayer de le retrouver. J'aimerais bien le revoir.

– Tu as raison, il faudrait le remercier. J'ai une idée !

Il a dû prendre un taxi pour rentrer chez lui. Je demanderai à mes anciens collègues.

Puis nous nous tûmes pour suivre le programme de télévision.

Le lendemain, à la station de taxis, l'accueil fut enjoué. Naturellement, on me charria sur la Mercedes, mais je saisis la première occasion de me renseigner sur l'événement de la veille. Personne ne se rappelait avoir chargé un homme aux vêtements trempés, mais plusieurs gars avaient acheté les journaux du matin. On me tendit un exemplaire du *Telegraph*. A la une s'étalait la photo de Matthew avec ce titre : « Le héros anonyme du barrage ».

Je lus l'article de Molly Abershaw; dans les grandes lignes, il était fidèle à la réalité. En quittant mes ex-collègues, je leur demandai de me prévenir s'ils avaient du nouveau.

J'arrivai au travail avec près de quarante minutes de retard. En arrivant au parking, je freinai des quatre fers : la place où j'étais censée me garer était occupée par une autre Mercedes noire – celle que Mr Buckle réservait à son usage personnel. C'était bien ma chance! Mon patron ne venait quasi jamais à Bathford... et encore moins à une heure si matinale. Avant même de me le faire confirmer par Simon, le directeur du bureau, je sus que j'étais convoquée en haut lieu.

Stanley Buckle a acquis une participation majoritaire dans Realbrew en 1988, au moment où l'affaire périclitait après des années de gestion laxiste. Il a injecté de l'argent frais, mis en place une nouvelle équipe et, déjà, le déclin semble enrayé. Corollaire de son efficacité, il ne fait pas de cadeau. Quand il convoque un employé dans son bureau, c'est rarement pour lui proposer une augmentation...

Je frappai à la porte, penaude. S'il le fallait, j'étais

prête à m'agenouiller pour demander pardon – Ce boulot était vital pour moi.

Le sourire qu'il me décocha me rassura. Vêtu d'un costume rayé sombre, italien sans doute et hors de prix assurément, la traditionnelle rose rouge à la boutonnière, il avait un air fringant qui détonnait avec le lieu et l'heure.

Lorsqu'il se leva et contourna son bureau, comme pour venir m'embrasser, je réprimai un frisson. Loin de me renvoyer, il allait me faire payer « en nature » mon retard. Il m'attrapa le bras et m'attira vers lui. Puis, contre toute attente, il prit ma main dans sa paume moite et la serra.

– Félicitations, ma chère!

Je dus prendre un air ahuri, car il explicita sa pensée.

– J'ai lu l'aventure de votre fils dans le journal. Un vrai miracle! Le nom avait attiré mon attention, mais je n'ai été sûr que c'était vous qu'en lisant la référence à Realbrew.

« La voilà donc », me dis-je,« la raison de sa bonne humeur. Une publicité gratuite dans la presse... »

– Je suis un peu en retard..., commençai-je.

– En retard? Mais nous ne pensions pas vous voir du tout, après cette affreuse mésaventure. Vous pouvez rentrer chez vous, si vous le souhaitez.

– C'est très gentil, parvins-je à articuler, mais cela fait déjà deux jours.

– Bon, mais n'hésitez pas à venir me voir si vous avez le moindre problème.

En rentrant ce soir-là, je trouvai Matthew devant la télévision; il mangeait un toast aux haricots blancs.

– La grosse journaliste a téléphoné, me dit-il.

– Mat, protestai-je, ne parle pas comme ça. Pourquoi miss Abershaw a-t-elle appelé?

– Elle voulait plus de détails sur l'homme qui m'a sauvé. Elle va rappeler pour te parler.

– Que lui as-tu dit ?

– Rien de plus. S'il avait eu les cheveux verts et une épingle à nourrice dans le nez, ça m'aurait marqué... mais c'était un banal moustachu.

– Tu n'as pas de devoirs ? demandai-je d'un air faussement détaché.

Il éteignit la télévision.

– Si, des tas. Le vieux Fortescue nous a donné un fichu boulot en histoire. On s'est chacun vu attribuer une rue de Bath et on doit écrire son histoire.

– Quelle rue t'a-t-il confiée ?

– Gay Street. Pour demain, je dois dessiner un grand plan de la rue, en représentant tous les bâtiments. Demain, on commencera à chercher à quelle date ils ont été construits, qui a habité là et tout et tout.

– Ça me paraît plus intéressant que les conjugaisons latines ! lançai-je d'un ton encourageant.

La sonnerie du téléphone interrompit notre conversation. C'était Molly Abershaw.

– Mon papier vous a plu ?

– Plu, c'est peut-être exagéré. Mais je n'ai pas à me plaindre, vous n'avez pas déformé les faits. Et mon patron a été enchanté que sa société soit citée.

Mon interlocutrice en vint bien vite à la seule chose qui l'intéressait vraiment.

– Simple curiosité de ma part... Avez-vous retrouvé la piste de l'homme qui a sauvé la vie de Matthew ?

– Non, rien de neuf. J'aurais pourtant aimé pouvoir le remercier personnellement.

– Justement, Mrs Didrikson, j'ai eu une idée. Nous pourrions lancer une sorte d'avis de recherche, faire appel à nos lecteurs pour le retrouver.

– En effet.

– Vous n'avez pas l'air emballé. Pourtant, vous disiez que vous aimeriez le rencontrer.

– C'est vrai, nous voudrions lui témoigner notre reconnaissance, mais...

– Vous voyez ? Maxim aimerait vous prendre en photo avec Matthew. Demain matin, peut-être, avant qu'il ne parte à l'école.

– Il part à 8h30.

– Pas de problème. Maxim sera là vers 8 heures. Au fait, Mrs Didrikson...

– Oui ?

– Pourriez-vous demander à Matthew les noms de ses deux camarades ? Ils ont peut-être retenu certains détails qui nous aideraient dans notre enquête.

– Ne pourrions-nous pas les laisser en dehors de ça ? protestai-je.

– Je veux juste leur dire deux mots. Je me demande si nous pourrions rassembler suffisamment de renseignements pour faire établir un portrait-robot de l'homme.

– Mais... c'est ce que la police fait pour identifier les criminels !

Mon indignation sembla la déstabiliser quelque peu.

– Je n'avais pas vu les choses sous cet angle. En tout cas, les garçons peuvent m'appeler demain. Le numéro est en dernière page du journal.

Sans rien promettre, je lui dis que j'en parlerais à Matthew et je raccrochai.

Je commençais à comprendre pourquoi le sauveteur de Matthew avait préféré garder l'anonymat...

4

Le vendredi, j'étais dans la cuisine quand Matthew vint ouvrir le réfrigérateur.

– Qu'est-ce que tu cherches ?

– La crème à la vanille.

– Tu ne doutes de rien ! Tu l'as terminée hier. Il y a de la glace dans le freezer, si tu es affamé. Tu as du travail pour le week-end ?

Voilà à peu près à quoi ressemblent toutes les conversations que je peux avoir avec mon fils. A cet âge, on n'aime guère livrer ses pensées secrètes, encore moins à sa mère. C'est pourquoi je m'en tiens aux sujets terre à terre – les devoirs, entre autres.

Il me dit qu'il avait une version latine à terminer, des versets de la Bible à lire pour une interrogation le lundi et, je le cite « cette couillonnerie de travail d'histoire ».

J'en avais entendu d'autres, du temps que je conduisais mon taxi, mais dans la bouche de mon fils, c'était autre chose.

– Matthew ! En quoi cela te déplaît-il ?

– On doit répertorier les gens célèbres qui ont vécu dans la rue et écrire un texte sur eux. Pour Piers, c'est facile. Il a le *Circus*, et il y a des plaques avec les noms des gens. Moi, on m'a collé Gay Street...

– Tu vas devoir faire des recherches, voilà tout. J'imagine que c'est le but de l'exercice.

– Des recherches ?

– Ne prends pas cet air abruti, Mat. Il doit bien y avoir des livres que tu puisses consulter.

– Où ça ?

– A la bibliothèque. On ira demain, si tu veux.

– A quelle heure ? Tu travailles, le samedi.

– J'essaierai de m'arranger, mon coeur.

Il me regarda d'un œil dubitatif puis disparut dans la pièce du fond. Je l'entendis allumer la télévision.

J'en étais réduite à me désoler intérieurement sur la difficulté de communiquer avec un adolescent, quand il me cria :

– Maman ! Viens ici !

– Tu ne me parles pas sur ce ton, Matthew.

– Dépêche-toi !

Le ton pressant me galvanisa malgré moi. Je trouvai

mon fils agenouillé devant le poste, le doigt pointé vers l'écran.

– C'est lui! L'homme qui m'a sauvé la vie!

L'homme était brun et moustachu.

– Comment s'appelle-t-il?

– Je ne sais pas, je viens juste d'allumer.

L'inconnu était interviewé par une jeune femme, au sujet de Jane Austen. Il répondait avec assurance, en détachant les mots, preuve qu'il avait l'habitude des interviews. Une lueur amusée scintillait dans ses prunelles, comme s'il ne se prenait pas au sérieux.

– C'est lui, je reconnais sa moustache, insista mon fils.

– Tu sais, il y a des tas de moustachus, répliquai-je pour tempérer son enthousiasme. Et puis cette émission a peut-être été tournée en Ecosse, ou ailleurs.

– Mais non, c'est *Points West*, sur la première chaîne! Si tu te tais, on pourra peut-être entendre son nom.

Nous écoutâmes en silence. L'homme parlait de Bath, des bals donnés à l'époque de Jane Austen... Puis la journaliste se tourna vers la caméra.

– Il me reste à vous remercier, Professeur Jackman. Je rappelle que vous organisez en septembre une exposition sur le thème *Jane Austen à Bath*. Parlons maintenant de...

Matthew baissa le volume.

– Tu vois? Maintenant, on est fixés. Il s'appelle Jackman.

– Mais c'est un universitaire.

– Et alors? Ça ne l'a pas empêché de me tirer de l'eau. Il faut absolument qu'on lui dise merci.

– Et si ce n'est pas lui?

– Je sais que c'est lui. Tu ne veux pas le retrouver?

Mise au défi, j'hésitai. Pas question de laisser cette affaire devenir une pomme de discorde entre nous.

– Bien sûr que si, mon chéri. Mais avant de l'aborder,

j'aimerais que tu le voies mieux. Je me demande s'il est dans l'annuaire.

Matthew alla chercher l'ouvrage en question.

Les derniers doutes qui me restaient quant à la destination des ours en peluche furent dissipés le samedi matin, quand Mr Buckle me pria de les convoyer jusqu'au stand de l'Institut de la Femme, dans le parc de Longleat House, à temps pour le pique-nique.

Mon patron parut très satisfait de moi – et de lui.

– On parle encore de vous dans la presse. Avez-vous vu le *Telegraph* d'hier soir ? Tenez, lisez en page 4.

A ladite page, s'étalait une photo de Matthew et moi, sous un titre énorme : « Aidez-nous à retrouver notre héros ».

– Ciel ! m'exclamai-je, sans même prendre la peine de lire l'article.

– J'ai une proposition à vous faire. Si, dans une semaine, il reste introuvable, j'offrirai une récompense de 100 livres à toute personne qui aidera à l'identifier.

L'idée ne m'enchantait guère. Sans doute cherchait-il par là à me dédommager des démêlés que j'avais eus avec la police, à cause de ses ours en peluche...

– Vous êtes très généreux, dis-je sans conviction.

– Pas du tout, c'est la moindre des choses. Et puis un peu de publicité ne peut pas faire de tort à la société !

– Je ne voudrais pas passer pour une ingrate, mais... cet homme n'appréciera peut-être pas d'être ainsi traqué. S'il préfère garder l'anonymat, respectons-le.

– C'est vrai, admit Mr Buckle, il ne tient peut-être pas à ce que l'on sache qu'il était à Bath ce jour-là. Nous aimons tous prendre un peu de bon temps, n'est-ce pas, Dana ?

– Pas moi, fis-je d'un ton ferme. Mais je suis sensible à votre proposition – pour la récompense, naturellement...

Affreusement gênée, je pris congé.

A 10h30, j'avais livré mes huit cents oursons. Aussi me crus-je autorisée à m'octroyer un peu de bon temps – mais pas au sens où l'entendait mon patron. Je retournai à la maison chercher Matthew et nous montâmes à Bathwick Hill, à la recherche d'une maison appelée Brydon House. Le propriétaire en était un certain G. Jackman, le seul Jackman inscrit dans l'annuaire de Bath.

En chemin, je fis mon possible pour préparer mon fils à une éventuelle déception.

– Je ne te promets rien; on va simplement localiser la maison et se garer à proximité. Puis on attendra.

– Et s'il ne sort pas?

– Eh bien, on avisera.

– On ira frapper à sa porte?

– Pas si vite, Mat. Je te le répète, on avisera.

Je me méfiais de l'imagination débordante de mon fils. Dans les rues de Bath, il croit sans cesse reconnaître des pop stars, des vedettes du petit écran... quand ce ne sont pas des extra-terrestres! Voilà pourquoi je préférais prendre quelques précautions avant d'aller déranger un pauvre homme qui n'avait peut-être rien à voir avec notre histoire.

Une fois dans la rue, je ralentis et nous nous mîmes à lire une à une les pancartes des maisons. Ce fut Matthew qui, le premier, repéra Brydon House.

J'arrêtai la Mercedes à quelque cinquante mètres de là et m'assurai qu'elle n'était pas visible depuis la maison.

En pierre grise, tapissée de lierre, la construction me parut d'époque victorienne ou edwardienne. Une Volvo marron était garée devant.

– Tout est en ordre, chef! lança Matthew, aussi excité que si l'on jouait au gendarme et au voleur. Prêt pour le repérage des lieux?

– Apparemment, il y a quelqu'un dans la maison, dis-je. On va passer devant en marchant.

Nous longeâmes le muret de pierre tout en lorgnant vers la propriété. Un buisson de pyracantha nous offrit un refuge commode, d'où nous pouvions surveiller notre cible.

– On repasse devant ? proposa Matthew.

– Attends. On va rester ici un moment.

Il haussa les épaules et se hissa sur le muret où il s'assit, les jambes dans le vide. Soudain, comme pour meubler le silence, il lança :

– Molly-les-gros-bras a téléphoné hier soir.

L'étonnement m'empêcha de le réprimander pour son machisme.

– Ah ? Tu ne m'as rien dit.

– Il était tard, tu faisais couler ton bain.

– Que voulait-elle, cette fois ?

– Comme d'habitude. Paraît que des tas de lecteurs ont appelé après son article, mais que personne n'avait pu identifier l'homme. Je lui ai dit que moi, je savais, que je l'avais vu à la télé.

– Oh, Matthew !

Il se croisa les bras et leva la tête vers le ciel.

– Quoi encore ?

J'aurais pu l'étrangler.

– Tu lui as aussi donné le nom du professeur Jackman ?

– Evidemment.

– Grand nigaud ! Et si tu t'étais trompé ?

– Quand est-ce que tu comprendras que je ne me suis pas trompé ?

– Matthew, regarde-moi quand je te parle ! Il ne faut rien dire à la presse tant qu'on n'est pas certain à cent pour cent. Et même dans ce cas, moins on en dit, mieux ça vaut.

– Pourquoi ? Je n'avais rien à cacher. Tu aurais voulu que je lui mente ?

– Tu aurais dû... Oh ! Et puis à quoi bon ? Je ne vois

pas pourquoi on est là, tapis derrière ce buisson, si tout le monde est déjà au courant.

– Mais c'est toi qui as voulu venir. On peut aller sonner à la porte, maintenant ?

– C'est tout ce qu'il nous reste à faire. Je te demande une chose, Matthew : laisse-moi parler.

– Si ça peut te faire plaisir.

Sa condescendance me stupéfia. Depuis le matin, il affichait ce ton supérieur, hérité de l'école, j'en étais sûre. Il fallait y mettre le holà avant que cela ne devienne une habitude. Aussi l'attrapai-je par la manche de son blazer.

– Si tu continues à me parler sur ce ton, mon jeune ami, ne compte plus sur moi pour te tirer du pétrin dans lequel tu t'es fourré.

Je vis ses yeux s'agrandir et son visage redevenir d'un coup celui d'un petit enfant penaud.

– Pardon, Maman.

– Allez, viens. Finissons-en.

Je l'entraînais vers la maison quand, soudain, il s'immobilisa.

– Quelqu'un sort !

Levant les yeux, je vis un homme sur le perron.

– Ce n'est pas lui, me chuchota Matthew.

De fait, je me rendis vite compte que l'homme qui avançait d'un pas vif et désinvolte n'avait rien de l'universitaire que nous avions vu à la télévision. Celui-ci n'avait guère plus de vingt ans. Une masse compacte de muscles, avec des cheveux blonds plaqués en arrière et un visage glabre. Il me sembla vaguement l'avoir déjà vu quelque part. Généralement, quand je reconnais des gens, c'est simplement pour les avoir pris comme passagers dans mon taxi. Mais pas cette fois. Mon petit doigt me disait que ce bel étalon n'avait jamais posé le pied dans ma voiture.

Je pris Mat par le poignet et lui glissai :

– Avançons un peu.

A peine avions-nous fait quelques pas que nous fûmes plongés en plein mélodrame.

De la maison nous parvint une voix suraiguë.

– Tu ne peux pas me laisser comme ça! Reviens!

Une femme aux longs cheveux roux dévala l'allée et rattrapa l'homme au moment où il ouvrait la portière de la voiture. Elle devait avoir quelques années de plus que lui. Son visage, joli encore, accusait pourtant une certaine fatigue.

Nous étions, Matthew et moi, juste devant Brydon House. Je tentai de prendre un air indifférent, d'autant que la femme était plutôt indécente, son peignoir de soie rose ouvert jusqu'aux cuisses. Mais les acteurs étaient trop pris par leur jeu pour se soucier des spectateurs. La femme s'accrochait à l'homme, pour l'empêcher d'entrer dans la voiture.

– Ne t'en va pas, Andy! criait-elle. Reviens, je t'en supplie! Que dois-je faire? Me mettre à genoux pour t'implorer?

Le dénommé Andy ne répondit pas. Quand elle lui empoigna une mèche de cheveux, il resta imperturbable. Puis, la saisissant par les poignets, il la força à s'agenouiller et la repoussa d'un geste de mépris qui la déstabilisa.

– Salaud! gémit-elle lorsque son épaule heurta le sol.

Le temps qu'elle se relève, Andy avait pris place dans la voiture et claqué la portière. Comme il mettait le moteur en marche, elle se mit à tambouriner contre la vitre. Les pneus de la Volvo crissèrent sur le gravier puis la voiture passa le portail et prit la direction de Bath. La femme éclata en sanglots.

Nous nous hâtâmes de regagner notre propre véhicule.

– A ton avis, qui était-ce? me demanda Matthew.

– Je n'en ai pas la moindre idée.

– C'est pourtant la bonne maison.

– L'annuaire n'était peut-être pas à jour. Ton professeur a dû déménager et vendre la maison à ces gens. En tout cas, pas question d'aller frapper à cette porte.

– Pourquoi criait-elle ?

– Ce ne sont pas nos affaires. Quelque chose de personnel.

– De sexuel ?

– Matthew, ça suffit !

– Elle ne portait rien sous son peignoir. Est-ce une prostituée, Maman ?

– Ne sois pas ridicule, dis-je en mettant le moteur en marche.

– Oh ! Je ne faisais que demander... Tu ne me parles jamais de sexe.

Voilà bien la jeunesse libérée. A son âge, je rougissais quand ma mère m'expliquait ce à quoi je devais m'attendre. Et encore, sans jamais prononcer un seul terme technique.

Nous fîmes demi-tour et repassâmes devant la maison. La femme avait dû rentrer car la porte était close. Nous gagnâmes Bath et nous nous garâmes en face de l'Orange Grove. J'étais contente de pouvoir nous changer les idées en tenant la seconde promesse que j'avais faite à Matthew : une visite à la section d'histoire de la bibliothèque centrale. Nous passâmes une demi-heure paisible à chercher des références sur Gay Street. Nous découvrîmes l'origine du nom ainsi qu'une liste des personnalités qui y avaient résidé, parmi lesquelles Jane Austen. Matthew nota tous ces noms, en ajoutant qu'il n'en connaissait pas un seul.

– Il faut que tu te documentes, c'est le but de l'exercice, dis-je pour tenter de susciter chez lui un peu d'enthousiasme.

Je lui montrai comment consulter les fichiers puis le laissai au milieu des dictionnaires. Pour ma part, je sortis pour acheter un nouveau ticket de parking.

A côté de la voiture, je reconnus une silhouette enrobée et familière – Molly Abershaw...

Elle me salua et me tendit un exemplaire de l'*Evening Telegraph*.

– Il sort à peine des rotatives.

Je lus rapidement l'article qui me donna la réponse que notre équipée à Brydon House ne nous avait pas permis de découvrir : le professeur Jackman était bel et bien le héros du barrage de Pulteney.

Molly Abershaw jubilait.

– Je dois avouer que je suis assez fière de moi. C'est tellement satisfaisant de voir une enquête aboutir.

– Vous avez parlé au professeur ?

– Grâce aux indications de Matthew, oui.

Son sourire avenant m'avertit qu'elle allait encore me demander quelque chose.

– Sans vouloir me montrer indiscrète, me dit-elle, comptez-vous rencontrer le professeur Jackman pour le remercier personnellement ?

Matthew se serait certainement fait une joie de lui narrer l'incident de Brydon House. Grâce à Mr Fortescue et à son projet éducatif, la presse allait être privée d'une histoire croustillante.

– Nous trouverons un moyen de lui témoigner notre reconnaissance, bien sûr.

– Je peux arranger cela, si vous voulez.

– Ce ne sera pas nécessaire.

– Mais vous aimeriez le rencontrer, n'est-ce pas ?

– Oui, mais...

J'avais perdu mon aplomb.

– Parfait. Il sera à la librairie Waterstone demain. Ted Hughes dédicace ses ouvrages et tout le gratin littéraire est invité.

– Je n'en fais pas partie.

– Peu importe ! La séance est ouverte au public. Le but de ce genre de manifestations est de vendre des livres. Mat et vous pourrez approcher le professeur et échanger quelques mots autour d'un verre. C'est moins compliqué que de vous rendre chez lui ou à l'université...

De fait, l'arrangement paraissait assez commode.

– Et Mat n'aura pas à manquer la classe, ajouta l'intarissable journaliste.

– Il est très pris le dimanche, avec les offices.

– Même l'après-midi ?

Je rendis les armes. Après tout, elle n'avait pas tort. Pareille occasion ne se représenterait pas de sitôt. Frivole créature que je suis, je me surpris à me demander quelle tenue je choisirais...

– A dimanche, donc ! me lança Molly Abershaw avant de disparaître.

5

Dimanche midi, la librairie Waterstone, sur Milton Street, grouillait de gens venus quérir un autographe, ou simplement voir de leurs yeux le poète-lauréat.

A l'écart de la mêlée, Matthew et moi avions élu un domicile provisoire entre le rayon des policiers et celui du fantastique. Nous guettions l'arrivée de notre héros à nous.

Malgré ses protestations véhémentes, mon fils avait revêtu le blazer à rayures rouges et blanches de son uniforme, un pantalon gris, une chemise blanche et une cravate.

– C'est lui ! dit-il soudain.

– Où ça ?

– Sur le côté, au milieu du groupe près des livres.

– Des livres, j'en vois partout.

– Contre le mur, sous le panneau « Romans », juste en face de la dame au chapeau vert.

– Tu es sûr? dis-je quand j'eus finalement localisé l'homme en question. Il paraissait plus grand à la télé.

– Si, si, j'en suis certain.

– Hmmm... Oui, tu dois avoir raison.

Le professeur Jackman était en grande discussion avec son entourage. Sa moustache noire, ses yeux vifs et sa façon de parler avec les mains lui donnaient l'allure d'un gondolier chipotant sur le tarif d'une promenade. Un homme de communication, de toute évidence. Malgré mon désir d'approcher pour entendre ce qu'il disait, j'étais paniquée à l'idée de l'interrompre pour nous présenter.

Matthew, lui aussi, paraissait intimidé.

– Ses cheveux sont plus gonflés que la dernière fois, me dit-il pour gagner du temps. Normal, ils étaient mouillés. Et il ne portait pas de veste.

– Celle-ci a l'air d'être faite sur mesure. Il doit avoir chaud.

– Moi aussi! dit Mat.

– Veux-tu qu'on aille chercher un rafraîchissement?

Nous n'avions pas fait deux pas qu'on m'agrippa le bras. Molly Abershaw nous avait retrouvés.

– Vous prenez la mauvaise direction, mes chéris. Le professeur est là-bas. Ce que tu es chic, Mat! Venez, je vais vous présenter.

Elle se fraya un passage dans la foule et nous la suivîmes, comme deux fantassins dans le sillage d'un char d'assaut. Le professeur Jackman tenait toujours son auditoire en haleine.

– Professeur?

Surpris d'être interrompu en pleine phrase, il se tourna vers nous.

– Oui?

– Je suis Molly Abershaw, de l'*Evening Telegraph*. Je vous ai téléphoné hier matin.

Les mâchoires de l'homme se crispèrent.

– Je croyais avoir été clair, Mademoiselle. Je n'ai plus rien à dire à la presse.

La contre-offensive ne fit pas reculer l'attaquante.

– Soyez sans crainte, Professeur, je ne veux pas vous poser de questions mais simplement vous présenter quelqu'un. Vous vous rappelez le jeune Matthew?

Elle posa la main sur l'épaule de mon fils, comme s'il pouvait y avoir ambiguïté sur la personne.

– A toi, fiston, dis ton couplet.

Alors que Matthew ouvrait la bouche, le professeur Jackman s'interposa.

– C'est inutile.

– Et voici sa mère, Mrs Didrikson, reprit Molly Abersahw. Ils sont venus spécialement pour vous rencontrer.

Resserrant son étreinte, la journaliste poussa mon fils vers le professeur, tout en me glissant à mi-voix :

– Reculez un peu, Mrs Didrikson.

A ce moment-là, le crépitement d'un flash me fit tressaillir. Ainsi, tout avait été prémédité par Molly Abershaw et son photographe. J'étais furieuse. Ils avaient tendu un piège au professeur et Matthew avait servi d'appât.

– Qu'est-ce que cela signifie? s'indigna Mr Jackman.

– Encore une petite, ne bougez pas... Voilà!

Le professeur réagit promptement. Il fondit sur le photographe, lui immobilisa le poignet et exigea qu'il lui remette la pellicule. Comme l'autre protestait, il lui arracha l'appareil-photo des mains.

– Vous n'avez pas le droit..., protestèrent en choeur Molly Abershaw et le photographe.

– Le droit? Vous ne manquez pas d'air! Nous ne sommes pas à un match de football, ici, c'est une réception littéraire.

Autour de nous, les conversations avaient cessé.

– Très bien, voici la pellicule, dit le photographe en ouvrant son appareil.

Le professeur empocha l'objet du délit et déclara : « L'incident est clos », puis il reprit sa conversation interrompue.

Il nous tournait maintenant ostensiblement le dos. J'étais affreusement gênée, et très mécontente. Pour Matthew, surtout, qui n'avait pu remercier convenablement son bienfaiteur. Je comprenais la réaction de Mr Jackman, et ne lui en tenais pas rigueur. Molly Abershaw était la seule responsable.

Je la cherchai des yeux, pour lui dire deux mots, mais Matthew m'en dissuada.

– Laisse tomber, Maman.

Il avait raison. Provoquer un second scandale ne servirait à rien.

Nous rentrâmes chez nous.

CINQUIÈME PARTIE

MAUX DE TÊTES

1

Au poste de police de Manvers Street, Diamond offrit à Dana Didrikson une tasse de café et lui donna des nouvelles de son fils; l'enfant avait été escorté jusqu'au pensionnat de son école, où il regardait *Benny Hill* à la télévision avec quelques camarades.

Elle ne répondit pas. Son regard se promenait lentement sur les murs crasseux de la pièce, maculés par endroits de taches plus sombres, éclaboussures de café, brûlures de cigarettes, graisse capillaire et autres substances indéterminées. Pendant l'heure précédente, elle s'était montrée un tant soit peu coopérative; elle avait relaté les faits avec franchise et dignité, faisant presque oublier sa tentative de fuite de l'après-midi. Diamond avait découvert une femme qui s'assumait pleinement. Etait-ce présomptueux d'espérer qu'elle allait maintenant avouer le crime et en expliquer le comment et le pourquoi, de son même ton placide?

– Continuons, voulez-vous? proposa le superintendant, impatient de mener l'interrogatoire à son apogée.

Une nouvelle cassette fut introduite dans le magnétophone, non sans que John Wigfull, respectant scrupuleusement la loi comme d'habitude, ne l'ait auparavant dûment numérotée et étiquetée.

– Reprenons à la réception à la librairie, indiqua Diamond. Vous étiez embarrassée, n'est-ce pas?

– Affreusement gênée.

Elle secoua la tête à ce souvenir pénible, puis raconta comment, le même soir, elle avait trouvé le courage d'appeler chez le professeur. Comme il était sorti, sa femme avait répondu. Elle s'était montrée charmante et l'avait conviée au barbecue qu'elle organisait. Dana s'y était rendue et, par chance, avait été accueillie par le professeur en personne; il avait proposé d'aller discuter au pub et là, après un verre ou deux, les malentendus s'étaient dissipés.

– Ainsi, commenta Wigfull, vous vous entendiez plutôt bien, seul à seule.

Elle refusa de répondre, ce qui ne surprit pas le superintendant. L'intervention de son auxiliaire était aussi bien venue qu'un éclat de rire pendant des funérailles.

Mrs Didrikson laissa passer de longues secondes avant de reprendre son récit.

– Il m'a parlé de l'exposition qu'il préparait sur Jane Austen et de sa difficulté à rassembler des pièces. Je ne sais comment, nous en sommes venus à parler de la tante Jane et, curieusement, ce nom a fait tilt dans mon esprit. Mais, sur le moment, je n'en ai rien dit. Oh! j'oubliais. Il a très généreusement proposé d'emmener Mat à la piscine.

Cette fois, Diamond lui-même l'interrompit, faisant exactement ce qu'il avait reproché à Wigfull.

– Parlez-nous de la tante Jane.

– De son histoire?

– Non, de la raison pour laquelle elle a fait tilt.

Elle porta la tasse de café à ses lèvres d'une main qui ne tremblait pas.

– Vous savez certainement qu'elle s'appelait Mrs Leigh Perrot. Je vous ai parlé du travail d'histoire de Matthew, à propos de Gay Street.

– La tante y habitait ?

Elle secoua la tête, trahissant un début d'agacement.

– Laissez-moi parler, si vous voulez comprendre. A la bibliothèque, avec Matthew, nous avons passé en revue les rayonnages d'histoire. Un titre m'a arrêtée, car je l'aurais plutôt vu dans la section de zoologie. J'avais lu : *In Search of the Parrots*[1] mais, en regardant de plus près, je compris mon erreur. Le mot inscrit était en réalité *Perrett* et l'auteur, un certain George Perrett, y menait une enquête généalogique sur sa famille. Plus tard, lorsque Greg me raconta l'histoire de Mrs Leigh Perrot, je décidai en moi-même de retourner à la bibliothèque consulter ce livre. Si, par chance, je pouvais découvrir un lien entre les deux patronymes et apporter un renseignement nouveau à Greg... ne serait-ce pas le plus beau moyen de lui témoigner ma reconnaissance ?

– Mais vous n'en avez rien dit au professeur ?

– Non, je ne voulais pas lui faire de fausse joie.

Dana Didrikson joignit ses mains frêles, écrasant presque ses doigts tant était forte l'intensité du souvenir.

– Mon intuition ne m'avait pas trompée. Au beau milieu d'un chapitre, j'ai trouvé ce paragraphe qui mentionnait une certaine Mrs Leigh Perrot, jugée en 1800 pour vol à l'étalage.

Ses pupilles se dilatèrent sous l'effet de l'exaltation.

– J'ai relu deux fois la phrase, pour être bien sûre. Il ne pouvait s'agir que de la tante Jane ! Et ce n'était pas tout; l'auteur ajoutait qu'une liasse de documents étaient consignée dans les archives du comté de Wiltshire, notamment un compte-rendu du procès et une lettre signée d'un des membres de la famille Leigh Perrot.

– Les archives du conté de Wiltshire... ce doit être à Trowbridge, fit Wigfull d'un air inspiré qui horripila son supérieur.

1. *A la recherche des perroquets.*

Par chance, Mrs Didrikson était trop absorbée par son récit pour prêter garde à ces petites tracasseries entre collègues. Elle expliqua sa visite à Trowbridge et sa déception en découvrant le peu d'intérêt des documents.

– J'allais repartir, déçue, lorsque l'une des archivistes me demanda ce que je cherchais. Je le lui expliquai et elle consulta des registres... Je vous épargne les détails. Bref, elle appela l'un de ses anciens collègues, qui confirma qu'un certain nombre de lettres de la famille Leigh Perrot avaient été proposées au service des archives, dans les années 60. Ils n'en avaient acheté qu'une, à titre d'échantillon représentatif. Le vendeur était un certain capitaine Crandley-Jones, de Devizes.

– Vous l'avez retrouvé ?

– Oui, non sans mal. Il n'était pas dans l'annuaire. J'ai fini par mettre la main sur son gendre et exécuteur testamentaire, qui demeurait à l'île de Wight. Je lui ai écrit ; au bout de deux semaines, n'obtenant aucune réponse, j'ai commencé à perdre espoir. Nous étions à quelques jours de l'inauguration de l'exposition. Un soir, début septembre, il m'a finalement téléphoné. Il avait compulsé les archives personnelles du capitaine, et trouvé un reçu attestant la vente de soixante-trois lettres de la famille Perrot. Soixante-trois... vous imaginez ? L'acheteur était un revendeur de timbres de Crewkerne, un certain Middlemiss. Il avait acquis le lot pour 150 livres, en 1979. Dès le lendemain, je me suis rendue à Crewkerne. Les dieux devaient être avec moi, ce jour-là. Non seulement le dénommé Middlemiss n'avait pas déménagé, mais il était encore en possession des lettres. Il avait vendu les timbres puis avait consigné les missives dans un dossier et les avait oubliées là.

Mrs Didrikson ferma les yeux un instant.

– J'étais aussi excitée que si j'avais découvert un trésor. Ces vieux papiers pleins de poussière, vieux de près de deux siècles... et parmi eux, deux courtes lettres, datées de l'année 1800, adressées à Mrs James Leigh

Perrot et signées : votre nièce Jane. J'avais touché le gros lot.

– Middlemiss connaissait-il leur valeur ?

– Je vous avoue que je n'ai pas cherché à la lui faire connaître.

– Ce n'est pas bien.

La réprimande la piqua au vif.

– Je n'aurais jamais pu les payer, sinon. Il en demandait trente livres, j'ai payé en espèces et j'ai filé. Est-ce malhonnête ?

– Non, c'est la règle du jeu dans ce genre de transactions. Cela dit, vous auriez pu faire descendre les enchères jusqu'à vingt-cinq. Le marchandage est de mise...

– Je sais, mais je n'ai pas eu la patience. Je pensais uniquement à la joie de Greg quand...

– Vous étiez toujours en relation avec lui ?

Elle hésita, agrippa le rebord de la table et se renfonça dans son siège, comme si elle sentait un piège dans la question.

– Je le voyais occasionnellement, quand il emmenait mon fils à la piscine.

– Ainsi qu'aux matchs de cricket et au tournoi de football, ajouta Wigfull avec la subtilité d'un marteau-piqueur.

Elle encaissa le coup.

– Puisque vous savez déjà tout...

Wigfull tenta tant bien que mal de réparer sa bévue.

– Je voulais dire que le professeur s'était mis en quatre pour votre fils... ce qui rend d'autant plus compréhensible votre désir de lui offrir les lettres de Jane Austen.

Elle acquiesça et Diamond enchaîna :

– Quand les lui avez-vous données ? Le soir même ?

Un silence. Diamond la sentit réticente à parler, et maudit tout bas le maladroit qui en était responsable.

– Pas ce soir-là, non, dit-elle enfin. Quelques jours plus tard.

– Le soir de l'inauguration, je crois. Pourquoi avoir attendu ?

A sa façon de passer une main dans ses cheveux, Diamond comprit qu'elle était de plus en plus mal à l'aise.

– Je... euh... à mon retour de Crewkerne, j'ai eu une scène très déplaisante avec Geraldine Jackman. A ma stupéfaction, elle m'attendait chez moi; elle buvait une tasse de café dans mon salon.

– Seule ?

– Non. Je vous explique : après la séance de natation avec Mat, Greg avait été appelé à Chawton, pour une affaire urgente concernant l'exposition. Geraldine avait raccompagné mon fils et lui, poliment, l'avait invitée à boire quelque chose. Jusque-là, rien d'anormal. En revanche, je n'ai pas compris pourquoi elle m'a agressée dès qu'elle m'a aperçue.

Diamond lança un regard à Wigfull pour le dissuader d'intervenir. Il entendait bien reprendre la direction de l'interrogatoire.

– Une agression physique ?

– Non, elle ne m'a pas positivement frappée, mais l'attaque verbale a été d'une véhémence peu commune. Nous nous connaissions à peine. J'ai eu du mal à croire que cette furie était la même femme qui m'avait si gentiment invitée à son barbecue, quelques jours plus tôt. En fait, je ne l'ai pas tout de suite reconnue. Elle m'a bombardée d'insultes.

– Quel genre d'insultes ?

– Faut-il vraiment que je les répète ?

– S'il vous plaît.

Dana Didrikson se frotta la tempe, fixa son regard sur sa tasse de café vide et dit, d'une voix à peine audible :

– Elle a commencé en me demandant si j'avais été aussi bien astiquée que la carrosserie de ma Mercedes.

– Comment ? demanda ce nigaud de Wigfull.

Diamond le tança vertement.

– Suffit, John! Continuez, Mrs Didrikson.

– J'étais plus stupéfiée que choquée. Quand je lui ai demandé qui elle était, elle m'a répondu : « la femme de celui que vous chevauchez régulièrement ».

Elle leva vers les policiers un regard plein de désarroi.

– Vous vous rendez compte? Devant mon fils de douze ans! Pauvre chéri, je lui ai demandé de nous laisser. Il était en état de choc. Avant même qu'il eût quitté la pièce, elle revenait à la charge. J'avais utilisé Matthew comme appât, pour mieux ferrer son mari. Ayant découvert qu'il n'avait pas d'enfant, j'avais exhibé mon fils pour le faire saliver... Je n'invente rien, Messieurs, ce furent ses propres termes.

– Et qu'avez-vous répondu?

– La vérité. Qu'elle racontait n'importe quoi, que je n'avais jamais couché avec son mari. Que les innocentes tasses de café que je lui avais offertes, à l'occasion, ne constituaient pas un motif de divorce. Mais aucune de mes paroles ne parvint à la convaincre. Finalement, je renonçai en espérant qu'elle s'en irait quand elle aurait déballé tout son fiel. C'est effectivement ce qui s'est passé.

– Mais elle ne vous a pas personnellement menacée, ni posé un ultimatum?

– Non, elle s'est contentée de m'agonir d'injures.

– Vous deviez être furieuse, après son départ.

– Abasourdie, plutôt. Ma première réaction fut d'aller trouver Matthew pour lui expliquer que cette femme était une détraquée. Et, pour lui éviter de s'imaginer je ne sais quoi, je lui ai promis solennellement que tout ce qu'elle avait dit n'était qu'un odieux mensonge. Ensuite, je lui ai dit qu'il me semblait préférable de mettre un terme aux séances de piscine avec Greg.

La sanction parut excessive à Diamond, mais il n'en montra rien.

– Comment a-t-il pris la nouvelle ?

– Avec beaucoup de philosophie, pour un garçon de son âge. Greg avait un peu été son second père pendant tout l'été...

Le récit renfermait aux yeux de Diamond des indices capitaux. Certes, l'incident ne suffisait pas à constituer un mobile de crime, mais il avait fortement marqué Dana Didrikson. Sa moralité en tant que femme et, surtout, en tant que mère avait été mise en cause. De quoi faire naître une animosité profonde, si profonde qu'elle transpirait encore, aujourd'hui, dans ses propos.

– Revenons aux lettres de Jane Austen.

– Vous comprenez, maintenant, pourquoi je ne les ai pas offertes à Greg le soir même. En fait, j'ai même hésité à les garder pour moi. Après plusieurs nuits sans sommeil, j'ai pris une résolution : la jalousie pathologique de sa femme ne devait pas le priver d'une telle satisfaction. Ces documents seraient le clou de l'exposition. Voilà pourquoi, le vendredi soir, je me suis armée de courage et j'ai téléphoné chez les Jackman.

– Vous auriez pu les poster.

– Non, on ne confie pas à la poste des documents aussi précieux. En outre, le temps pressait.

Diamond afficha un sourire plein de compréhension.

– Et vous deviez avoir envie de les lui remettre en main propre pour lire sa joie sur son visage.

– C'est vrai, admit-elle. Au téléphone, je lui ai simplement dit que j'aimerais le voir tout de suite, pour lui remettre quelque chose. Et j'en ai profité pour le remercier encore de sa gentillesse envers Matthew et l'avertir que je devais mettre un terme aux séances de natation.

– Lui avez-vous dit pourquoi ?

– Il devait s'en douter, car il n'a pas insisté. En arrivant chez lui, j'avais le coeur serré. Par chance, il m'a ouvert lui-même la porte et quand je lui ai montré ce que j'apportais... Oh! ce fut un moment très émouvant pour moi. Il était aux anges, il m'a pressée de questions... Et puis un homme est entré. Un Américain.

– Le Dr Junker.

– C'est cela, oui. Lui aussi s'est penché sur les lettres, et il s'est montré enthousiasmé. Quand Geraldine Jackman a fait son entrée, elle s'est sentie vexée que tous les regards ne se tournent pas immédiatement vers elle. Elle s'est conduite en enfant gâtée.

En écoutant cette nouvelle version d'un épisode qu'il commençait à bien connaître, Diamond prenait intérêt à la comparer avec ce qu'il savait déjà. La suite du récit confirma le témoignage de l'universitaire américain.

– Un dernier point, conclut Diamond lorsqu'elle en eut terminé. Vous confirmez que ce fut là votre dernière visite à Brydon House?

Elle se renfonça dans son siège, visiblement à bout de fatigue et de nerfs.

– Oui. Je n'ai rien d'autre à ajouter.

Cette conclusion brutale laissa le superintendant pantois.

– Vous voulez une pause, c'est cela?

– Non, ce n'est pas ce que je voulais dire.

– Allons, dit Diamond de son air le plus débonnaire, vous ne pouvez pas vous arrêter là... et vous le savez bien!

Elle le fixa avec défiance.

– Suis-je en état d'arrestation?

– Pas pour le moment.

– Dans ce cas, j'aimerais m'en aller.

– Dans ce cas, je me verrai dans l'obligation de vous retenir.

– Et pour quel motif?

– Mettons que ce soit pour conduite imprudente.

– C'est absurde.

– Désolé, Mrs Didrikson, mais c'est la loi. Nous pouvons vous garder ici 24 heures ou même 36, si nous le décidons.

Ses lèvres frémirent.

– Mais je dois aller travailler demain. Mon patron a besoin de moi.

– Il appellera un taxi... (Le superintendant se tourna vers son adjoint) Changez la cassette, John. Celle-ci ne suffira pas.

2

– Un mot, John, avant d'y retourner.

Au-dessus de la moustache d'opéra-comique, les sourcils de Wigfull s'arquèrent.

– Oui ?

– Il faut que nous accordions nos violons. Vous ne cessez de me mettre des bâtons dans les roues.

– Comment cela ?

Diamond fulminait.

– « Comment cela », hein ? Vous êtes a priori hostile à cette femme, et ça transpire de tous vos propos.

Wigfull le dévisagea froidement.

– Hostile, moi ? Mais c'est *elle* qui s'est enfuie !

– Ce n'est pas une raison pour utiliser la méthode dure.

L'inspecteur hocha la tête, sceptique. Venant de l'homme qui avait mis Hedley Missendale au placard, la remarque ne manquait pas de sel.

Mais Diamond ne se laissa pas impressionner.

– Ecoutez, nous n'avons d'autre but que de découvrir la vérité. A mon avis, nous n'obtiendrons rien par des menaces.

– Compris, vous voulez que je la boucle.

– Au contraire, je veux que vous interveniez. Votre

mémoire est plus précise que la mienne. Nous allons confronter point par point sa version avec les faits que nous connaissons. Il ne faut rien laisser passer... Et pour cela, nous devons faire bloc face à elle.

Wigfull acquiesça sans conviction et Diamond exposa son plan d'attaque : d'abord, suggérer à Dana Didrikson qu'elle s'était rendue chez les Jackman le jour du crime. Puis, quelle que soit sa réaction, lui faire relater par le menu son emploi du temps de ce lundi. Ensuite seulement, sonder ses mobiles et relever les faiblesses de son récit. C'était le modèle classique de l'interrogatoire, le favori des instructeurs de l'école de police. Wigfull ne pourrait rien y trouver à redire.

De fait, son attaque se situa sur un autre terrain.

– Ah! j'y pense, fit l'inspecteur d'un air faussement innocent, j'ai appelé Mr Buckle, l'employeur de Mrs Didrikson.

– Pourquoi?

– Pour le prévenir qu'elle ne serait pas à son travail demain. Vu l'heure tardive, je l'ai joint chez lui.

– Fort bien, fort bien, dit Diamond, pressé de changer de sujet. Elle vous en saura sûrement gré.

Comme il faisait mine d'avancer vers la porte, Wigfull haussa la voix.

– Je n'ai pas fait cela par bonté d'âme, sir. Je lui ai demandé si elle était venue travailler, le lundi 11 septembre.

Diamond pivota sur ses talons. Ravi de son effet, Wigfull gonflait le torse.

– Figurez-vous qu'elle avait pris sa journée. Le jour du meurtre, elle n'est pas allée travailler.

Il avait articulé cette dernière phrase avec l'emphase d'un comédien de feuilleton radiodiffusé. Il n'y manquait plus que l'accompagnement musical.

Diamond demeura très sobre dans sa réaction, se contentant d'opiner du bonnet.

– Vous... vous le saviez? s'enquit Wigfull, soudain déçu.

– Les rapports des enquêteurs viennent de tomber. Une femme au volant d'une Mercedes a été observée devant Brydon House peu après 11h15.

Wigfull n'aurait pas eu le dernier mot.

La silhouette menue qui se profilait devant la fenêtre, lorsqu'ils rentrèrent dans la pièce, sembla bien frêle au superintendant. Pourtant, trois heures d'interrogatoire n'avaient pas suffi à la faire fléchir... La difficulté venait de ce qu'elle avait eu tout loisir de répéter son scénario, sachant que, tôt ou tard, la police viendrait frapper à sa porte. A quelques rares exceptions près, elle ne s'était pas départie de son sang-froid et avait affiché une moralité exemplaire. Mais ce pouvait n'être qu'une façade. Diamond avait également noté combien elle était fière d'avoir mis la main sur les lettres de Jane Austen, des lettres qui ressemblaient de plus en plus au mobile du crime.

Après les préliminaires d'usage, dont se chargea Wigfull, Diamond entra dans le vif du sujet.

– Nous venons d'apprendre un détail important à votre sujet, Mrs Didrikson.

Elle redressa les épaules mais ne dit rien.

– Nous savons que vous avez rendu visite à Geraldine Jackman le jour de sa mort. Des témoins vous ont vue.

Cette fois, un frisson parcourut son échine, qu'elle tenta de dissimuler en se frottant les bras. Comme elle restait muette, Diamond tenta de l'encourager.

– Vous voyez, vous ne nous avez pas tout dit.

Wigfull, métamorphosé pour l'occasion en gentleman, lui proposa de s'asseoir. Elle tourna vers les deux policiers un regard presque hagard et se dirigea vers la chaise qu'elle occupait précédemment, en face du superintendant.

– Vous admettez les faits, n'est-ce pas? demanda celui-ci.

Elle baissa la tête, comme pour acquiescer à contrecoeur.

– Pourquoi êtes-vous allée à Brydon House?

Le filet de voix qui sortit de la bouche de la jeune femme était si ténu qu'il ne dut pas être enregistré par le magnétophone.

– Pour lui demander de restituer les lettres.

– Comment saviez-vous qu'elles avaient disparu? demanda Wigfull.

– Greg m'avait appelée ce matin-là, vers 7h30. Il m'annonçait qu'il prenait le train pour rattraper le Dr Junker, qui aurait pu les emporter.

– Mais pourquoi vous l'a-t-il annoncé?

– Il était sûr que Geraldine m'appellerait pour me mettre au courant, par pure méchanceté. Il préférait me l'apprendre lui-même.

Oui, décida Diamond après réflexion, l'explication était plausible.

– Mrs Jackman vous a-t-elle réellement téléphoné?

Les yeux noirs de Mrs Didrikson avaient retrouvé toute leur vivacité.

– Non, et cela n'a fait que renforcer mes soupçons envers elle.

Il y avait dans ce « elle » tant de dédain manifeste que Diamond se dit que le meurtre n'avait pas suffi à étancher sa haine. Et que l'animosité entre les deux femmes avait dû être beaucoup plus profonde que ce qu'on lui avait laissé entrevoir.

– Qu'avez-vous fait, après l'appel du professeur?

– Sur le coup, rien. J'étais effondrée. A tel point que j'ai téléphoné à mon patron pour dire que j'étais souffrante et ne viendrais pas travailler. J'ai conduit Matthew à l'école et ce n'est que plus tard que m'est revenue en mémoire une phrase prononcée par Geraldine, le soir où j'avais offert les lettres à son mari. Elle les avait appelées de « vieux papiers poussiéreux sans aucune valeur littéraire ».

Un point qui se trouvait confirmé par le témoignage de Junker.

Mrs Didrikson scrutait tour à tour les visages des deux policiers, comme pour y déceler un signe de compassion.

– Comprenez-vous l'affreuse pensée qui m'a traversé l'esprit ? Elle n'hésiterait pas à détruire ces lettres, par pure vengeance. Une simple allumette et... je devais à tout prix empêcher ce geste. Quoi qu'il m'en coûtât de croiser une nouvelle fois le fer avec elle.

– A quelle heure êtes-vous arrivée à Brydon House ?

– 11 heures et demie... peut-être un peu moins. J'ai sonné. N'obtenant pas de réponse, j'ai pensé qu'elle était sortie. J'ai fait le tour de la maison, pour voir si, par hasard, une porte n'était pas restée ouverte. Celle de derrière l'était.

Elle marqua une pause, comme bouleversée par des souvenirs trop pénibles.

– Ensuite ? la pressa Diamond.

– Je suis entrée et j'ai appelé. Plusieurs fois, sans réponse. J'ai décidé de faire le tour de la maison.

– Continuez.

– J'ai commencé par la chambre. Je me suis dit que c'est là que j'aurais caché les lettres, à sa place. Je suis montée à l'étage, j'ai poussé une porte... La chambre, visiblement. Et je l'ai vue.

– Vue ?

– Geraldine. Dans son lit.

Diamond la fixait maintenant droit dans les yeux. Dana Didrikson était-elle en train de dire – à mots couverts – qu'elle avait trouvé Geraldine Jackman morte ?

Le superintendant demeurait incrédule. N'était-ce pas encore un autre stratagème pour faire dévier l'interrogatoire de l'essentiel ? Wigfull semblait partager son scepticisme.

– Mrs Didrikson, dit Diamond, ceci sera consigné dans votre déposition. Vous dites l'avoir trouvée dans son lit...

Une main nerveusement emprisonnée dans l'autre, Dana Didrikson baissa la tête.

– Elle était morte, dit-elle d'une voix à peine audible.

– En êtes-vous certaine ?

– Je ne l'ai pas inventé.

– Décrivez-nous ce que vous avez vu.

Elle aspira une grande bouffée d'air.

– Elle gisait sur le dos ; ses yeux écarquillés semblaient fixer le plafond... Son visage avait une couleur terrifiante, on l'aurait cru recouvert d'un emplâtre. Ses lèvres étaient bleues.

Diamond enregistra mentalement ces détails, qui confirmaient le diagnostic de l'asphyxie.

Les deux policiers écoutèrent respectueusement le récit, selon le plan d'attaque élaboré par Diamond : la mettre en confiance pour mieux la contrecarrer ensuite.

Elle expliqua que le corps occupait une diagonale du lit ; l'oreiller, à sa place habituelle, recouvrait partiellement la chevelure rousse en désordre. Les deux bras étaient cachés sous le couvre-lit vert pâle, mais une épaule apparente laissait voir la bretelle d'une chemise de nuit. Aucune égratignure sur la peau.

Dans la chambre, aucun indice ne laissait supposer qu'il y avait eu lutte, si ce n'est un verre vide renversé sur la table de nuit. Sur l'autre lit, garni d'un couvre-lit assorti au premier et replié au pied, Mrs Didrikson avait cru remarquer un pyjama d'homme. Tout comme la porte, la fenêtre à guillotine était entrouverte ; rideaux tirés, la pièce était baignée de lumière.

– Qu'avez-vous fait ?

– J'ai cru que j'allais m'évanouir. Je me suis approchée de la fenêtre pour respirer quelques bouffées d'air frais. Puis j'ai quitté la pièce, sans un autre regard pour le corps. J'ai dû aller boire un verre d'eau dans la cuisine. Je fonctionnais comme un robot, je n'étais plus moi-même.

– Expliquez-vous.

– J'étais... comment dire ? comme sous pilote automatique.

– Vous voulez dire que vous n'étiez pas responsable de vos actes ?

Wigfull, une fois encore, n'avait su contenir son ardeur. Dana Didrikson tourna vers lui un regard plein de défiance.

– Vous essayez de me piéger, n'est-ce pas ?

– Nous tentons de vous comprendre, corrigea Diamond pour l'apaiser.

– Je me trouvais en état de choc. Mais je savais parfaitement ce que je faisais !

– Bien. Poursuivez.

– C'est tout. J'ai quitté la maison.

– Par la porte de derrière ?

– Oui. Je suis rentrée chez moi.

– Et là ?

– J'ai dû me servir un brandy.

– Quelle heure était-il ?

– Je ne me souviens pas exactement. Entre midi et 1 heure.

– Votre fils était-il là ?

– Non, il déjeune à la cantine.

– Vous n'avez pas alerté la police ?

– Non.

– Ni ce jour-là, ni le lendemain, ni plus tard. Pourquoi ?

Silence.

– En avez-vous parlé à quiconque ?

Elle secoua la tête en signe de dénégation. Diamond

posa les mains sur le bureau et se redressa sur sa chaise.

– Vous vous rendez compte que tout cela ne vous est pas très favorable.

Comme elle ne desserrait toujours pas les dents, il reprit.

– Mettez-vous à notre place. Vous prenez la fuite, vous prétendez avoir tout dit quand vous nous cachez l'essentiel... Et maintenant, vous voulez nous faire croire que vous l'avez découverte morte et, pour une obscure raison, avez gardé cela pour vous ! Ce n'est pas très convaincant, Mrs Didrikson. Je dirais même que ça pue le mensonge !

Un tic nerveux agita sa joue, mais elle garda les lèvres closes. Diamond renouvela patiemment ses questions, mais n'obtint pas plus de résultat. A côté de lui, Wigfull s'impatientait : il brûlait de mettre à l'épreuve la théorie qui le hantait depuis le matin.

Voyant l'échec de sa propre tactique, le superintendant lui donna carte blanche d'un signe de la tête. Wigfull démarra au quart de tour.

– Soyez franche, Mrs Didrikson. Vous êtes la maîtresse de Jackman, n'est-ce pas ?

Il n'en fallut pas plus pour qu'elle retrouve l'usage de la parole.

– Non !

– Où est le problème ? Il n'était pas heureux dans son mariage, et vous même êtes divorcée. Vous vous êtes recontrés, plu et vous avez fait ce que font des millions de gens.

– C'est faux. Nous n'avons rien fait de tel.

– Pas de relation sexuelle ?

– Non.

– Allons, nous ne sommes plus des enfants.

– Vous vous trompez, insista-t-elle. Il n'y a rien eu entre nous. Jamais. Pas même un baiser...

Ces quatre derniers mots offrirent à Wigfull l'occasion rêvée de rebondir.

– Vous semblez le déplorer...

– C'est intolérable ! dit-elle en rougissant.

– Mais vrai ?

– La seule chose qui soit vraie, c'est que je n'ai pas couché avec lui.

– Admettons. Cela dit, vous avez voulu lui faire plaisir, en lui apportant les lettres.

– Qu'y a-t-il de mal à cela ?

– Vous n'avez pas ménagé votre peine pour les acquérir. Au plus profond de vous-même, vous deviez bien espérer grandir dans son estime...

– C'est possible, concéda-t-elle, mais je l'ai fait avant tout par reconnaissance.

– Mais cet après-midi-là, en roulant vers Brydon House, vous avez pensé que vous aviez vos chances, non ? Ce n'est pas un reproche. Chacun de nous a ses fantasmes.

Les joues de la jeune femme s'empourprèrent de plus belle.

– Peut-être, mais...

– Mais dans l'ensemble, j'ai raison ?

– Partiellement.

Après avoir marqué ce point, Wigfull voulut renforcer son avantage.

– Et quand vous avez trouvé Geraldine chez vous, qu'elle vous a insultée, devant votre fils qui plus est, vous avez vu rouge. Par sa faute, vos illusions romantiques étaient réduites à néant... Plus question de revoir le professeur ! Et que faire des précieuses lettres ?

Plus Wigfull s'emballait, plus Diamond doutait. La théorie reposait sur des faits trop ténus. Dana Didrikson était partie pour résister toute la nuit s'il le fallait.

Avec une patience remarquable, le superintendant écouta le long monologue, puis le démenti formel de l'interrogée. Profitant de ce que Wigfull reprenait son souffle, il demanda à Dana Didrikson si elle accepterait de déposer ses empreintes et de subir une prise de sang au matin.

Elle acquiesça et il leva la séance.

Une fois dehors, Wigfull reconnut qu'il s'était emballé.

– Le labo nous fournira peut-être les preuves qui nous manquent. Il faudra aussi faire examiner la Mercedes.

– J'ai l'intention de demander à Mrs Didrikson ses clés demain matin.

D'un air de triomphe, Wigfull sortit de sa poche un trousseau de clés qu'il agita devant le nez du superintendant.

– J'ai été le dernier à la conduire, rappelez-vous !

« Salopard », songea Diamond.

3

Le lendemain matin, il s'autorisa une grasse matinée jusqu'à 8 heures et un *breakfast* digne de ce nom. Et pourquoi pas ? La formalité des empreintes et la prise de sang étaient prévues pour 8h30 ; à la même heure, la voiture serait emmenée au service des indices matériels. Pendant ce temps-là, Wigfull aurait tout loisir de jouer au chef...

C'est un Peter Diamond requinqué qui prit la route pour Bath, à l'heure où le soleil, haut déjà, nimbe les rangées de maisons georgiennes, dans la spectaculaire côte de Wells Road. Les terrasses de calcaire, d'un blanc brillant, les toits de tuiles aux reflets bleu-gris et, au fond, les tons cuivrés du viaduc du chemin de fer, avec ses arches gothiques, que surplombait le clocher de l'abbaye... L'harmonie de l'ensemble lui faisait presque oublier les arrière-cours de ces demeures élégantes, les murs noircis, livrés depuis deux siècles aux ravages du temps, des promoteurs immobiliers et des plombiers. Presque... mais pas tout à fait. Un policier ne se fie pas aux façades – pas plus celles des maisons que celles des respectables citoyens.

Cynisme ou discernement du professionnel aguerri? Diamond préférait tabler sur le second. L'expérience lui avait enseigné à ne jamais exclure aucun suspect a priori. En face d'un parangon d'innocence, archevêque ou petite marchande de fleurs, il fallait redoubler de vigilance. L'affaire Jackman illustrait à merveille cet adage.

Toutefois, s'il devait imputer le meurtre à Mrs Didrikson, dans l'état actuel de l'enquête, il regimberait. Malgré ses réticences à coopérer, et quoi qu'en pensât Wigfull, la culpabilité de la dame n'était pas avérée. Ce soir, le labo aurait rendu son verdict et Mrs Didrikson devrait capituler. Diamond ne s'en réjouissait pas outre mesure, d'ailleurs; cette femme avait conquis sa sympathie. Serait-il, lui aussi, un romantique?

La vue du bâtiment quadrangulaire coincé entre l'église baptiste et le parking National eut tôt fait de le ramener à des pensées plus prosaïques. A l'actif du poste de police de Manvers Street, on pouvait dire que son arrière n'avait rien à envier à sa façade... L'intérieur, typique des années parcimonieuses de l'après-guerre, avec son mobilier triste et ses néons blafards, n'avait que le mérite d'être fonctionnel. Encore fallait-il être bien luné pour attaquer la journée de travail dans l'enthousiasme et la bonne humeur.

Ce qui n'était visiblement pas le cas des premiers employés que Diamond rencontra. Son « Temps magnifique, hein? » ne recueillit aucun écho. Ce n'était pas de bon augure. Il eut soudain l'intuition qu'on lui cachait une mauvaise nouvelle le concernant. En l'apercevant, le sergent à la réception se plongea dans l'annuaire téléphonique et, dans la salle de police, tous les yeux semblaient hypnotisés par les écrans des ordinateurs. L'ambiance devenait kafkaïenne. Interceptant fugacement le regard de Croxley, il lui demanda où était Wigfull et se vit répondre, dans un bégaiement, que son adjoint parlait avec l'adjoint au chef de la police. Mr Tott avait fait irruption sur le coup de 9 heures, avait demandé à voir Diamond puis avait convoqué Wigfull. Il était maintenant 9h48.

Le superintendant tenta de se rassurer : sans doute Mr Tott avait-il reçu le rapport d'enquête officiel concernant l'affaire Missendale et venait-il lui en remettre un exemplaire en main propre. Pas de quoi s'alarmer. Quant à son retard, il avait mille façons de le justifier. Mais que venait faire Wigfull dans ce cas? Et pourquoi l'adjoint au chef de la police n'avait-il pas délégué un de ses hommes?

Il monta à la salle de conférence, au dernier étage, où Mr Tott s'installait lors de ses rares visites au poste de police. Sur le palier, une employée postée en sentinelle le pria d'attendre.

Dix minutes plus tard, Wigfull sortait. Il mima son impuissance en ouvrant les mains et en haussant les épaules. Puis le sous-directeur apparut sur le pas de la porte.

– Entrez et fermez derrière vous, dit-il en faisant craquer ses doigts.

Sans inviter le superintendant à s'asseoir, Mr Tott prit place à l'extrémité de la table ovale. Aujourd'hui, il était en uniforme, galons et boutons de cuivre inclus. Sur la table, une paire de gants blancs tenaient compagnie à une tasse et une coupelle de gâteaux secs. Mais pas trace du rapport Missendale. Immobile, silencieux, il ressemblait à une figure de cire en costume d'époque – 1910, approximativement. L'espace d'un instant, Diamond se demanda si c'était un signe de paranoïa que de se croire persécuté par des hommes affublés de moustaches grotesques...

Pour rompre le silence, il s'excusa de son retard. Mr Tott ne fit aucun commentaire, mais daigna cependant se départir de son mutisme.

– J'ai cru comprendre que vous comptiez imputer le meurtre Jackman à Mrs Didrikson.

– J'attends le compte rendu du laboratoire.

– Mais elle a passé la nuit ici?

– Oui, Sir.

– Et elle est encore en bas?

– Je le crois.

L'entrevue s'engageait moins bien que la précédente. Mr Tott se leva et arpenta le fond de la pièce.

– Vous feriez mieux de me dire exactement ce qui s'est passé lorsque vous l'avez arrêtée. J'ai déjà entendu Wigfull, ne l'oubliez pas.

– Il y a un problème, Sir? demanda Diamond, pour obtenir une confirmation de ce qu'il subodorait depuis le début.

– J'attends, Superintendant!

Il relata les faits, tout en essayant mentalement de résoudre cette énigme. Une erreur de procédure? Une violation de la loi sur la Police?

– Le garçon, dit Mr Tott lorsque Diamond eut terminé son récit. Il a tenté de vous empêcher d'entrer, n'est-ce pas?

– A coups de pied.

– Un gamin de douze ans?

– Il a frappé à l'endroit le plus vulnérable.

– Et vous avez rendu coup pour coup.

Le voile de l'énigme se levait peu à peu, au grand désespoir de Diamond.

– Ce n'est pas ainsi que les choses se sont passées. Il s'agrippait à moi et je l'ai repoussé, comme je viens de vous le dire.

– Mais vous avez omis de mentionner que sa tête a heurté un mur.

Pris d'un pressentiment lugubre, Diamond s'efforça pourtant de rester descriptif.

– Je ne pense pas qu'il ait été blessé, car il s'est relevé et a pris la fuite.

Mr Tott garda le silence, comme s'il attendait une autre réponse – que Diamond jugea préférable de lui fournir.

– Il... il n'est pas blessé ?

– Il a été admis au service des urgences de l'hôpital hier soir, dit Mr Tott d'une voix aussi sèche qu'un vieux parchemin.

– A l'hôpital ? Mais... pourquoi ?

– Il est tombé en syncope, au pensionnat. Le médecin a diagnostiqué une commotion cérébrale.

Les termes étaient précis, lapidaires. On les aurait dits tout droit sortis d'un bulletin de santé. Diamond se lança dans un plaidoyer dont il mesurait lui-même les limites.

– Il était pourtant en forme, la dernière fois que je l'ai vu. Il parlait normalement, il paraissait détendu.

– Les effets ne sont pas toujours immédiats. Ils ont pris des radios, au cas où il y aurait fracture du crâne. Il est trop tôt pour dire si l'enfant gardera des séquelles à vie.

Consterné par la nouvelle, Diamond aurait voulu demander si on avait envisagé que le garçon ait pu jouer la comédie. Mais il comprit qu'une telle insinuation risquait d'aggraver encore son propre cas. Aussi se contenta-t-il de se justifier.

– Je n'ai fait que repousser l'attaque. Si sa tête a heurté le mur, ce fut purement accidentel. D'ailleurs, Wigfull pourra témoigner. Il se trouvait derrière moi.

– Justement, l'inspecteur n'a rien vu. Il concentrait toute son attention sur la femme, qui s'enfuyait par la porte du jardin.

« Merci, faux frère ! » songea amèrement Diamond. N'importe quel policier avec une once de loyauté l'aurait soutenu. Et Wigfull savait parfaitement qu'il s'agissait d'un accident.

– Quoi qu'il en soit, statua Mr Tott comme s'il eût été en salle d'audience, je dois prendre en compte les interprétations éventuelles de l'extérieur, à savoir l'école et les parents. Ce matin déjà, j'ai subi les récriminations du directeur de l'enfant. Il a porté plainte, figurez-vous, et il suppose – non sans raison – que la mère fera de même.

Mr Tott releva le menton, comme pour annoncer l'importance de ce qui allait suivre.

– Vu les circonstances, j'ai chargé Wigfull de reprendre l'enquête concernant la mort de Geraldine Jackman. Avec le titre d'inspecteur en chef.

– Quoi?

Les oreilles de Diamond se mirent à bourdonner.

– Je vous relève de vos fonctions, en attendant l'ouverture éventuelle d'une enquête sur vos agissements. Je n'ai pas le choix. A cause de vous, l'arrestation de cette femme est peut-être déjà remise en question.

Le vernis polissé de Diamond craqua.

– Bon sang, c'est incroyable! Hallucinant! Je rêve ou quoi?

– Maîtrisez votre langage, Superintendant.

Au point où il en était, Diamond n'eut cure de cet avertissement.

– Trop tard, Mr Tott. Maintenant, j'ai pigé. Vous n'attendiez qu'un prétexte pour me mettre sur le carreau! Toutes ces conneries que vous m'avez débitées... J'avais toute votre confiance, etc. Macache! Vous tirez la sonnette d'alarme à la première occasion. Votre casserole était déjà en place, elle n'aura qu'à se glisser dans la place encore chaude! Bien joué... Quant à moi, je vous épargnerai la complication d'une enquête : je démissionne.

Après cela, il n'avait plus qu'à s'en aller; c'est exactement ce qu'il fit.

4

Furieux, Diamond quitta l'immeuble sans adresser la parole à quiconque. Dans la rue, il pesta contre lui-même : il aurait pu mieux calculer sa sortie, car les pubs n'ouvriraient pas avant une heure ! Il marcha vers Stall Street, espérant que sa colère allait s'apaiser. Il ne regrettait rien. On pourrait le juger impétueux, buté, insoumis... mais au moins, il en avait ! Capituler devant Tott, accepter d'être évincé et de passer le reste de sa carrière derrière un bureau, ç'aurait été se faire émasculer.

Des regrets ? Il n'en avait pas vraiment. Son séjour à la brigade de l'Avon et du Somerset avait été trop bref pour qu'il y lie des amitiés solides. Et outre, le plaisir qu'il prenait à son travail n'avait cessé de s'amenuiser, ces dernières années. Les scientifiques prenaient le pas sur le C.I.D. Les grands détectives du passé, les Bob Fabian, Jack du Rose et autres Read *Pincettes*, qui avaient été ses idoles, paraissaient désormais aussi préhistoriques que des dinosaures. Ils avaient été pilonnés par l'artillerie lourde de la technologie moderne : ordinateurs, téléphones cellulaires, surveillance par ultrasons, empreintes génétiques et *tutti quanti*. Peut-être n'était-ce que pour se rassurer, mais Diamond se dit qu'il n'aurait pas tenu longtemps dans cet univers inhumain. Son seul remords serait de n'avoir pu éclaircir l'affaire Jackman.

Et Stephanie... Pauvre Steph, elle allait avoir un choc. Son univers allait s'effondrer, et elle avec. Elle allait sombrer dans le désespoir à cause de l'hypothèque, des factures, du coût de la vie. Lui s'en accommoderait, mais elle... Son angoisse était congénitale.

Sur sa droite, une vitrine de luminaires attira son attention. Pris d'une impulsion aussi subite que celle qui l'avait fait démissionner, il entra et demanda à voir les fours à micro-ondes. Faisant fi de ses préjugés – et de la position de son compte en banque –, il choisit le modèle le plus perfectionné et paya par chèque. On lui assura que l'objet serait livré l'après-midi même à Mrs Peter Diamond.

Il reprit sa déambulation, dépassa le portique marquant l'entrée des thermes et arriva dans le cimetière de l'abbaye, où il aimait venir déjeuner, en été. En cette fin d'année, les touristes étaient rares et il trouva facilement un banc libre. Les pigeons, toujours aussi nombreux, eux, convergèrent aussitôt vers ses pieds, trop absorbés par la recherche de miettes pour songer même à roucouler. La galopade d'un chien noir, un retriever, les dispersa. Diamond observa leur envol, bruyant et compact, puis, quand ils eurent disparu, il resta le nez en l'air à contempler le fronton de l'abbaye, avec ses angelots de pierre à jamais perchés sur leur échelle. Il songea, piètre réconfort, que, désormais, il n'aurait plus à s'identifier à eux.

Soudain, un détail étrange le frappa : une figure qu'il n'avait encore jamais remarquée. Ce n'était pourtant ni une illusion d'optique ni un contre-jour. L'un des angelots, le troisième en partant du haut, n'avait pas été sculpté escaladant l'échelle. Au contraire, il plongeait tête la première.

Sans aller jusqu'à lui arracher un sourire, cette vision lui fit dire, d'un air entendu : on est dans le même sac, mon vieux.

Outre sa rancoeur, un autre point lui restait sur l'estomac : la prétendue syncope de Matthew Didrikson. Il revoyait le gamin, vautré sur son lit qui, loin de paraître traumatisé, faisait son possible pour convaincre sa mère de la cruauté délibérée du policier. Au cours de sa carrière de rugbyman, il avait vu plus d'un cas de commotion cérébrale. Non seulement les effets se manifestaient immédiatement, mais les victimes étaient également frappées d'amnésie. A supposer qu'il puisse prouver que le garçon avait joué la comédie, il ne retrouverait certes pas son travail. Mais en donnant sa démission si vite, n'avait-il pas admis tacitement sa faute? En mettant les choses au pire, il risquait d'être poursuivi pour coups et blessures – avec toutes les conséquences financières que cela entraînerait. Et inutile de compter sur le soutien de la police.

Pour sa propre sauvegarde, il lui fallait découvrir la vérité. Cap sur Manvers Street, donc, pour récupérer sa voiture, puis sur Upper Bristol Road.

Au Royal United Hospital, il n'eut pas le moindre scrupule à présenter sa carte de police à la réception. Une infirmière lui confirma que l'enfant avait subi une radiographie dont on attendait encore les résultats. Depuis son admission, aucun nouveau signe de commotion n'avait été décelé et il était en état de recevoir des visites. Le superintendant n'était d'ailleurs pas son premier visiteur.

Diamond pénétra dans la salle qu'on lui indiqua, mais Matthew ne s'y trouvait pas. Il finit par le découvrir dans la salle commune, devant la télévision, une cigarette pendant à ses lèvres – offerte sans doute par l'unique autre occupant de la pièce, un vieil homme qui s'était assoupi dans son fauteuil, un cendrier sur les genoux.

La santé n'étant pas du ressort de Diamond, il se garda bien de manifester la moindre réprimande.

– Comment vas-tu?

– Je vais peut-être sortir cet après-midi, dit Matthew.

Avachi dans un fauteuil métallique, les pieds sur une table basse, les mains derrière la nuque et les yeux rivés sur le poste, il continuait à mâchonner sa cigarette.

– Donc, cela va mieux.

– Rien à redire.

– Plus de syncopes?

Sa tête pivota suffisamment pour que Diamond entre dans son champ de vision mais pas davantage.

– C'est eux qui vous envoient pour me surveiller ?

– Tu sais, ils peuvent simplement téléphoner. On dirait que tu te plais bien ici. Tu es déjà venu, après ta quasi noyade, non ?

– Oh, ça... Ça fait un bail, déjà.

– La natation te plaît toujours autant ?

Le garçon tourna de nouveau les yeux vers le petit écran.

– J'ai dû arrêter, vous le savez. Mrs Jackman a piqué sa crise... Maintenant, elle est morte, bien fait pour sa poire !

– Tu te rappelles ce jour ?

C'est terrible, la déformation professionnelle, songea-t-il. J'ai raccroché il y a à peine deux heures, et voilà que je rempile déjà ! Comme un poulet sans tête qui continue à courir...

– C'est le jour où je suis retourné en classe, dit Matthew.

– Le lundi 11 septembre ?

Questions-réponses, la routine en somme. Et tellement plus facile que les conversations de salon.

– Mouais.

– Ta mère t'a conduit ?

– Oui.

– Avant votre départ, on a téléphoné, n'est-ce pas ?

– Greg a appelé ma mère. Mais je suppose que vous, vous l'appelez *Professeur Jackman*, ajouta-t-il avec condescendence.

– Tu te souviens à quelle heure ?

– Très tôt, largement avant 8 heures. Maman était encore en chemise de nuit. Le coup de fil l'a mise dans tous ses états. Elle avait donné à Greg des lettres de grande valeur, écrites par un auteur célèbre il y a des centaines d'années. Et ces lettres avaient disparu. Greg pensait qu'un Américain les avait chipées et il voulait partir à sa poursuite.

– Et ta mère, qu'en disait-elle ?

– Elle était sûre que Mrs Jackman les avait prises.

– Comment le sais-tu ?

– Elle me l'a dit en me conduisant à l'école.

– Quelle heure était-il ?

– 8 heures et demie. On doit être en classe à moins le quart.

– Ça ne t'ennuie pas de te faire conduire par ta mère ? A ton âge ?

– Bof, c'est mieux que de marcher !

– Il y a des autobus.

– Je préfère les Mercedes.

Aussi agaçante qu'il trouvât l'attitude du gamin, Diamond n'en manifesta rien. Il se rappelait sa propre adolescence, et la détresse que cachait souvent l'insolence ou la vantardise. Aussi se concentra-t-il sur les souvenirs de Matthew relatifs au jour de la mort de Mrs Jackman. Il apprit que la chorale avait passé une matinée assommante au vestiaire de l'abbaye, à essayer des aubes ; l'après-midi, on leur avait distribué l'emploi du temps et les manuels pour les huit matières du tronc commun.

– Ta mère est venue te rechercher ?

– Non, elle ne le fait jamais. Le père d'un copain m'a ramené jusqu'à Lyncombe Hill. Il a une vieille Peugeot... Normal, ce n'est qu'un prof.

– Tu aimes les voitures, Matthew ?

– Quand elles sont classes, oui.

– Tu as déjà essayé d'en conduire une ?

– Fichez moi la paix. Même si c'était le cas, vous ne croyez pas que je le dirais à un poulet.

Prononcé avec l'accent distingué que donne une bonne éducation, le dernier mot n'en était que plus dédaigneux.

Une idée avait germé dans l'esprit de Diamond. Et si le

gamin avait tué Geraldine Jackman, puis avait transporté le cadavre jusqu'au lac de Chew Valley ? L'hypothèse confinait à l'absurde, mais au point où il en était...

– Conduire sur des chemins privés n'est pas illégal. Ta mère aurait pu te donner des leçons, sur une plage déserte, par exemple.

– Vous rigolez ? Elle m'interdit même les autos tamponneuses.

La frustration sincère de l'adolescent mit un terme au scénario échafaudé par Diamond.

– Dès que j'aurai l'âge, je m'achèterai une Honda MT5.

– Tu as donc bien l'envie de conduire une voiture, hein ?

– C'est une moto, grosse nouille !

– Fais gaffe, mon garçon.

Pour atténuer la menace contenue dans la réprimande, Diamond crut bon d'ajouter, sur le ton de la connivence :

– Tu ne veux pas que je parle des cigarettes à l'infirmière, non ? Mais revenons à nos moutons. Ce soir-là, quand tu es rentré chez toi, ta mère était-elle là ?

Matthew aspira une dernière bouffée puis écrasa son mégot.

– Oui.

– Comment l'as-tu trouvée ? Comme d'habitude ?

– Vous croyez que c'est elle l'assassin ?

Diamond ne jugea pas nécessaire de répondre.

– A-t-elle sorti la voiture, ce soir-là ?

– Non.

– J'espère que tu dis la vérité.

– Bien sûr.

– Ecoute-moi bien, Mat. Tu crois peut-être que ton attitude va aider ta mère à s'en sortir, mais tu te trompes.

– Que voulez-vous dire ?

– Premièrement, cette diversion que tu as créée, en prétendant être tombé en syncope. Car je suis sûr que tu as tout manigancé.

– C'est faux ! protesta le garçon avec véhémence.

– J'ai d'abord cru que ton but était de sécher l'école... En fait, tu n'as pas agi par pur égoïsme, mais pour ta mère. Tu espérais que nous arrêterions de l'interroger pour lui permettre de venir te voir.

Matthew plissa le front, et de nouveau, c'était l'enfant vulnérable qui parlait.

– C'est ce qui va se passer, n'est-ce pas ?

– Ça ne dépend pas de moi, mon grand.

Les implications de cet aveu échappèrent au garçon.

– Ma maman est incapable de tuer.

– Si tu en es persuadé, tu n'aurais pas dû faire tout ce cirque.

– Mais vous m'avez poussé contre le mur !

– Et toi, tu m'as donné un coup de pied dans les roupettes. Je n'en ai pas fait une affaire d'Etat.

Matthew pouffa de rire, et Diamond s'attendrit. Sous ses airs bravaches, c'était simplement un gamin en manque de père.

L'infirmière mit un terme à leur conversation.

– Nous avons les résultats de la radiographie, Matthew. Nous n'avons rien trouvé d'inquiétant. Tu vas pouvoir retourner en classe.

Steph prit la nouvelle beaucoup mieux qu'il ne le craignait.

– Quand j'ai vu arriver le micro-ondes, j'ai compris qu'il y avait eu une catastrophe. Je suis contente que tu aies pensé à moi. Tu es un tendre, je l'ai toujours su...

– Dis ça à Mr Tott, il me prend pour un monstre de cruauté.

– Dans ton métier, on ne doit pas faire de sentiments.

– Peut-être, mais il faut savoir inspirer le respect. A ne

pas vouloir m'adapter aux nouvelles technologies, j'ai fini par perdre la considération de mes hommes. J'étais le seul de la brigade à ne pas utiliser de calculette.

– Mon chéri... En fait, tu n'as jamais fait ton trou, là-bas.

– Non, ce n'est pas une question de lieu, mais de frustration. On vous fournit tous les gadgets imaginables et on en attend des résultats miraculeux. Mais une enquête, ce n'est pas ça. Ce sont des heures d'interrogatoires, qui requièrent patience, diplomatie, intuition. En tout cas, c'est ce qui me plaisait dans ce métier, quand je suis entré au C.I.D. Aujourd'hui, on ne jure plus que par la règle à calcul. Il faut bien rentabiliser ces foutus ordinateurs ! Et les progrès de la science... résultats infaillibles, nous dit-on ! Mais les labos sont débordés, on attend des semaines, voire des mois... Et pendant ce temps-là, les suspects marinent. Mais la loi ne nous autorise pas à les garder indéfiniment. Alors, on met la pression et on obtient des aveux forcés. C'est tout le système qui est perverti.

Il soupira pesamment.

– Pardon, mon coeur, je ne voulais pas t'embêter avec ça.

– Ça t'a soulagé, c'est le principal.

Elle lui sourit d'un petit air facétieux.

– A propos de technologie... que dirais-tu de m'aider à mettre en route le micro-ondes ?

Ensemble, ils préparèrent un carrelet aux légumes en un temps record. Autour d'une bouteille de chablis, ils tombèrent d'accord pour qu'il s'offre une semaine de répit avant de pointer au bureau d'embauche.

Le lendemain matin, il postait sa lettre de démission.

5

Le lundi suivant, le *Bath Evening Chronicle* faisait sa une sur le meurtre : « Affaire Gerry Snoo : arrestation d'une habitante de Bath ». L'article apportait peu d'éléments nouveaux : Dana Didrikson avait été présentée devant les juges et envoyée en détention préventive.

Diamond tourna les pages jusqu'aux offres d'emploi. Telle devait être, désormais, sa priorité. D'ordinaire, les anciens policiers cherchaient du travail dans les sociétés privées de surveillance. Toute la matinée, il avait fait la navette entre les pages jaunes et son téléphone, à contacter de tels organismes. Les deux seules conclusions qu'il en tira furent que sa prochaine note de téléphone serait rondelette et que son âge n'avait pas l'impact qu'il avait espéré. Bien au contraire, il ne faisait que le handicaper.

Il essaya ensuite les agences de détectives privés puis, élargissant ses recherches, toutes les firmes proposant des emplois de bureau. Partout, il essuyait des échecs.

La chance tourna la dernière semaine de novembre. Un vendredi soir, il put fièrement annoncer à Stephanie qu'on lui avait proposé deux emplois.

– Pour lesquels je suis qualifié ! ajouta-t-il, remonté.

– C'est merveilleux. De quoi s'agit-il ?

– Tu connais la nouvelle galerie commerciale des Arcades, sur Stall Street ? Eh bien, ils cherchent un Père Noël pour amuser les enfants. Hé, hé ! Au moins, je serai au sec ! On était trois sur le coup, et j'ai été pris grâce à mon tour de taille. Je démarre demain, pour la saison.

Le visage de Stephanie se décomposa.

– Oh, Peter ! Quelle déchéance, tout de même.

– Pas du tout ! Santa Claus est un V.I.P. aux yeux de 20% de la population.

Sa femme soupira.

– Et l'autre job ?

– Barman – videur à l'*Old Sedan Chair*, le soir uniquement. Tu sais, c'est ce nouveau pub derrière le théâtre.

– N'est-ce pas là que se retrouvent les petites frappes, en sortant de la discothèque ?

– C'est la raison pour laquelle ils ont besoin d'un videur, mon amour.

Un soir, le journal annonça qu'un mandat de dépôt avait été délivré et que la Royal Court de Bristol avait été saisie. Dana Didrikson était inculpée de meurtre. Diamond ne s'y attarda pas et passa à la page des sports.

Aux Arcades, pendant la journée, il campait un Père Noël très prisé des petits. Le rôle lui plaisait, d'ailleurs, et il s'en acquittait avec un brio qui n'avait jamais caractérisé sa carrière dans la police. Les visages intimidés et les yeux brillants des bambins le ravissaient. N'ayant pas d'enfant, il s'était toujours imaginé que les gosses, comme les chiens, vous apportaient surtout des ennuis. Maintenant, derrière ses moustaches en nylon blanc, il laissait libre cours à son instinct paternel.

Un après-midi, à l'étage supérieur de la galerie, il aperçut Matthew Didrikson et sa bande qui jouaient avec l'ascenseur. C'était l'heure creuse, et Diamond estima qu'il n'était pas de son ressort de réprimander les garnements turbulents. Puis, sans doute lassés de leur jeu, ils vinrent à sa rencontre, voyant dans ce Père Noël une victime toute trouvée. Les blagues de potache fusèrent, qu'il préféra ne pas relever : était-il fétichiste des bottes en caoutchouc noir ? Ou encore, par allusion aux ballons de baudruche qui flottaient à son poignet, ne savait-il pas à quoi devaient servir les préservatifs ?

Les trois adolescents ricanaient tellement que Diamond mit un certain temps avant de pouvoir riposter.

– Si ça vous intéresse, je prends mon pied en ramenant les enfants de choeur indisciplinés à leur directeur.

L'hilarité se mua aussitôt en silence consterné.

– Il nous connaît !

Ses deux camarades prirent la fuite, mais Matthew ne bougea pas.

– Je sais qui vous êtes. Pourquoi ce déguisement ridicule ?

Diamond décida de jouer franc jeu. Il expliqua sa démission de la police et son nouveau travail. En retour, Matthew avoua qu'il séchait les cours. La chorale devait répéter des chants de Noël à 4 heures, et personne ne remarquerait son absence d'ici là.

Diamond profita de cette rencontre fortuite pour poser une question qui le tracassait depuis qu'il avait appris l'inculpation de Dana Didrikson.

– Où vas-tu passer Noël ?

– Chez Nelson, un copain. Ses parents m'ont invité pour les vacances.

– C'est gentil de leur part.

– Normal, Nelson avait une dette envers moi.

Diamond se rappela l'épisode du barrage de Pulteney. Le garçon qui avait lancé le bout de bois s'appelait Nelson. Trois semaines de vacances pour faire oublier une grosse bêtise...

Depuis sa visite à l'hôpital, l'opinion que Diamond avait de Matthew avait évolué. Derrière l'effronterie, se cachait une fêlure – et, pour être honnête, il reconnaissait là un des aspects de sa propre personnalité. Au point qu'il avait envisagé d'inviter le garçon à passer une journée chez lui ; Stephanie, quand il lui en avait parlé, avait tout de suite donné son assentiment. Mais maintenant, son offre tombait à l'eau. Matthew serait mieux chez l'un de ses camarades.

Matthew dut sentir la sympathie qu'éprouvait pour lui Diamond, car il s'exprima sans forfanterie.

– Dites, elle va devoir attendre longtemps avant le procès ?

– Ta mère ? Je le crains, oui. Plusieurs mois, sans doute.

– Et elle s'en sortira ?

Diamond hésita entre la sincérité et le mensonge rassurant.

– Tout dépend des preuves. Ecoute, je crois que tu devrais retourner à l'école. Ta maman a suffisamment de soucis comme ça. Joyeux Noël, fiston.

Chaque soir, après avoir piétiné toute la journée dans la galerie commerciale, il arrivait éreinté pour prendre son service au bar. Par intervalles, heureusement, il pouvait se reposer sur un tabouret. La clientèle, surtout des adolescents, était plutôt tranquille. Certes, ils ne donnaient pas toujours l'image la plus gracieuse de la jeunesse... Même les plus ravissants bouts de chou devaient passer par le stade ingrat de la puberté.

Les semaines défilaient et bientôt, le Père Noël ne fut plus de saison. Il passa des fêtes paisibles, avec Stephanie. L'équipe du C.I.D. lui envoya une carte de voeux représentant un vieillard décrépit tirant une bûche dans un paysage enneigé. Peut-être s'imaginaient-ils ainsi sa nouvelle vie... Tous avaient signé, à l'exception de Wigfull. Halliwell, Paddy, Croxley, Dalton... les noms lui semblaient appartenir à une époque révolue.

A tel point que, un soir de la mi-janvier, il dut se concentrer pour mettre un nom sur la voix qui l'apostropha, à l'*Old Sedan Chair*.

– Comment allez-vous ? On m'a dit que je vous trouverais ici.

Cet accent du Yorkshire, ces yeux intelligents et cette moustache noire appartenaient au professeur Gregory Jackman.

– Que puis-je vous servir ? demanda-t-il, soucieux de rester professionnel.

– Un Cognac. Prenez-en un aussi.

Il déclina poliment l'invitation et attendit que le visiteur expose l'objet de sa venue.

– J'ai appris que vous aviez quitté la police.

Comme Diamond ne répondait pas, occupé à laver des verres, il résuma à sa façon les événements.

– Un sale coup.

– Je me débrouille.

– Pas Dana. Elle est accusée d'un crime qu'elle n'a pas commis. Si rien n'est entrepris, elle va passer le reste de ses jours en prison.

– Que voulez-vous que j'y fasse?

– Elle a besoin d'aide.

Diamond se retourna pour attraper des verres vides.

– C'est le rôle des avocats de la défense.

– J'ai parlé à son avocat. Il n'a rien à opposer à l'accusation.

Diamond plongea les verres dans l'eau.

– Dans ce cas, c'est qu'elle est coupable.

Diamond se moquait bien de paraître sans coeur. Il n'avait aucune raison de chercher à épargner le professeur.

Un groupe de cinq Américains entra et commanda bruyamment à boire. Jackman attendit qu'ils soient servis pour reprendre.

– Vous ne pouvez pas croire qu'elle soit une meurtrière.

– Ce que je crois en cette affaire n'a pas plus d'importance que mon opinion sur le tunnel sous la Manche ou sur l'ordination des femmes. Je préférerais ne pas prolonger cette conversation, Professeur.

– Greg. Vous m'appeliez Greg quand vous m'interrogiez.

Diamond soupira. Un homme aussi intelligent que Jackman avait-il réellement été abusé par ce truc de policier?

– Ecoutez, vous avez frappé à la mauvaise porte. Je ne peux rien vous offrir d'autre qu'un verre.

– Vous avez dirigé l'enquête pendant des semaines. Vous avez bien dû envisager d'autres hypothèses, même si vous les avez ensuite écartées. C'est en cela que vous pouvez nous aider.

– Nous ?

– Sa défense. Je vous l'ai dit, je suis en relation avec son avocat.

Malgré lui, Diamond céda à la curiosité.

– Est-ce bien raisonnable ? L'accusation sera trop heureuse de souligner vos liens avec Dana Didrikson.

Jackman se passa une main sur la nuque.

– Je sais. C'est un dilemme pour moi. Puis-je me montrer franc ? Il n'y a rien entre Dana et moi, au sens où on l'entend généralement. Mais je... enfin, je suis extrêmement attaché à elle. Je veux la sortir de cet enfer. Vous avez raison, mon intervention ne peut que la desservir. Seigneur ! On croirait un roman victorien de troisième zone.

Diamond ressentit la gêne qu'éprouve tout homme lorsqu'un autre lui ouvre son coeur. Et les confidences ne s'arrêtèrent pas là.

– J'ai été très touché par la confiance que Dana a mise en moi, ajouta Jackman.

– Comment cela ?

– Demandez-vous pourquoi elle n'a pas alerté la police après avoir trouvé le corps de Gerry. N'importe qui aurait déduit que j'étais le meurtrier de ma femme, non ? Pourtant, elle s'est tue. Elle n'a rien dit non plus après la découverte du cadavre dans le lac. Quand vous vous êtes présenté chez elle, elle a pris la fuite. Autant de comportements suspects aux yeux de la loi. Mais je suis persuadé qu'elle l'a fait pour moi.

– Puisque vous êtes si bien renseigné, dites-moi plutôt ce qu'elle a avoué.

– Elle s'est rendue chez moi et a trouvé le corps de Geraldine.

– Elle persiste dans cette version ?

– Bien entendu.

Ce « bien entendu » n'avait rien d'anodin : il avait pour fonction de convaincre Diamond de l'innocence de Dana Didrikson. Mais l'ex-superintendant ne s'en laissa pas conter. C'était là la conduite typique d'un homme amoureux – ou d'un meurtrier.

– L'avocat vous a-t-il fait part des résultats du laboratoire ?

Jackman se joignit les mains dans un signe d'impuissance.

– C'est catastrophique. Les biologistes ont établi que le corps avait été transporté dans la voiture de Dana. Des particules de peau et de poils ont été retrouvées dans le coffre. L'analyse génétique a prouvé qu'elles appartenaient à ma femme.

Le cas était bel et bien catastrophique – du moins, désespéré.

Par charité pour son interlocuteur en plein désarroi, Diamond se montra compatissant.

– Je comprends votre angoisse, Professeur. De nos jours, la science est infaillible; nous ne sommes plus à l'époque où chaque partie pouvait convoquer ses propres experts, et espérer une contre-analyse contradictoire. Les preuves sont formelles. Moi-même, je n'aurais pu faire autrement qu'inculper Mrs Didrikson pour meurtre.

« Voilà que je vante les mérites de la modernité ! » se dit-il, conscient de l'ironie de la situation.

– Mais ne peut-on envisager que quelqu'un d'autre ait utilisé sa voiture ?

– Il faudrait lui demander si elle a prêté la Mercedes. A moi, elle n'en a rien dit.

Un silence s'abattit entre eux, comme si le rideau de fer du bar avait été soudainement baissé.

Les yeux perdus dans son verre de Cognac, Jackman semblait chercher ses mots.

– Ce... cet inspecteur qui vous a succédé...

– John Wigfull? Il est désormais inspecteur en chef.

– Ne vous méprenez pas sur mes paroles, Mr Diamond, mais... on lit si souvent dans la presse des cas d'erreurs policières. Ce Wigfull m'a paru très ambitieux. Il y avait presque du fanatisme dans...

– Je vous arrête tout de suite, Professeur. Je ne suis pas du genre à poignarder dans le dos d'anciens collègues.

– J'essaie seulement d'expliquer l'inexplicable.

– Je vois cela. Maintenant, si vous vouliez terminer votre verre. Je dois nettoyer les tables.

En se couchant, il était vanné. Une heure plus tard, cependant, il cherchait encore le sommeil. L'entrevue avec Jackman l'avait troublé. Mais il fallait qu'il reste à l'écart. Toute initiative de sa part serait interprétée comme une bassesse revancharde dirigée contre Wigfull.

La démarche du professeur, pour louable qu'elle fût, était transparente. Les choses n'auraient pas été plus claires s'il avait affrété un avion publicitaire et survolé la ville avec une bannière portant l'inscription : « Dana, je t'aime ».

Pourtant, Diamond gardait en mémoire des faits très précis, qui l'intriguaient maintenant plus que jamais. Cette curieuse histoire d'incendie... La paranoïa supposée de Geraldine... Et cette incroyable scène, surprise par Dana et son fils, entre Mrs Jackman et le dénommé Andy. Qui était-il? Son amant?

Et pourquoi les lettres de Jane Austen n'avaient-elles pas refait surface?

Il dut s'assoupir un moment car, lorsqu'il s'éveilla en sursaut, la pendule indiquait 1h55. La même litanie s'égrenait dans son esprit : Louis Junker, Stanley Buckle, Roger Plato... et aussi Molly Abershaw.

A quoi bon? se demanda-t-il. Tout le monde s'en moque – sauf Jackman. Wigfull dort sur ses deux oreilles, avec la satisfaction du travail accompli.

Cette idée l'incita à veiller un peu plus longtemps.

6

Le lendemain matin, en dépit de ses résolutions de se tenir à l'écart, il appelait Jackman à l'université. Il devait lui communiquer une idée qui lui était venue au petit jour.

– Je me suis souvenu d'un détail qui pourrait peut-être se révéler de quelque importance. Mais avant tout, vous devez me promettre que mon nom ne sera jamais mentionné. Ni auprès des avocats ni auprès de quiconque, vous comprenez?

– Parlez, je vous écoute.

Mais Diamond ne voulait surtout pas se précipiter.

– Vous me garantissez votre discrétion?

– Soyez sans crainte.

– Il s'agit du véhicule de Mrs Didrikson.

– Continuez.

– Les biologistes, m'avez-vous dit, ont établi que le corps de votre femme avait séjourné dans le coffre de la Mercedes. Je me suis rappelé que Mrs Didrikson avait dit qu'elle tenait un carnet de route, où elle inscrivait chaque trajet.

– Un carnet de route? répéta Jackman sans bien comprendre encore la signification de l'information.

– La voiture appartient à la société. Elle doit reporter le kilométrage marqué au compteur chaque fois qu'elle utilise la voiture, fût-ce pour son usage personnel.

Retrouvez ce document et vous saurez où elle s'est rendue le lundi 11 septembre. Si quelqu'un s'est servi de la voiture pour transporter le cadavre de votre femme de Widcombe à Chew Valley Lake, cela fait environ cinquante kilomètres. Ça devrait se voir dans les chiffres.

– Bon sang, vous avez raison !

Puis se ravisant :

– Mais si ça ne se voit pas ?

– Ça se verra forcément. Le seul moyen de dissimuler un trajet de cette importance serait de falsifier le carnet de bord – soit en inventant une autre destination, soit en rallongeant la distance d'un autre voyage. Or, elle aurait certainement remarqué une telle anomalie.

– C'est exact.

– Et si elle a contrefait les données, ce sera facile à vérifier. Dans un cas comme dans l'autre, vous serez fixé.

– En effet.

L'enthousiasme initial du professeur s'était clairement émoussé.

– Merci, je vous tiendrai au courant.

– C'est inutile.

En raccrochant, il se dit que certaines personnes avaient peur de la vérité. D'autres, en revanche, étaient angoissées par l'oisiveté. Chacun portait sa croix.

Une semaine plus tard, à l'heure où le bar était assiégé par les clients de la discothèque, Diamond reçut un coup de fil de Jackman.

– Monsieur Diamond, vous m'entendez ?

– Très mal, parlez plus fort.

– Le carnet de bord n'a pas eu l'effet escompté. Je...

– Ecoutez, ce n'est vraiment pas le moment. Je suis débordé.

– Puis-je passer ?

A son ton seul, on comprenait qu'il était dans tous ses états.

– Non, c'est la folie, ici. Je n'aurai pas une minute à vous consacrer.

– Venez chez moi, alors.

– Ce soir ?

– Merci, je vous attends.

Quand le professeur eut raccroché, Diamond pesta contre le brouhaha qui était cause de ce malentendu. Il songea à rappeler pour se dédire, mais renonça. Dans son désarroi, Jackman n'avait cure du sommeil des autres.

Dès le dernier client sorti, il ferma le bar et roula jusqu'à Brydon House. Il était minuit passé. Jackman l'accueillit sur le perron, son accolade aussi chaleureuse que s'il attendait le médecin qui allait sauver un parent mourant.

La maison était glacée. Jackman avait dû oublier de brancher le chauffage, tant il était préoccupé.

– Excusez le désordre. Vous autres... Pardon, la police a tout mis sens dessus dessous et je n'ai pas encore eu le temps de ranger.

Les piles de livres et les tableaux à même le sol ne troublèrent en rien Diamond. Il avait déjà vu des perquisitions, en avait dirigé. Il souleva une réplique de cheval Tang qui occupait un fauteuil et s'assit, sans même ôter son pardessus.

Le professeur lui proposa du café, qu'il refusa.

– Je vous écoute. Il s'agit du carnet de route, n'est-ce pas ?

– Il est introuvable. Le rapport de police n'y fait aucune allusion. J'en ai parlé à l'avocat de Dana. D'après lui, si le carnet avait été trouvé dans la voiture, une copie en aurait été jointe au dossier et mise à la disposition de la défense.

– C'est tout à fait exact.

– Me Siddons, l'avocat, a interrogé Dana. Elle soutient qu'elle rangeait toujours le carnet dans la boîte à gants.

Il marqua une pause, comme s'il avait un aveu embarrassant à faire.

– J'ai alors pris une initiative dont je ne mesurais pas toutes les conséquences. Je suis allé voir l'inspecteur en chef Wigfull et lui ai demandé si la police était en possession du carnet de route.

– En effet, fit Diamond dans une grimace, ce n'était pas très malin.

– Oh, rassurez-vous, l'entrevue fut très courtoise. Pour finir, il m'a dit fermement que la police n'avait rien trouvé dans la voiture de Dana.

– Dans ce cas, c'est certainement la vérité.

Diamond connaissait assez Wigfull pour savoir qu'il était réglo; jamais il ne risquerait de ternir sa carrière en trompant la justice.

Debout devant les rayonnages vides de la bibliothèque, Gregory Jackman ressemblait à un condamné au peloton d'exécution.

– J'ai commis une erreur grossière en attirant leur attention sur ce point. Siddons est furieux. Il craint que l'accusation ne suggère que Dana a détruit elle-même le carnet.

C'était inévitable, en effet. Diamond s'enquit de ce que l'inculpée avait précisément dit à son avocat.

– Elle affirme formellement que le carnet ne quittait jamais son véhicule, excepté une fois par mois, pour être contrôlé par le service de la comptabilité de Realbrew. Elle le récupérait toujours le lendemain. Je sais qu'elle ne ment pas.

– Se souvient-elle de la moindre anomalie?

Jackman secoua lentement la tête.

– Non, elle dit qu'il était à jour. Le dernier trajet qu'elle y a inscrit remonte au jour où vous l'avez arrêtée.

– Convoquée pour un interrogatoire, corrigea l'ex-superintendant. Est-elle certaine que tous les chiffres étaient de sa main ?

– Absolument.

Diamond agrippa les bras du fauteuil.

– Nous devons nous attendre à ce qu'elle le dise lors du procès. Je comprends que votre Me Siddons ait pété les plombs.

Au fond, il se sentait un peu responsable. Il aurait mieux fait de rester à sa place, plutôt que de lever ce lièvre.

– Je suis désolé, dit-il platement. Finalement, j'accepterais volontiers une tasse de café.

Tandis que le professeur s'affairait dans la cuisine, Diamond se renfonça dans le fauteuil. Certes, les présomptions contre la femme étaient fortes, mais ce n'était pas une raison pour l'enfoncer. Son intervention avait fait pencher la balance en sa défaveur. La morale exigeait maintenant qu'il fasse un geste pour la rééquilibrer.

Mais il fut bien en peine de trouver le moindre contrepoids.

Le lendemain matin, pour expier sa faute, il se rendit à Realbrew Ales.

– Non, dit-il à la réceptionniste, je n'ai pas de rendez-vous. Nous n'avons pas pour coutume de nous annoncer dans des cas comme celui-ci. Veuillez simplement prévenir l'administrateur gérant – Mr Buckle, je crois – qu'il a un visiteur.

– Je vais voir s'il est disponible. Qui dois-je annoncer, je vous prie ?

– Diamond.

– Et quel est le motif de votre venue ?

– Contrôle fiscal.

Le stratagème fonctionna à merveille. La bouche de la jeune femme s'arrondit en un « O » de surprise, puis elle saisit le combiné de l'interphone et se mit à parler à mots couverts, lançant des regards furtifs à Diamond, comme s'il avait un fusil braqué sur elle.

Tout en attendant qu'on vienne le chercher, Diamond imaginait non sans délectation la panique dans le bureau du directeur. D'après tout ce qu'il savait de Stanley Buckle, ses relations avec le fisc devaient être délicates.

– Je vous préviens, mon vieux, j'ai un rendez-vous à Bristol dans vingt minutes. Et vous connaissez les problèmes de circulation.

Après cet accueil informel, Stanley Buckle se leva et tendit à Diamond une main chaude et moite. Il était plus râblé que ne le pensait Diamond, avec des traits réguliers et des cheveux noirs gominés sur un front qui commençait à se dégarnir. Son sourire révéla des couronnes en or; il était plutôt bien habillé pour un brasseur d'affaires. Costume fauve, chemise assortie et une cravate jaune que le magasin avait sans doute dénommée « champagne ». Sans oublier la rose à la boutonnière.

– Je ne vous retarderai pas longtemps, promit Diamond.

– Une affaire d'impôts, hein? Rien de personnel, j'espère.

Il se força à sourire et Diamond voulut montrer que, lui aussi, savait se montrer aimable.

– Strictement professionnel, je vous rassure. Je crois que vous avez des intérêts dans des affaires du West Country.

– N'exagérons rien. Je fais un peu d'import en plus de mon travail ici, c'est tout.

– Vous importez quoi?

– Des articles de nouveauté, des jouets... Ce genre de babioles. Je les fais venir d'Extrême-Orient.

– Du Japon?

– Principalement Hong Kong et Taiwan.

– C'est rentable?

– Je n'ai pas à me plaindre.

– Vous avez une belle maison à Clifton, je crois.
– Et alors ? Ce n'est pas interdit par la loi.
Avec l'air important d'un inspecteur du fisc, Diamond sortit un dossier de son attaché-case et le feuilleta. Il en sortit le formulaire sur la TVA qu'il avait été chercher le matin même à Hams Garden House.
– Vous avez étudié ce document, Mr Buckle ?
Un grand sourire plein de défi.
– Après Dickens, c'est ma lecture favorite. Asseyez-vous, je vous en prie.
Les sièges, à l'exception du fauteuil directorial de Buckle, étaient taillés dans des tonneaux de bière. Diamond en essaya un, qu'il trouva tout à fait inadapté à sa stature.
– Vous tenez vous-même vos livres ?
– Non, j'ai un comptable. Voulez-vous que je l'appelle ?
– Pas pour le moment. Je suppose que vous surveillez ça de loin, de toute façon. Parlons des frais généraux : les véhicules de société, pour commencer. Vous contrôlez le kilométrage ?
Buckle ajusta le noeud de sa cravate d'un air qui se voulait assuré et ouvrit le dernier tiroir de son bureau. Il en tira un registre rouge.
– Vous trouverez tout ici. Chaque véhicule y est répertorié.
Diamond avança la main pour attraper le livre. Ses espoirs s'évanouirent dès qu'il l'ouvrit : seuls les totaux mensuels étaient inscrits. Inutilisable. Pour faire bonne figure, il interrogea son interlocuteur sur l'origine des chiffres et l'utilisation des carnets de route.
– En gardez-vous des photocopies ?
– Non, je ne suis pas un inconditionnel de la paperasse.
Buckle mima plaisamment l'attitude du suicide en pointant deux doigts contre sa tempe.
– Ne me dites pas que c'est obligatoire !

Diamond ouvrit le registre en grand devant lui.

– La berline Mercedes-Benz 190E 2.6 automatique...

– Laquelle? La société en possède deux. L'une pour mon usage personnel, l'autre conduite par mon chauffeur.

– Toutes les deux du même modèle?

– Oui, et achetées en même temps. Je tiens moi-même scrupuleusement mon carnet de route. Si vous souhaitez l'examiner...

– Volontiers, merci. Et le second?

– Très certainement dans l'autre véhicule qui, malheureusement, est actuellement indisponible.

Buckle utilisa l'interphone pour demander à l'un de ses employés de lui apporter le carnet de route.

– L'autre véhicule, réattaqua Diamond, est-ce celui qui est entre les mains de la police?

Buckle fronça les sourcils.

– Vous êtes sacrément bien informé.

– C'est de notoriété publique, sir. Ainsi, je dois me rendre au poste de police, si je veux examiner ce carnet.

– En fait, j'ai cru comprendre qu'il avait disparu.

– Votre chauffeur a des ennuis, je crois, lança Diamond.

– Pour reprendre une de vos expressions, c'est de notoriété publique.

– Est-elle coupable?

– Je le pense. Elle avait des rapports étroits avec le mari de la victime. Cela dit, je n'ai aucun reproche à lui faire en tant qu'employée. C'était un bon chauffeur, de toute confiance.

Diamond lutta contre l'impression de dégoût que lui inspirait l'homme.

– Elle conduisait cette voiture-là, n'est-ce pas?

– Oui. Et elle n'utilisait jamais la mienne, si c'est ce que vous voulez savoir.

– Peu importe à vrai dire, puisque ce sont toutes deux des voitures de société.

– Certes, mais la mienne sert exclusivement à mon usage personnel.

– Avez-vous jamais eu l'occasion de conduire l'autre ?

– Jamais. Ecoutez, si je suis soupçonné de malversations ou de je ne sais quoi, je préférerais le savoir tout de suite.

Diamond prit son air le plus candide.

– C'est surtout Mrs Didrikson qui m'intéresse. Vous dites qu'elle était de toute confiance. Est-elle venue travailler le jour du meurtre ?

– Non, elle s'était absentée. Mais je ne vois pas...

Diamond enchaîna sans lui laisser le temps d'achever sa phrase.

– Et le lendemain ?

– Elle est arrivée en retard, vers 10h30. Visiblement, elle avait passé une nuit blanche. Mais je n'ai pas voulu la questionner. J'ai déjà dit tout cela à la police.

Et Diamond n'avait pas de mal à imaginer le parti que Wigfull en avait tiré. Stanley Buckle serait un excellent témoin à charge : sans aucun a priori négatif contre son chauffeur, et pourtant prêt à dévoiler des faits qui la condamneraient.

– Mais qui êtes-vous, exactement ?

Une secrétaire, qui entrait à ce moment-là, le dispensa de répondre. Elle portait un petit carnet noir.

– Le carnet de bord ? Merci, mon enfant.

Tous les chiffres étaient de la même écriture minutieuse, celle de Buckle sans doute. Tout était à jour et le total concordait avec le registre des impôts. A la date critique du 11 septembre, deux courts trajets d'une quinzaine de kilomètres avaient été inscrits, et la même chose le lendemain.

Diamond remercia son interlocuteur et sortit. En passant par le parking, il s'approcha de la Mercedes de

Buckle, garée à l'emplacement réservé. Le kilométrage au compteur correspondait au dernier chiffre inscrit dans le carnet de route.

Une matinée de perdue, songea-t-il. Et une chance qui s'envole pour Mrs Didrikson.

7

S'ensuivit une période de trois mois pendant laquelle Diamond tenta de se persuader qu'il ne pouvait plus rien pour Dana Didrikson et que mieux valait pour tout le monde qu'il laisse la justice suivre son cours. Il s'imaginait que le procès ne durerait guère, que le verdict déclarerait la femme coupable; il n'était pas impossible, d'ailleurs, qu'elle décide au dernier moment de plaider coupable.

Elle serait condamnée à perpétuité, mais serait sans doute libérée après douze ans pour bonne conduite. Elle ne représentait pas un danger pour la société; elle faisait partie de ces meurtriers qui ne tuent qu'une fois, pour des motifs familiaux ou passionnels.

Et pourtant...

Certains points d'ombre continuaient à le hanter. Comme ces lettres, restées introuvables. L'accusation avancerait certainement que Geraldine les avait détruites, par jalousie, et que Dana s'était vengée en la tuant. Mais Geraldine connaissait la valeur des documents. Et si elle y avait vu une opportunité de régler ses soucis financiers?

D'après Jackman, elle était trop instable pour faire de tels calculs. Jackman... tout ou presque dans cette affaire reposait sur sa déposition. Mais le professeur était un expert en littérature anglaise, pas en psychiatrie.

Quelles preuves avait-il apportées de la paranoïa de sa

femme ? L'incendie du pavillon d'été, le complot qu'elle avait imaginé entre lui et le médecin, la disparition de son miroir à main, dont elle l'avait accusé. Tout cela n'était que détails futiles, manifestations d'une mésentente dans un couple qui se déchirait à la moindre broutille.

D'autres éléments, rapportés par Dana Didrikson, cette fois, corroboraient la thèse de l'instabilité mentale de Mrs Jackman. La scène d'hystérie avec Andy, en pleine rue; et le torrent d'injures que Geraldine avait déversé sur celle qu'elle croyait sa rivale.

Un soir d'avril, alors qu'il tournait et retournait encore tous ces événements dans son esprit, Diamond eut une révélation : le miroir à main !

Dès le lendemain matin, il appelait le professeur et lui proposait de venir lui rendre visite à Brydon House.

– Oh ! c'est vous. J'ai essayé de vous joindre plusieurs fois.

Diamond ne nia pas; il avait délibérément évité les appels. En arrivant chez le professeur, il fut accueilli par un sourire plein d'espoir, qui s'éteignit aussitôt qu'il eut dévoilé le but de sa venue.

– Je veux fouiller la maison.

– Si vous cherchez les lettres, vous perdez votre temps. Ils ont déjà tout mis sens dessus dessous.

– Je sais. Commençons par la chambre, si vous voulez bien.

Jackman le précéda d'un pas traînant dans l'escalier. Apparemment, il s'était attendu à ce que la venue de Diamond provoque un coup de théâtre.

Dans la chambre, Diamond se dirigea tout droit vers le cabinet de toilette. Il alluma la rampe d'ampoules autour de la table de maquillage puis ouvrit les tiroirs un à un. Il dévissa le couvercle de chaque pot, de chaque tube de crème, les renifla. L'un des flacons contenait du talc, il y trempa son doigt et le porta à ses lèvres. Puis il sortit les tiroirs de leurs rails et explora l'espace ainsi dégagé.

– Qu'espérez-vous trouver? demanda Jackman.

– Rappelez-vous, vous m'avez dit qu'elle avait fait une scène parce qu'elle ne retrouvait pas son miroir à main.

– Oui, mais on a fini par le découvrir, dans le jardin. C'est cela que vous cherchez?

– Dans le jardin, hein? Quelqu'un d'autre s'en est peut-être servi.

Il ne s'étendit pas sur le sujet, remit les tiroirs en place et s'attaqua à la penderie. Après avoir remué en vain chaussures, écharpes et chapeaux, il demanda à son hôte :

– Me permettez-vous de fouiller dans vos propres affaires?

Jackman haussa les épaules d'un air désabusé.

Son dressing-room était austère comme un sauna, comparé à celui de Geraldine.

– Désirez-vous ouvrir les tiroirs vous-même?

– Faites-le, je vous en prie.

Leur contenu n'avait rien de remarquable, et pas davantage la salle de bains ou les autres pièces de l'étage. Après deux heures de recherches infructueuses, Diamond accepta le café qu'on lui proposait.

Lorsqu'ils furent assis dans la cuisine, Jackman renouvela ses questions.

– Je n'arrive pas à comprendre ce que vous cherchez.

– Vous faites la cuisine? demanda Diamond sans daigner répondre.

– De la cuisine, c'est un grand mot. Sans Marks & Spencer et le micro-ondes, je serais déjà mort de faim.

Diamond ne voulut pas se lancer dans un grand débat sur le micro-ondes. A la maison, Stephanie ne semblait pas maîtriser encore parfaitement son nouvel outil. Certains plats arrivaient froids dans l'assiette; le gouvernement avait alerté l'opinion sur les aliments insuffisamment cuits. Mais il n'était pas venu pour discuter gastronomie.

– Elle était un cordon bleu?

– Gerry? Vous voulez plaisanter!

– Sauf pour la sauce du barbecue, hein?

L'allusion tomba à plat.

– Dans ce cas, qu'y a-t-il dans ces pots étiquetés estragon et origan?

– De l'estragon et de l'origan. Uniquement pour impressionner ses amis.

Diamond s'approcha de l'étagère à épices et ouvrit un à un les pots. Tous étaient encore scellés. Il déchira l'emballage et renifla le contenu.

– Quand la police a perquisitionné, elle ne s'est donc pas occupée de la cuisine?

– Bien sûr que si. Ils ont vidé tous les tiroirs.

– Mais ils n'ont pas regardé ces pots.

– Vu leur taille, ils ne pouvaient pas receler de lettres anciennes.

– C'est vrai, concéda Diamond tout en ouvrant le placard.

– Que cherchez-vous? Du sucre?

– Non, merci.

Une grande boîte de pailles avait attiré son attention.

– Vous buvez beaucoup de jus de fruits?

– Pardon?

– Toutes ces pailles... Un carton de cinq cents. Sans doute était-ce pour le barbecue.

– Je n'ai pas remarqué.

Diamond sortit ensuite du placard un paquet de farine à demi entamé.

– Vous comptez me préparer un gâteau? railla Jackman d'un ton morne.

Diamond reniflait de nouveau.

– Auriez-vous une grande cuiller, s'il vous plaît? Merci.

Il plongea l'ustensile dans le paquet, pour extraire une

cuillérée de farine, qu'il reversa aussitôt. L'opération se répéta plusieurs fois avant qu'il ne range le paquet. Un deuxième paquet de farine prit la succession du premier. Celui-ci était clos hermétiquement par un morceau de papier collant.

Cette fois, il sentit une résistance en enfonçant la cuiller. Encouragé, il demanda un bol à son hôte et y déversa le contenu du paquet. Il découvrit alors ce qu'il était venu chercher : trois petits sachets de polyéthylène, pas plus gros que des balles de ping-pong, remplis d'une substance aussi blanche que la farine.

En saisissant un, il fit pivoter le lien métallique qui le maintenait fermé.

– Pourriez-vous allumer la lumière, je vous prie?

La poudre scintillait. Composée de minuscules cristaux, elle n'avait rien à voir avec de la farine.

– De la drogue? murmura Jackman, incrédule.

Diamond humecta le bout de son doigt, le plongea dans le sachet et le lécha. Le goût était amer. Il alla se rincer la bouche au robinet de l'évier.

– De la cocaïne, le champagne des drogues. Vous ignoriez que votre femme en prenait?

La stupéfaction muette de Jackman attestait sa sincérité.

– Les pailles..., susurra-t-il. Je comprends, maintenant.

– Ce n'est pas tout, expliqua Diamond. Je ne sais pas quelles sont vos connaissances en la matière mais... on commence par répandre la cocaïne sur un miroir; on casse les grumeaux avec une lame de rasoir, pour obtenir une poudre très fine. Puis on trace une ligne avec cette poudre et on la renifle au moyen d'une paille ou d'un billet de banque roulé. Votre femme y a usé tous ses billets.

– Vous pensez que tout son argent passait là dedans?

– Cette substance n'est pas bon marché.

L'air ailleurs, Jackman se tirait sur la joue.

– Seigneur ! Comment ai-je pu être à ce point aveugle ?

– Vous étiez trop absorbé par votre travail et vous évoluiez dans des milieux trop différents. Moi-même, j'ai mis un temps inouï avant de comprendre ; et pourtant, c'est mon métier. Enfin, ça l'était.

– Son comportement étrange... c'était à cause de la cocaïne ?

– Peut-être pas entièrement. Cela dit, elle n'était pas folle. Après la dissipation du bien-être, les adeptes de cette substance deviennent la proie de toutes sortes de peurs et d'angoisses. La paranoïa et les accès de violence sont deux symptômes courants.

– Je m'étonne que son foutu médecin n'ait rien décelé. Elle devait être bien partie lorsqu'elle a tenté de me tuer.

– Oui, elle avait probablement sniffé pendant toute la soirée.

– Y a-t-il une accoutumance ?

– Psychologique, oui. D'après les réserves de votre femme, je pense qu'elle était accro.

Jackman resta silencieux, comme si le puzzle incompréhensible prenait soudain forme.

– J'aimerais bien mettre la main sur le salaud qui la fournissait.

– Moi de même. Et le plus vite possible !

– Vous pensez que cela peut avoir un rapport avec sa mort ?

Il frappa du poing sur la table, comme saisi par une révélation.

– Mais oui ! Naturellement ! Cela change tout.

Diamond avait déjà plusieurs étapes d'avance.

– L'été dernier, Dana Didrikson et son fils ont été les témoins involontaires d'un incident qui se déroulait devant chez vous.

Il décrivit la scène, sans omettre de dresser un portrait précis du dénommé Andy.

– Ça vous dit quelque chose ?

– Non, je ne vois pas. Le seul Andy que je connaisse est un gros type d'une soixantaine d'années.

– Sur le moment, Dana Didrikson a pensé qu'il s'agissait d'une scène de rupture entre deux amants. Cette histoire de cocaïne apporte un éclairage nouveau.

– Vous pensez que cet Andy était son fournisseur ?

Diamond opina du bonnet.

– Oui, sans doute avait-il fait monter les enchères. Votre femme l'implorait pour obtenir de lui une faveur.

– Il faut absolument le retrouver.

– Pas facile. Si j'étais encore dans la police, je ferais appel à la brigade des stupéfiants. En tout cas, nous devons leur signaler notre découverte.

Jackman perçut la nuance de regret dans la voix de Diamond et s'engagea dans cette brèche.

– Attendez, il ne s'agit pas seulement de devoir civique. Les enjeux sont de taille : d'une part, la liberté de Dana, de l'autre, la réputation de cet inspecteur Wigfull. Maintenant qu'il a un beau mobile entre les mains, il ne va pas vouloir qu'on lui complique la tâche avec une histoire de drogue.

– Il n'aura pas le choix.

– Certes, mais il peut étouffer l'affaire. Je crois que nous ferions mieux de suivre nous-mêmes cette piste. C'est la première lueur d'espoir pour la défense. Ne la laissons pas s'éteindre en la livrant à l'adversaire.

Diamond hésitait. Sa conscience d'ancien policier lui commandait d'alerter les autorités à la moindre prise de drogue, fût-elle mineure. A cela, l'expérience opposait qu'une nouvelle preuve était rarement bien accueillie, lorsqu'un dossier était déjà transmis à la partie civile. Jackman avait raison, il y avait un risque d'étouffement. Et le faux pas qu'ils avaient commis, en signalant la disparition du carnet de route, ne devait pas se répéter.

Certes, l'enquête ne serait pas aisée mais, grâce à une mémoire bien entraînée, Diamond envisageait déjà une première piste.

– Le carnet d'adresses de votre femme... Nous y trouverons certainement les coordonnées d'Andy.

– Formidable! s'exclama le professeur, avant de se frapper le front. Mais le carnet est encore entre les mains de la police.

– L'avocat de la défense a le droit de demander à l'examiner.

– Vous avez raison. J'appelle Siddons sur-le-champ.

Ce fut facile – trop facile, pensa tout de suite Diamond, non sans cynisme. L'avocat se rendit immédiatement au poste de police central de Bath et rencontra Wigfull. Une heure plus tard, Jackman avait le contact téléphonique d'Andy.

Le hic se présenta lorsqu'ils appelèrent ledit numéro. Une voix à l'accent asiatique répondit. Ils étaient tombés dans un restaurant indien du quartier Saint-Paul, où personne ne connaissait d'Andy. L'établissement avait ouvert en janvier. Avant, le local était occupé par un salon de coiffure pour hommes.

Diamond retrouva l'agent immobilier qui avait négocié la transaction. L'homme marqua son mécontentement d'être encore interrogé sur Andy. Les appels à ce sujet étaient fréquents. Andy n'était pas le propriétaire du salon de coiffure; celui-ci se prénommait Mario, mais il était mort de l'épidémie de grippe, juste avant Noël. L'agent immobilier supposait que Mario arrondissait ses fins de mois en servant de relais téléphonique à divers individus louches.

En raccrochant, Diamond se tourna vers Jackman.

– Nous sommes tombés dans un cul-de-sac.

8

Dans la pâtisserie *Charlotte*, sous les arcades, Matthew Didrikson entamait sa seconde tranche de gâteau au chocolat. En face de lui, Jackman et Diamond. Ils avaient choisi une table à l'écart, dans un renfoncement, ce qui ne les empêchait pas de lancer des regards obliques en direction des autres clients. Vêtu de son habituel complet froissé, Diamond était coincé entre le bout de la table et le fauteuil capitonné dont le dossier décrivait plus d'un demi-cercle. Jackman, avec son pantalon de velours brun et sa chemise noire, semblait tout droit sorti d'un magazine de mode. Quant à Matthew, il avait tombé la veste de son uniforme à la première occasion.

Diamond avait prédit qu'ils le trouveraient dans la galerie commerciale, à faire les quatre cents coups autour de l'ascenseur ou des escaliers roulants, et il ne s'était pas trompé. Restait à savoir si l'investissement en pâtisseries se révélerait un bon placement...

– Comment va ta tête? demanda Diamond. Tu n'as plus de syncopes, j'espère.

Conscient de son avantage sur ce terrain, le garçon prit son temps pour répondre. Il reluqua quelques jeunes filles assises à une autre table et se passa négligemment la main dans les cheveux avant de se décider.

– Ça va mieux.

– Ça fait un bail qu'on ne s'est vus. Tu te rappelles mon déguisement?

N'obtenant pas de réaction, il poursuivit.

– As-tu dit au professeur Jackman que j'avais joué les Pères Noël?

– Greg, il m'appelle Greg, dit prestement Jackman.

Cette fois, Matthew sourit, ce qui encouragea le professeur à continuer.

– Moi non plus, je ne t'ai pas vu depuis longtemps, Mat. On s'amusait bien à la piscine, non?

L'adolescent hocha la tête.

La scène tournait au grotesque : deux adultes essayant de soutirer des informations à un écolier autour d'une tasse de thé... Diamond changea de tactique.

– Tu as été voir ta mère au centre de détention?

– Dimanche.

– Et comment l'as-tu trouvée?

– Bien.

Impossible de dire si son laconisme était le fait de la mauvaise volonté ou de la gourmandise.

– Mat, nous essayons de l'aider, intervint Jackman.

– Et pour cela, ajouta Diamond, nous avons besoin de toi.

Matthew ne fit pas le moindre commentaire.

– Je ne sais pas si tu comprends la gravité de la situation, dit Diamond. Est-ce qu'on t'enseigne un peu le droit, en classe? Ta mère va être jugée pour meurtre et l'avocat qui la défend va tenter de prouver qu'il y a des doutes sur sa culpabilité. Tu me suis?

Le garçon repoussa son assiette vide et s'essuya les lèvres.

– Ouais, dit-il en regardant par-dessus son épaule.

– Encore un morceau? proposa Jackman.

– J'veux bien, mais il me faudrait un Coca avant.

– Dans ce cas, va me chercher de la monnaie, dit Jackman en lui tendant un billet de cinq livres.

Tandis que Matthew s'éloignait vers le comptoir, Diamond lança à son vis-à-vis :

– Vous passez cela en notes de frais?

– Difficile de le justifier, vu les maigres résultats obtenus.

Matthew revint, posa devant lui l'assiette de gâteau mais Diamond tendit le bras et l'attira vers lui.

– Bon, je veux que tu fasses un effort de mémoire. Ta mère m'a parlé d'une scène dont elle a été témoin, devant la maison du porfesseur Jackman, l'été dernier. Tu étais avec elle.

Les yeux rivés sur le gâteau, Matthew ne dit rien.

– Mrs Jackman a eu des mots avec un homme.

– Andy.

– Que dis-tu, fiston?

– Andy, cet homme s'appelait Andy.

– Je vois que tu as une excellente mémoire. Nous voulons retrouver cet Andy. Il doit être considéré comme un éventuel suspect. Que sais-tu de lui?

– Je ne comprends pas.

Diamond prit sur lui pour contrôler son irritation.

– Nous venons de tout t'expliquer.

– Je ne comprends pas pourquoi vous m'interrogez, alors que vous pouvez le voir vous-même.

– Mon garçon, si nous savions où le trouver, nous...

– Moi, je sais.

– Comment?

– Je sais où vous pouvez voir Andy. Moi, je l'ai vu des tas de fois.

Le siège de Diamond craqua de toutes ses lattes sous l'impulsion qu'il lui donna.

– Où ça?

– Aux thermes.

– Aux thermes romains?

– Ouais.

Diamond fit glisser l'assiette de gâteau jusqu'au garçon.

– Vas-y, parle. Il y travaille?

Matthew avala une cuillerée de chocolat.

– J'en sais rien. Tout ce que je sais, c'est que je l'y ai vu plusieurs fois.

– Mais qu'est-ce que tu faisais là, toi?

– Rien de spécial.

Puis, contre toute attente, il se lança dans une tirade dont Diamond l'aurait cru incapable.

– J'y vais après les cours. Avec mes copains, on a

trouvé un jeu marrant. Il s'agit de traverser les thermes sans se faire attraper par les types de la sécurité. On entre par le magasin de souvenirs, sur Stall Street, puis, quand la voie est libre, on descend à toute vitesse l'escalier où il y a écrit « Réservé au personnel » – en fait, c'est la sortie – et le tour est joué. Je l'ai fait des milliards de fois.

– C'est là que tu as vu Andy ?

Matthew acquiesça.

– Que faisait-il ?

– Il montre des trucs et il parle.

– Il est guide, alors ?

– Un peu, oui. Il se balade avec des étudiants.

– Des étudiants ? répéta Jackman, rougissant.

– Pas toujours. Des fois, il est tout seul.

Matthew se tut, et aucun des deux hommes ne voulut prendre l'initiative. Si Andy, le supposé dealer de Geraldine, avait des liens avec l'université, Jackman allait devoir à son tour répondre à quelques questions.

En partant, Diamond donna rendez-vous à Matthew pour le lundi suivant, afin qu'ils visitent ensemble les thermes romains.

– Si tu es en avance, ajouta-t-il non sans malice, j'aurai le temps de t'offrir une tranche de ton gâteau favori. Mais attention : nous entrerons dans les thermes par la voie normale. On me repérerait tout de suite dans l'escalier de service.

Matthew sourit et détala.

A peine furent-ils dehors que Jackman mit les choses au point.

– Sachez qu'il n'y a pas de chaire d'archéologie à l'université.

– Et d'histoire ?

Jackman fit la moue puis, soudain, se frappa le front.

– Minute ! Je me trompe. Ils ont ouvert une section cette année. Juste une poignée de profs, et des élèves de première année. Je suppose que vous allez me demander de mener une petite enquête.

– Oui, mais discrètement. Je veux surprendre Andy.

– Voulez-vous que je vienne, lundi ?

– Inutile. Je vous tiendrai au courant, bien entendu.

– En réalité, insista Jackman, j'aimerais beaucoup être là. Je n'ai guère vu Mat ces derniers temps. C'est un bon petit gars.

– Ce n'est pas le but de l'opération, coupa Diamond, du même ton sec qu'il employait lorsqu'il était encore à la tête de la brigade criminelle.

Il n'avoua pas que lui aussi éprouvait beaucoup d'affection pour le gamin, en dépit de son côté un peu voyou.

Le lundi, Jackman lui annonça par téléphone que l'un des maîtres de conférence de la section d'histoire s'appelait Anton Coventry et qu'on le surnommait Andy. Spécialiste d'Antiquité romaine, il étudiait en ce moment les thermes romains et organisait des visites tous les lundi et jeudi à 16h30. Une autorisation spéciale leur permettait de rester sur les lieux jusqu'à 18 heures, une heure après la fermeture au public. L'enquête de Jackman avait confirmé qu'Andy était blond, s'habillait comme un macho et qu'il était, en outre, un spécialiste du triathlon.

– Du quoi ? demanda Diamond.

– Triathlon. Une épreuve d'athlétisme qui requiert beaucoup d'endurance, puisqu'elle allie course, natation et cyclisme.

– Pour moi, ça requiert surtout un grain de folie !

– Bref, reprit Jackman sans se laisser distraire, j'ai du mal à comprendre comment un sportif peut être en même temps dealer de drogue.

– Au contraire, fit Diamond avec cynisme, dopage et sport ont toujours fait bon ménage.

– En tout cas, je tiens à souligner que je ne connais pas cet individu.
– Message reçu.

L'après-midi, qu'il ait couru en sortant de l'école ou plus simplement séché un cours, Matthew attendait Diamond devant la porte de la pâtisserie. De sorte qu'il se vit offrir le gâteau promis. Par raison, Diamond se contenta d'une frugale tasse de café, mais ne put s'empêcher de loucher en direction de l'assiette du garçon tout en donnant ses instructions.

– Le but de notre visite est de vérifier que l'homme des thermes est bel et bien le même que celui que tu as vu à Brydon House. Si tu as le moindre doute, il faudra avoir le cran de le dire. Quoi qu'il en soit, nous devons rester discrets pour qu'il ne nous voie pas.

En signe de bonne volonté, Mat repoussa l'assiette à peine entamée et suggéra de se mettre en route. Diamond tenta en vain de le convaincre qu'il avait largement le temps de manger son gâteau.

– Je ne peux pas, je suis trop excité! avoua l'adolescent.

Oubliant ses bonnes intentions, Diamond se chargea de nettoyer l'assiette.

A 16h20, ils quittaient les arcades. Ils traversèrent Stall Street et pénétrèrent dans les thermes. Pour accéder aux caisses, ils durent traverser un salon de thé bondé, où un ballet de serveuses zélées évoluait au son de l'air du Toreador de *Carmen*.

Vu l'heure tardive, peu de visiteurs entraient encore aux thermes. La caissière les prévint d'ailleurs que la fermeture des portes se faisait à 17 heures. Dès qu'ils furent entrés, Matthew, en habitué des lieux, confia à Diamond qu'il connaissait des dizaines de cachettes.

Il n'était venu qu'une seule fois aux thermes, et pas pour les visiter. A l'occasion d'un dîner officiel donné au Pavillon, précédé d'un cocktail devant le Grand Bassin.

En levant la tête pour admirer les colonnes, il avait glissé sur un pavé saillant et renversé son verre sur le smoking loué pour l'occasion.

Ils passèrent devant les ruines du temple de Minerve, où s'attardaient les derniers touristes. Mais Matthew accéléra le pas.

– Ne perdons pas de temps ici. Andy a déjà traité cet autel, il y a un mois. Cette semaine, il parle du Grand Bassin.

Ils remontèrent une allée, descendirent plusieurs volées de marches, suivirent un chemin sinueux et, bientôt, Diamond perdit le sens de l'orientation. Puis ils débouchèrent sur une piscine en plein air, dont l'eau bouillonnait.

– C'est rien, juste la source sacrée, dit Matthew en voyant Diamond hésiter.

En contrebas, ils perçurent le chuintement d'une cascade et entrevirent le point de rupture où le trop-plein du bassin se transformait en chute miniature. Au-delà, le Grand Bassin, rectangle bleu-vert chapeauté d'un dais de vapeur. Il était imposant, cerclé d'un amphithéâtre de marches et bordé de colonnades formant un promenoir d'où les anciens Romains devaient contempler les baigneurs.

– Le style victorien domine, expliqua Matthew; les trucs d'époque romaine ne montent pas haut.

Au moins, ses incartades avaient servi son érudition, songea Diamond. Mais il n'était pas venu pour admirer l'architecture. Un groupe de jeunes gens, au bout du bassin, discutait âprement. Les étudiants, sans doute. Ils attendaient leur professeur.

Diamond décida que Matthew et lui attendraient également. Mais, pour cela, mieux valait trouver un abri. Quelques socles de colonnes décapitées, vestiges antiques, n'offraient guère les dimensions requises pour dissimuler les rondeurs de Diamond; en revanche, côté sud, une rangée de pilastres endommagés paraissaient faire l'affaire.

Les deux espions avancèrent d'un pas nonchalant le long du bassin puis, sur un signe de Diamond, battirent en retraite derrière un socle. Ils n'eurent même pas à s'accroupir.

Au bout de dix minutes, deux gardiens apparurent, sans doute pour rapatrier les visiteurs attardés vers la sortie. Par chance, ils ne remarquèrent pas les deux intrus tapis derrière leur pilier.

Le jour diminuait et, sur le ciel terni, les silhouettes des empereurs romains se drapèrent soudain d'une majesté nouvelle.

– Ça va, fiston?

Matthew hocha la tête. Quelques secondes plus tard, un martèlement de pas tout proche d'eux les alerta.

– C'est lui! souffla Matthew. Pas de doute!

Andy Coventry passa à quelques mètres d'eux – un torse si large et si musclé que le T-shirt noir qui le couvrait semblait une seconde peau. Et, surtout, une crinière blonde peroxydée plaquée en arrière, à la manière d'une idole des années 50.

– Attendons un peu, glissa Diamond à son complice.

Les étudiants accueillirent le professeur retardataire par un joyeux chahut. D'un sac de sport, celui-ci sortit des règles métalliques qu'il distribua à la ronde. Puis il s'agenouilla au pied d'un pilastre et en mesura la longueur et la hauteur. Tout en prenant des notes, les élèves discutaient entre eux. Puis Coventry les répartit en groupes de deux, auxquels il confia chacun un des six pilastres principaux de l'aile nord du bassin.

Quand tous les étudiants se furent mis à l'ouvrage, Coventry ramassa son sac et s'éloigna en direction de la sortie ouest.

Diamond retint Matthew qui faisait mine de s'élancer. L'affaire allait requérir la discrétion d'un professionnel. Seul, il recula dans l'ombre et se lança à pas de loup à la poursuite d'Andy. Les quelques minutes qui allaient suivre, il en avait l'intuition, avaient des chances d'être capitales.

Voir sans être vu, tel allait être le défi qu'il devrait relever. Pour cela, il faudrait s'aventurer dans un complexe de bassins d'eau chaude et froide, avec le risque permanent de se faire repérer. Utilisant chaque recoin, chaque point d'ombre, pour s'y dissimuler, il parvint jusqu'à la piscine circulaire appelée frigidarium et chercha son homme du regard. La pénombre était à double tranchant.

Il crut avoir déjà perdu la piste. Soudain, il aperçut dans une dénivellation des rangées de colonnes de brique cuivrée, alignées comme les soldats de l'armée de terre cuite découverte en Chine. A sa connaissance, il s'agissait là d'une forme primitive de chauffage central; cet hypocauste, comme on le dénommait, était l'un des clous des thermes. Spectacle étrange et fascinant que cette centaine de colonnes tronquées, formant des motifs géométriques sur le sol et que la patine du temps faisait ressembler à un chef-d'oeuvre de l'art abstrait.

A supposer que les pensées de Diamond aient pris ce tour esthétique – ce qui reste à prouver –, l'apparition d'Andy, accroupi au milieu des colonnes, aurait suffi à les éradiquer.

Diamond hésita à bouger. Absorbé par quelque chose, Coventry n'avait pas remarqué sa présence. Pour l'instant, mieux valait garder ses distances, aussi se tapit-il en haut d'un escalier qui conduisait aux toilettes.

Deux, trois minutes passèrent; soudain, alerté par des bruits de pas sur le sol sableux de l'hypocauste, Diamond dévala son escalier. L'urgence lui donnant des ailes, il se faufila au milieu des colonnes et gagna l'endroit où il avait vu Coventry se baisser. Comme il le prévoyait, une petite cavité était creusée dans le conduit de chauffage. Y engageant la main, il heurta un objet dont il devina tout de suite qu'il ne datait pas de l'époque romaine. De fait, en le sortant, il constata qu'il s'agissait d'un sachet de plastique contenant une substance blanche et compacte. Puis il replongea sa main et toucha d'autres sachets identiques. Il y en avait là une belle quantité, trop en tout cas pour les sortir maintenant.

La cachette était idéale pour receler de la drogue : le conduit préservait de l'humidité, et le lieu n'était guère fréquenté par les touristes, car non aménagé pour la visite. Quant à Andy Coventry, il y avait accès deux fois par semaine et pouvait tranquillement procéder à son petit trafic, par le truchement de son sac de sports. Et personne, à la brigade des stups, n'aurait osé imaginer que les thermes romains servaient de planque !

Diamond se releva. Que faire ? Il était en mesure de procéder à une arrestation, mais était-ce la meilleure stratégie ? Il en était là de ses réflexions lorsque le noir se fit. Un noir total. L'éclairage avait dû être coupé par les gardiens, puisque l'heure de la fermeture était passée.

A moins que Coventry ne soit revenu sur ses pas et ne l'ait surpris. Et qu'il ait délibérément éteint les lumières. D'ailleurs, il lui avait bien semblé entendre le frottement d'une semelle sur le sable...

Bref, mieux valait ne pas faire de vieux os ici. Pas question de se perdre dans le labyrinthe des colonnades. Il allait falloir raser le mur du fond, comme une araignée prise au piège dans un évier. Il avança une main, un pied, puis osa faire un pas. Rassuré de n'entendre que le silence, il renouvela l'opération. Il contourna une colonne qui obstruait sa retraite, puis une deuxième, une troisième... Alors qu'il abordait la quatrième, un craquement lointain l'alerta. Puis une voix l'apostropha.

– Je sais que tu es là, gros tas !

Diamond ne desserra pas les dents. Mieux valait la boucler pour limiter les dégâts. Mais Coventry s'était mis en route, slalomant entre les piliers au risque de s'érafler les genoux, à moins qu'il ne connaisse par coeur l'itinéraire. Dans cette guerre des nerfs, Diamond se concentra, prêt à se défendre le moment venu.

Coventry filait tout droit sur la cachette; pas une fois il ne trébucha, ou même n'hésita. Lorsqu'il eut atteint le mur d'enceinte, il s'immobilisa.

– A nous deux, mon salaud! lança-t-il en guise de cri de guerre.

La flamme d'un briquet fendit l'obscurité. Portée à bout de bras, elle décrivit un large arc de cercle qui, inévitablement, incluait Diamond.

Champion de triathlon, Coventry aurait aussi bien pu prétendre à un titre de catch. Il fondit sur Diamond comme s'il venait de rebondir sur les cordes du ring. Le briquet tomba à terre, bientôt imité par Diamond qui, en voulant esquiver le coup, perdit l'équilibre. Une colonne de brique qui avait avait résisté deux mille ans s'affaissa sous son poids. Un réflexe hérité des mêlées du rugby lui fit replier bras et jambes, et il se projeta énergiquement de côté. Mais il s'écrasa contre les débris et ressentit une douleur aiguë au flanc. Il s'était cassé une côte. Faisant levier de ses cuisses, il parvint à repousser son assaillant, puis lui décocha un coup de coude en plein estomac.

La douleur au côté était sévère; dans un combat au corps-à-corps, il s'écroulerait vite. A tâtons, il chercha un point d'appui et trouva une colonne qui, miraculeusement, résistait. Alors qu'il était presque debout, un objet dur heurta sa tête.

Une brique. Coventry lui frappait le crâne avec une brique. Le projectile lui broya la nuque et vint s'encastrer dans son épaule. Chancelant, Diamond agrippa la colonne et tenta de se redresser.

Andy Coventry avait décidé de le tuer.

A demi-conscient, il se mit à marcher droit devant lui. Il ne voyait rien; mais tous ses autres sens, comme ceux d'un animal traqué, étaient aux aguets. L'odeur humide et froide de la pierre, le bruit de ses pas que lui renvoyait l'écho, le frisson qui lui parcourait l'échine... Tant pis si, après son passage, l'hypocauste n'était plus qu'un champ de décombres. Pour survivre, il lui fallait avancer.

Soudain, il dut s'arrêter. Devant lui, un mur barrait sa retraite. Et, derrière, le martèlement des pas de Coventry, comme un gong inexorable annonçant sa mort prochaine.

Escalader le mur. Oublier le déchirement dans son flanc, et se hisser jusqu'à l'allée. Par chance, des infractuosités dans la roche lui fournirent des prises pour sa périlleuse ascension. Lever un genou... puis l'autre... Enfin, il put apercevoir une faible lueur. La lumière du hall d'entrée.

Le Grand Bassin n'était pas loin. Dès qu'il l'aurait atteint, il pourrait s'estimer sauvé. Coventry ne tenterait rien devant ses étudiants.

A chaque pas, sa côte cassée se rappelait à sa mémoire. Et son crâne... Il sentait le flux chaud et épais du sang sur sa nuque.

Diamond pensa à Matthew. Heureusement, le garçon connaissait bien les lieux; il parviendrait à s'enfuir.

S'enfuir? Il n'était plus qu'à quelques mètres de l'entrée du Grand Bassin quand un mouvement soudain sur sa droite lui fit tourner la tête.

Andy Coventry approchait, armé d'une pelle – une de ces lourdes pelles utilisées sur les chantiers. Il s'apprêtait à fracasser le crâne de Peter Diamond.

SIXIÈME PARTIE

LE PROCÈS

1

Une barre noire sur un fond blanc. Une barre fine, divisant le champ visuel en deux, comme un câble tendu sur le ciel.

Le ciel? Non, le blanc était trop uniforme pour être le ciel. Un plafond, peut-être.

Un câble sur un plafond? Non. C'était quelque chose de plus rigide. Une barre, voilà. Une barre noire. Une baguette. Ou une tringle.

Et puis ce bruit de frottement métallique. Des anneaux de rideaux. Oui, une tringle à rideaux avec des anneaux.

Au plafond? Les rideaux s'accrochaient aux fenêtres, pas au plafond. Or, il n'y avait pas de fenêtre.

A moins qu'il ne s'agisse d'un lit d'hôpital, avec des rideaux pour préserver la tranquillité. Facile à vérifier. Il suffisait de tourner la tête pour voir si le rail faisait le tour du lit.

Tourner la tête, oui. Pas si facile que ça, quand on avait la nuque bloquée et qu'on se sentait vaseux et las. Tellement las...

– Il a rouvert les yeux, sir.

Une voix de femme, inconnue.

– Ses lèvres n'ont pas bougé, je suppose?

Voix masculine.

– Non.

– Pauvre vieux. Tendez l'oreille, hein? Je sais que c'est fastidieux, mais il le faut. Essayez de lui parler, racontez-lui n'importe quoi, les secrets de votre vie amoureuse. Tout ce qui pourra réveiller ses petites cellules grises.

– Excusez-moi, mais... ma vie privée ne regarde pas Mr Diamond.

– Pas de panique, sergent. Même s'il vous entend, ce dont je doute, il ne retiendra rien. Bon, je vous laisse. A demain.

– Connard.

– Hmmm?

– Voyez? (La voix était triomphale.) Il nous entend. Peter Diamond, espèce de gros lard. Que faut-il pour te réveiller? La ballade des hippopotames?

– Il remue les lèvres, sir.

– Seigneur, c'est vrai! Peter, m'entendez-vous?

– Hmmm.

– Fantastique. Mr Diamond, je suis Keith Halliwell, vous vous souvenez? De la brigade d'Avon et Somerset. Votre vieux souffre-douleur.

– Halliwell?

– Il a parlé! Vous avez entendu, sergent?

– Oui, sir.

– Bon, appelez Mr Wigfull. Nous avançons enfin.

Il ouvrit les yeux. A la place du rideau, se tenait maintenant un visage connu, mais qu'il aurait préféré oublier. Un visage orné d'une moustache noire. Le visage de John Wigfull.

– Comment allez-vous?

– Impossible de faire un geste.

– Normal, on vous a bloqué la nuque. Vous avez de la chance d'être encore en vie.

Même dans son état précaire, la banalité de la remarque l'irrita.

– Où suis-je ?

– Au *RUH*. Vous avez été dans le coma. On vous a retrouvé aux thermes romains, dans une mare de sang. C'est le petit Didrikson qui nous a prévenus.

– Bon gosse.

– Votre crâne serait fendu en deux, si la pelle n'avait pas été incurvée au bout. Vous vous rappelez avoir été frappé ?

– Pas vraiment.

– Ça reviendra peut-être lentement. Nous aurons besoin de votre déposition.

– Vous avez coffré Coventry ?

Wigfull l'informa que la brigade des stupéfiants l'avait arrêté pour possession et trafic de drogue. On avait retrouvé deux kilos de cocaïne à l'abri dans les thermes.

L'esprit de Diamond émergeait peu à peu de sa léthargie. Il commença à expliquer qu'Andy avait été le dealer de Geraldine Jackman.

Wigfull se montra réticent.

– Vous cherchez à donner un nouvel éclairage à l'affaire, hein ? Une histoire de drogue... C'est tout ce que la défense a pu trouver ?

– Je parle de faits, John. Allez à Brydon House, vous trouverez les sachets de coke cachés dans le paquet de farine.

Wigfull recula, sortant du même coup du champ de vision de Diamond.

– L'autopsie n'a pas révélé d'usage de drogue. Pourtant, rappelez-vous, le Dr Merlin avait procédé à des analyses complètes concernant drogue et alcool.

– Parlez-en à Merlin. La cocaïne, à l'inverse du cannabis, ne laisse plus de traces dans l'organisme après quelques jours.

– Quand bien même vous auriez raison, insista Wigfull, quand bien même la victime aurait été une junky, le fait demeure que Dana Didrikson l'a tuée. Les preuves sont inattaquables.

– Quand a lieu le procès ?

– Dans une semaine.

– Une semaine ?

– Vous êtes ici depuis dix jours. Rassurez-vous, on vous apportera les journaux. Vous ne manquerez rien.

Wigfull parti, il reçut la visite du chirurgien qui l'avait suturé. L'opération avait duré cinq heures. L'étau qui lui immobilisait la tête était indispensable à sa guérison. Dans vingt-quatre heures, on lui substituerait un appareil plus léger permettant des mouvements. Pour le reste, il apprit qu'il avait deux côtes cassées et quelques contusions superficielles. D'ici une semaine, il devrait être sur pieds.

– Je pourrai quitter l'hôpital ?

– Vous pourrez quitter votre lit et vous promener jusqu'aux toilettes. Comme me l'a dit un jour une infirmière, les pots de chambres ne sont la tasse de thé de personne.

Cloué au lit, il put réfléchir à loisir. Le comportement d'Andy Coventry, surtout, l'intriguait. Il aurait voulu l'interroger, mais c'était impossible. Wigfull avait déjà dû s'en charger, mais Wigfull portait des œillères.

La violence inouïe de l'agression dépassait l'entendement. Coventry avait dû paniquer. Sans doute n'était-il qu'un sous-fifre, car les gros bonnets du trafic de drogue mesurent les conséquences de leurs gestes avant d'aller trop loin.

Mais il y avait un autre scénario, bien plus convaincant. Coventry fournissait Geraldine Jackman en cocaïne, mettant régulièrement à sec son compte en banque. Mais, un jour, la source s'était tarie. A découvert, elle ne l'intéressait plus et il avait mis fin à leur arrangement. C'est alors que Geraldine l'avait recontacté; elle l'avait fait venir chez elle et lui avait offert les lettres de Jane Austen, en échange de sa dose.

Coventry avait refusé, car il ne voulait que du liquide, et la discussion avait tourné à l'aigre. Gerry était entrée dans l'une de ses rages les plus noires, et l'avait menacé de le balancer au risque de se compromettre elle-même, car de toute façon, sans cocaïne, la vie n'avait plus de sens pour elle. Aux abois, Coventry l'avait réduite au silence. Définitivement.

Depuis, l'homme avait dû vivre dans l'angoisse de voir la vérité percer au grand jour. Quand Diamond avait découvert sa planque, il s'était vu perdu. Et puisqu'il avait déjà tué une fois, il n'avait pas eu de scrupule à recommencer – du moins, à tenter de le faire.

A la fin de la semaine, il reçut la visite de Gregory Jackman. Les orbites creusées, les épaules voûtées, le professeur avait pris dix ans.

– L'affaire de la drogue a éclaté. L'inspecteur chef Wigfull et quelques gars de la brigade des stups sont venus chez moi, je leur ai montré le pot de farine. Ce matin, ça fait la une de tous les journaux. Ça n'a pas plu du tout aux grands pontes de l'université. On m'a demandé de prendre une année sabbatique juste après le procès.

– Ils ont le droit?

– Oh, ils ont été aussi courtois que possible. Je continuerai à toucher mon traitement pendant un an. Mais je dois partir pour les Etats-Unis en mission de recherche et, là-bas, chercher un autre poste.

– Bienvenue au club, alors. Vous comptez vous soumettre?

– Je n'ai pas le choix.

– Cela peut-il vraiment aller si vite?

– Grâce à ce merveilleux engin qu'on appelle le fax, oui. Il ne reste plus qu'à déterminer la date exacte de mon départ. Et, naturellement, j'ai été convoqué comme témoin.

– Témoin à charge, je suppose.

– Oui. J'en ai parlé aux avocats de Dana. Ils n'ont pas eu l'air de trouver ça anormal.

Diamond expliqua la stratégie.

– Si la défense n'appelle pas d'autre témoin que Dana, elle aura le droit de faire la plaidoirie finale à l'adresse du jury avant que le juge procède au résumé des débats.

– J'espère seulement qu'ils ont prévenu Dana, dit Jackman d'une voix blanche. Dieu sait ce qu'elle va penser en me voyant témoigner contre elle.

– Elle compte toujours plaider non coupable ?

Jackman releva la tête, comme si la question le surprenait.

– Certainement. Pour quelle raison ne le devrait-elle pas ?

– Je ne sais pas. Wigfull est passé, l'autre jour. Il m'a paru aussi satisfait qu'un jockey qui vient de remporter un tiercé. Il est sûr de son fait.

– Pas étonnant, dit Jackman d'un ton lugubre. J'avais espéré que votre mésaventure aurait du moins l'avantage de présenter Andy Coventry comme suspect possible...

– Eh bien ?

– La défense refuse de suivre cette piste.

– Ça alors ! Et pourquoi diable ?

– Ils prétendent que ça ne suffira pas à déstabiliser la partie civile. Dana a avoué être allée à Brydon House le matin du meurtre, et sa voiture a servi à transporter le corps. Avec ça, il faudrait que l'avocat de l'accusation soit un débile mental pour ne pas obtenir sa condamnation.

Et les membres du barreau n'étaient jamais des débiles mentaux, ajouta Diamond à part soi.

Le vendredi, il se trouva assez bien pour appeler Siddons, l'avocat, et lui demander si la défense comprenait bien l'importance du rôle joué par Andy Coventry.

– Cela ne nous a pas échappé, lui répondit poliment Siddons.

– Certes, mais avez-vous envisagé que Coventry puisse être le meurtrier?

L'avocat attendit qu'il ait déballé toute sa théorie pour répliquer, en s'excusant presque :

– A notre grand regret à tous, votre explication ne tient pas. Coventry a été interrogé par la police sur ses mouvements le jour du crime. Il se trouvait à cinq cents kilomètres d'ici, à Newcastle, et ce pour la semaine entière. Tout a été vérifié. C'est un alibi en béton. Désolant, n'est-ce pas?

2

Les médecins ne s'étaient pas trompés. A l'heure où s'ouvrit le procès de Dana Didrikson, au Palais de Justice de Bristol, Diamond moisissait encore à l'hôpital. Certes, sa convalescence était en bonne voie. On l'avait déménagé de la chambre qu'il occupait, seul, à côté du bureau de l'infirmière pour l'installer dans une salle à six lits près des escaliers. En fait, un clandé où l'on jouait au poker. Les pensionnaires soignaient leurs commotions cérébrales en s'entraînant à distinguer une suite d'un flush. Les jeux de cartes n'étant pas son violon d'Ingres, Diamond tapa une ou deux fois le carton pour faire bonne figure. Après quoi, il se retrancha dans la salle de jour et s'adonna à la lecture des journaux.

La presse populaire étant la seule représentée, ce fut dans ses feuilles qu'il lut le résumé de la première journée d'audience. Au milieu des portraits de charme de Gerry Snoo et des gros titres accrocheurs, tels « Le dernier plongeon de l'incendiaire Gerry », la relation du procès occupait peu de lignes. Diamond parvint à glaner que Dana avait plaidé non coupable et que le jury était constitué de huit hommes et quatre femmes. Le procureur de la Reine, sir Job Mogg – connu de ses pairs et du grand public sous le nom de « rapace » –, avait ouvert son réquisitoire en relatant les événements qui avaient conduit à l'accusation de meurtre, notamment l'accident du barrage de Pulteney. Dana était dépeinte comme une « mère courage » qui se démenait pour élever seule son fils; l'attitude quasi paternelle de Jackman envers Matthew apparaissait comme un embryon de mobile, nourri par la découverte de la faillite du mariage Jackman. Et puisque Dana avait reconnu s'être rendue à Brydon House le matin du crime, tous les éléments la désignaient comme coupable...

A l'unanimité, les journaux soulignaient le rôle prépondérant que jouerait la science dans cette affaire. Le procureur appellerait à la barre des experts en empreintes génétiques qui prouveraient que le cadavre avait transité par le coffre de la Mercedes avant de finir au fond de Chew Valley Lake. Et puisque Dana avait, sous serment, juré que personne d'autre qu'elle n'avait conduit sa voiture... et qu'elle avait été incapable d'expliquer la disparition du carnet de route...

Diamond lut tout cela avec une certaine amertume. Certes, il avait cessé de croire depuis longtemps à l'objectivité de la presse. Mais certains articles trahissaient une hostilité excessive à l'encontre de Dana et tous insistaient lourdement sur la primauté des biologistes sur les détectives.

Le bruit d'un chariot métallique lui fit dresser la tête.

– Comment va mon petit Mr Diamond, ce matin? demanda l'infirmière stagiaire.

– Il reprend peu à peu ses esprits.

Diamond avait vite renoncé à avoir un dialogue normal avec la demoiselle, qui devait s'imaginer être dans un service de pédiatrie.

– Il est prêt pour le changement des pansements ?

– Oui, et si mam'zelle pouvait le faire un peu plus plat, un peu moins voyant, disons, Mr Diamond lui en serait très reconnaissant.

– Oh, oh ! pouffa la jeune stagiaire, on est de sortie ? On va au cinéma, ou au stade ?

– Au tribunal, en vérité.

– Comment ?

– Votre petit Mr Diamond ne va pas tarder à vous quitter.

Elle observa un silence réprobateur avant de riposter.

– Nous verrons ce qu'en dira l'infirmière en chef.

– Certainement. Et quand elle aura dit ce qu'elle pensait, Mr Diamond la remerciera chaleureusement pour ses soins attentionnés et la saluera bien bas.

A 11h30, il était assis dans la tribune publique du Tribunal royal de Bristol et écoutait le témoignage du Dr Jack Merlin. Plus circonspect que jamais, le pathologiste se refusa à établir la cause de la mort. Pressé par l'accusation de retenir l'asphyxie comme cause la plus probable, il répondit simplement que cette hypothèse n'était pas en contradiction avec ses analyses. Quant à l'absorption de drogue ou d'alcool, le laboratoire scientifique de la Police métropolitaine ne l'avait pas décelée. Certes, Merlin admettait qu'après un séjour de plus d'une semaine dans l'eau, toutes traces éventuelles auraient disparu. Lui, cependant, inclinait à rejeter cette hypothèse comme cause de la mort.

Le témoin suivant, un certain Partington, également biologiste, se lança dans un long exposé sur les fibres trouvées dans la chambre de la victime. Diamond décrocha.

Dans le box, Dana Didrikson écoutait attentivement. Les mains sagement croisées sur les genoux, elle portait un strict tailleur vert foncé. Sans maquillage, ses cheveux bruns attachés sur la nuque, peut-être cherchait-elle à détromper ceux qui voyaient en elle une voleuse de mari. Les mois passés au centre de détention l'avaient marquée. Elle avait pris du poids – pas énormément, mais suffisamment pour donner à son visage un air un peu bouffi qui, combiné à sa position avachie, disait clairement qu'elle était déjà résignée à une longue incarcération.

Le biologiste en était encore à décrire les fibres trouvées dans la chambre de Geraldine quand le juge, un Gallois désabusé, intervint.

– Sir Job, aussi inextinguible que soit l'intérêt que je porte aux découvertes du laboratoire de biologie, j'aimerais connaître le but de votre interrogatoire.

– Votre Honneur, la Couronne cherche à établir que l'accusée a pénétré dans la chambre du meurtre. Ces fibres, ainsi que les échantillons de cheveux et de tissus épidermiques également trouvés dans cette pièce, constituent un élément fondamental dans le développement de l'accusation.

– Il me semble, persista le juge, que plusieurs semaines ont passé avant la perquisition. Comment affirmer que ces fibres et ces tissus ont été déposés le jour même du meurtre? Supposez que l'accusée se soit rendue à Brydon un autre jour, ultérieurement au 11 septembre?

– Dans ce cas, Votre Honneur, et sauf votre respect, il serait extrêmement intéressant de savoir ce que faisait l'accusée dans la chambre du professeur Jackman ce jour-là ou, plus probablement, cette nuit-là.

On rit sous-cape, dans l'assemblée, et l'avocat de la défense se leva d'un bond.

– Objection, Votre Honneur !

– Rasseyez-vous, commanda le juge. Sir Job, la remarque est indigne de vous.

– Je la retire bien volontiers, Votre Honneur, et présente mes excuses à la Cour.

Puis, d'un ton presque soumis :

– J'aimerais maintenant que nous en venions à la Mercedes de l'accusée. Monsieur Partington, avez-vous examiné le véhicule ?

– Je l'ai fait, le 11 octobre. J'ai prélevé dans le coffre des échantillons de peau et de poils que j'ai soumis à l'analyse ADN.

– Voulez-vous exposer à la Cour l'intérêt d'une telle analyse ? C'est, je crois, ce que l'on appelle communément les empreintes génétiques.

– Absolument. La combinaison des gènes diffère pour chaque individu, à l'exception des jumeaux monozygotes. Le profil génétique contenu dans l'ADN peut être dressé à partir du sang, de la peau, du sperme ou des racines de cheveux. L'électrophorèse permet de décomposer l'ADN en séquences de tailles inégales; ensuite, nous les passons sous des rayons radioactifs et des rayons X, afin d'obtenir une série de bandes noires très semblables aux codes barres des supermarchés.

– Et ces « codes barres » diffèrent pour chaque individu.

– Exactement.

– Vous avez procédé ainsi avec les particules de poils et de peau trouvés dans la Mercedes ?

– Oui.

– Avec quel résultat ?

– Ils correspondaient aux échantillons témoins relevés sur la victime.

Des photographies circulèrent dans les rangs des jurés.

– Avez-vous autre chose à révéler à la Cour, concernant les particules trouvées dans le coffre ?

– Nous avons découvert quatre poils de la région pubienne, ce qui laisse supposer que le corps était nu.

– Et les particules d'épiderme ? Combien en avez-vous relevé ?

– Vingt-six.

– Peut-on déduire quelque chose de cette quantité ?

– Pour moi, cela indique que le corps fut traîné sur le revêtement du coffre, provoquant un frottement. Ou alors qu'il a été secoué pendant le trajet.

– Pour résumer, Mr Partington, vous avez la certitude que le corps de la victime a été transporté dans le coffre de l'accusée ?

– L'entière certitude.

– Merci.

L'avocat de la défense se leva pour contre-interroger le témoin. Diamond reconnut Lilian Bargainer, une femme d'âge mûr énergique, avec de l'ampleur dans la voix et le geste. Dana était en de bonnes mains.

– Dr Partington, juste une précision. Est-il possible d'envisager que les particules que vous avez prélevées du coffre y aient été introduites délibérément ?

– Que voulez-vous dire ?

Partington savait parfaitement ce qu'elle voulait dire. Le stratagème, bien connu des salles d'audience, consistait à suggérer au jury une ouverture, en l'occurrence l'acte d'un policier corrompu.

Elle répéta sa question, en l'explicitant. Le témoin se montra catégorique.

– C'est impossible. Les particules de peau et de poils adhéraient si étroitement aux fibres de la moquette que l'effet n'aurait pu être produit artificiellement.

– Merci.

On leva la séance pour le déjeuner.

Dans le couloir extérieur, Diamond aperçut Jackman, qui discutait avec un avoué. Jugeant inopportun de l'approcher, il alla déjeuner dans un pub en face, avec pour toute compagnie les coups d'œil obliques que lui attirait son bandage à la tête.

Quand il revit Jackman, ce fut à la barre des témoins. Au premier rang de la tribune publique, on se pencha pour mieux voir. Dans le box, Dana Didrikson baissa les yeux, brusquement très préoccupée par l'état de ses ongles. Si son expression resta sereine, elle ne put toutefois contrôler un tremblement nerveux de la mâchoire.

Jackman prêta serment puis, adroitement, sir Job l'incita à faire le bilan de son mariage. Au crédit du professeur, Diamond constata qu'il s'en tenait à la version exposée lors de sa déposition. Il reconnut les failles de son couple, les crises de plus en plus fréquentes et en vint à la nuit de l'incendie du pavillon d'été – bref, de quoi faire saliver les journalistes les plus blasés.

– Vous êtes convaincu que votre femme a cherché à vous supprimer et, pourtant, vous n'avez rien dit à la police.

– En effet. Elle était très instable, et je sais maintenant pourquoi...

Sir Job ne lui laissa pas le loisir de poursuivre.

– Voudriez-vous indiquer à la Cour si vous aviez rencontré l'accusée avant que le feu ne prenne.

– Nous nous sommes vus, oui.

– Où exactement ? Chez vous ?

– Elle est venue chez moi et je l'ai accueillie dans la rue.

– Pourquoi cela ? Aviez-vous une raison de souhaiter qu'elle ne se mêle pas à la fête ?

– Elle venait pour éclaircir un malentendu, pas pour des mondanités.

– Et vous vous êtes expliqués dans la rue ?

– Nous sommes allés dans un pub.

– Avec sa voiture ?

– Oui.

– L'idée était de vous ?
– L'endroit m'a paru adéquat pour discuter.
– Et boire quelques verres, je présume. N'avez-vous pas songé que votre rencontre – en tout bien tout honneur – avec Mrs Didrikson aurait pu être remarquée par votre femme ?
– Elle était au courant, puisqu'elle avait décroché le téléphone.
– Ah.
Jackman, qui avait été malicieusement plongé en eaux troubles, commença à s'embourber.
– Mais de toute façon, il n'y avait rien entre nous, à ce moment-là.
– A ce moment-là, hein ?
– Je veux dire... ni à ce moment-là ni plus tard.
Sir Job afficha un sourire indulgent.
– Allons, Professeur... J'ai scrupuleusement évité de faire allusion à la suite des événements mais, puisque vous m'y invitez, confirmez-vous que cette relation platonique a donné naissance à une amitié ?
Jackman rougit, conscient que sa prestation n'allait guère aider Dana.
– Une amitié platonique.
– Mais une amitié qui dura tout l'été.
– J'ai emmené son fils nager un certain nombre de fois.
– Et vous le rameniez chez lui ?
– Naturellement.
– Elle a dû se sentir redevable envers vous.
– Non.
– Ah ?
– Ce n'était pas mon intention, je n'avais pas d'arrière-pensée.
– Mais votre femme vous en a prêté.
A ces mots, l'avocat de la défense se leva pour objecter que sir Job n'avait pas à maltraiter son propre témoin.

S'ensuivit un aparté technique entre le juge et les deux parties, sur les subtilités de la loi.

Diamond était déçu. La tournure que prenait le procès ne lui plaisait guère. L'attitude résignée de Dana risquait de précipiter le verdict. Le ministère public avait le vent en poupe.

L'interrogatoire reprit enfin.

– Professeur, nous aimerions connaître la réaction de votre femme à ces rencontres.

– Elle a tout transformé.

Sir Job se tourna vers le juge, qui prit un air las.

– Veuillez rapporter à la Cour les propos de votre femme, Professeur.

– Elle a insinué que j'avais une aventure avec Mrs Didrikson.

– Seulement insinué ?

– Sur la fin, elle a été plus précise.

Diamond souffrait intérieurement pour la défense. L'audience tournait au désastre. Il aurait encore mieux valu que Jackman déballe toutes les horreurs prononcées par Geraldine. Sa pudeur même semblait confirmer la vérité de l'accusation d'adultère.

– Quels furent ses termes ?

– Vous voulez vraiment que je vous les répète ? Elle a dit qu'on se sautait dessus comme des lapins. C'était complètement faux.

– Faux... ou fou ?

Le jeu de mots facile tomba à pic. Un rire général secoua l'assemblée et la défense comprit qu'il ne servirait à rien de protester.

Le calvaire de Jackman dura une heure encore. Sir Job évoqua longuement les lettres de Jane Austen, insistant sur la valeur du cadeau et, indirectement, sur les sentiments qu'il supposait. Puis il en vint au jour même du meurtre et au coup de téléphone de Jackman à son... « amie ». Sir Job menait rondement son affaire, si bien qu'à l'issue de l'interrogatoire, le jury avait toutes les chances d'être convaincu que Dana s'était entichée du professeur, qui n'avait rien fait pour la décourager.

Le contre-interrogatoire fut réduit au minimum. Lilian Bargainer regarda le professeur par-dessus ses demi-verres.

– Comment expliquez-vous le comportement instable de votre femme, au cours des derniers mois de sa vie ?

– Elle se droguait.

– En avez-vous la preuve ?

– Oui. Le 25 avril, la police a trouvé des sachets de cocaïne dans la maison. La paranoïa, à ce qu'on m'a dit, est fréquente chez les cocaïnomanes.

Le juge intervint alors.

– J'ignorais tout de cet aspect de l'affaire. Sir Job, l'accusation est-elle au courant ? Votre exposé des faits n'en portait pas mention.

Le représentant du ministère public toussota et se drapa dans sa robe.

– Nous sommes au courant, Votre Honneur. Le fournisseur de la défunte a été arrêté. Mais ce détail n'a aucun lien avec l'affaire portée devant la Cour.

– C'est possible, mais je suis surpris qu'il ait été passé sous silence.

– J'ai l'intention d'appeler un policier à la barre, Votre Honneur. Nul doute que le sujet sera abordé à ce moment-là. Mais je ne souhaite pas en exagérer l'importance.

Le juge se tourna vers Mrs Bargainer.

– Souhaitez-vous poursuivre sur ce sujet avec le témoin ?

– Non, Votre Honneur, j'en ai terminé. Naturellement, j'interrogerai le policier quand il viendra témoigner.

Quand la séance fut levée, Diamond sortit sans chercher à parler à quiconque. De toute façon, cela n'aurait servi à rien. Et puis il avait mal à la tête.

3

Le lendemain, il retrouva le même siège dans la tribune publique. Quand Dana fit son entrée, la salle était comble. Elle paraissait frêle, bien trop frêle pour être le point de mire de ce rituel sophistiqué.

La Cour se leva pour accueillir le juge. Quand tous se furent rassis, le procureur, debout, fit une annonce.

– Avec votre permission, Votre Honneur, j'aimerais aviser la Cour qu'une nouvelle pièce à conviction m'est parvenue.

– Sir Job, vous connaissez la loi. On ne prend pas ainsi la Cour par surprise.

– Aussi demandé-je un ajournement de séance. Je vous garantis que cet élément est essentiel à la continuation du procès.

Le juge gratta sa perruque, réfléchit un long moment, puis annonça une suspension de séance de trente minutes et invita les deux parties à le rejoindre dans son cabinet.

Comme toute la salle, Diamond comprit qu'il s'agissait là d'un coup de théâtre. Comme toute la salle également, il dut attendre deux heures avant que la séance reprenne.

– Après avoir écouté les deux parties, dit le juge, j'ai décidé d'autoriser l'accusation à présenter sa pièce à conviction. Puis nous interromprons l'audience jusqu'à demain, afin de permettre à la défense de s'organiser.

Avec l'assurance tranquille du vainqueur, sir Job prit la parole.

– Faites entrer l'inspecteur chef Wigfull.

Les orteils de Diamond se crispèrent dans ses chaussures.

Wigfull prêta serment d'un ton suffisant qui exaspéra son ancien supérieur, tout autant d'ailleurs que sa moustache parfaitement lissée et fièrement incurvée vers le haut.

– Monsieur l'inspecteur chef, veuillez répéter à la Cour ce que vous m'avez dit ce matin.

Wigfull redressa les épaules, tendit le cou et se lança.

– Ce matin, lors d'une ultime perquisition au domicile de l'accusée, l'un de mes hommes, l'inspecteur Halliwell, a fouillé la coiffeuse située dans la chambre. Au fond de la cavité d'où il avait ôté le tiroir, il a découvert une chemise transparente, attachée grâce à un ruban adhésif.

– Décrivez l'objet, je vous prie.

– La chemise contenait deux lettres datées de l'année 1800 et revêtues de la signature « Jane ». Me fiant aux descriptions préalablement faites par le professeur Jackman, j'en ai déduit qu'il s'agissait des lettres de Jane Austen qui étaient restées jusque-là introuvables.

Sir Job se tourna vers le juge.

– Votre Honneur, le ministère public aimerait que cette objet soit retenu comme la pièce à conviction n° 6.

Il tendit la chemise à l'un des clercs, qui le transmit en haut lieu.

Après un examen rapide, le juge informa la défense qu'elle pouvait interroger le témoin, mais Mrs Bargainer préféra en différer le moment. Il leva donc la séance, non sans avoir au préalable recommandé aux jurés, selon l'usage, de ne pas discuter du procès entre eux.

Diamond avait observé attentivement le visage de Dana pendant la scène. Il trahissait une extrême consternation.

En sortant, il trouva le couloir en état d'ébullition. L'intervention de Wigfull avait produit l'effet désiré. Tous les téléphones étaient monopolisés par les journalistes. Apercevant Jackman, il tenta de se frayer un passage jusqu'à lui, au milieu des essaims de foule compacts. Le professeur était en compagnie d'un homme aux tempes argentées vêtu d'un costume gris – Siddons, certainement.

– Qu'en pensez-vous ? demanda Jackman. (Puis, sans attendre de réponse :) C'est une catastrophe. Mon apparition désastreuse, hier, et maintenant, ça... Et si c'était un coup monté ?

Siddons parut choqué.

– Voyons, ne dites pas cela.

– Je connais Wigfull, renchérit Diamond, il est réglo. Halliwell aussi. Croyez-moi, ils ont réellement trouvé les lettres.

– Et pourquoi ne les ont-ils pas vues lors de la première fouille ?

– Deux possibilités : soit à cause d'une négligence, soit parce qu'elles n'y étaient pas.

– N'y... vous pensez que...

– Que diriez-vous d'un petit tour là-bas ?

Sur la route, Jackman épancha ses remords.

– Je me suis fait l'effet d'un fieffé hypocrite, hier, en témoignant. Bien sûr, j'aime beaucoup Mat et l'emmener nager a été très agréable. Mais, au fond, je ne pensais qu'à Dana.

– Dites-le donc, vous êtes amoureux d'elle.

– C'est vrai, murmura le professeur. J'espérais, contre toute vraisemblance, que les jurés l'acquitteraient. Je lui aurais demandé de m'accompagner aux Etats-Unis – avec son fils, naturellement. Une nouvelle chance pour tous les trois... Mais c'est bien compromis, maintenant.

– Vous la croyez coupable ?

– Vu mes sentiments pour elle, je ne peux pas admettre cette idée. Mais son cas me paraît désespéré.

Ils arrivèrent à Lyncombe et longèrent la rue bordée de terrasses où habitait Dana. Un policier en uniforme montait la garde devant la maison.

– Ne vous arrêtez pas, dit Diamond à Jackman qui

conduisait. De la rue adjacente, on a un accès direct au jardin.

Diamond coiffa sa tête bandée de son chapeau mou et les deux hommes pénétrèrent en silence dans le jardin. Ils gagnèrent sans peine la maison, où Diamond examina méticuleusement le cadre de la porte, ainsi que la serrure. Un modèle ancien, vieux d'au moins quarante ans. Il distingua quelques enpreintes digitales, mais aucune trace d'effraction.

Rien non plus aux fenêtres de la cuisine mais, en passant son doigt sur le rebord de la fenêtre à guillotine du salon, il constata un éclat de la peinture.

Invité à vérifier par lui-même, Jackman fit la moue.

– La fenêtre est verrouillée de l'intérieur. Difficile de croire qu'elle a été forcée.

– C'est ce que nous allons chercher à savoir. Reprenons la voiture et présentons-nous devant l'entrée officielle de la maison.

Le jeune policier en faction reconnut l'ancien superintendant.

– Bonjour, Mr Diamond.

– Nous aimerions jeter un coup d'œil à l'intérieur, si vous voulez bien.

– C'est que... j'ai reçu des instructions de Mr Wigfull.

– Eh bien, escortez-nous. De cette façon, nous ne serons pas tentés de voler l'argenterie.

Que la nouvelle du départ de Diamond ait transpiré jusqu'à lui ou non, le planton s'inclina devant la voix de l'autorité. Tous trois se dirigèrent donc vers le salon, afin d'examiner la fermeture de la fenêtre.

– Tout a l'air en place, observa Jackman.

Diamond se tourna vers l'agent de police.

– Essayez de me trouver un tournevis, mon vieux.

Quelques minutes plus tard, il avait ôté les quatre vis qui maintenaient la vitre et la dégageait de l'encadrement en bois.

Puis il recula d'un pas,.

– Qu'est-ce que vous dites de ça?

Dire qu'il était aussi satisfait de lui que Wigfull à l'audience aurait à peine été une exagération. Il était indéniable que le bois avait été récemment éclaté et que les vis avaient été forcées. De petits copeaux de bois neuf et clair avaient été introduits dans les pas de vis, afin d'assurer la prise des nouvelles vis.

– Notre intrus a pénétré par ce biais et il a fait le ménage avant de s'en aller, dit Diamond. De mon temps, quand le métier de détective avait encore un sens, nous avions un dicton : « Fais confiance à tes yeux ».

La solennité de l'instant dut échapper à Jackman, qui resta très terre à terre.

– Quand a eu lieu l'effraction? Cette nuit?

– Cela a pu se passer à n'importe quel moment au cours des deux semaines écoulées Les lettres n'attendaient plus que le moment opportun pour être découvertes.

Diamond affichait une banane jusqu'aux oreilles. Après tant de mois d'humiliation, il venait de faire la preuve que sa place était dans le panthéon des plus grands, aux côtés des Fabian de Scotland Yard et autres héros au chapeau mou d'une époque révolue.

4

Le lendemain matin, interroger Wigfull fut pour Mrs Bargainer une partie de plaisir.

– Monsieur l'inspecteur chef, la presse unanime salue en vous aujourd'hui le fin limier qui a retrouvé les lettres de Jane Austen. Les journaux vous comparent à Sherlock Holmes ou miss Marple. Je vous en conjure, dites-nous ce qui a rendu possible une si heureuse découverte. Est-ce, pour paraphraser miss Austen elle-même, le résultat d'une enquête assidue ou l'impulsion de moment ?

Wigfull fronça les sourcils.

– Je ne crois pas avoir bien saisi la question.

– Un homme aussi fin que vous ? Eh bien, qu'à cela ne tienne, je vais la reformuler : qui vous a tuyauté ?

Il esquiva comme un boxeur.

– Je ne peux pas répondre.

– Car on vous a bien passé le mot, n'est-ce pas ? reprit Mrs Bargainer sans se laisser démonter. Vous n'avez pas ordonné une fouille hier matin sur un coup de tête.

– Euh... non.

– Alors ?

Wigfull passa la langue sur ses lèvres. Après un certain laps de temps, l'avocat reprit :

– Vous avez compris ma question, cette fois ?

– Oui.

– Eh bien, qu'attendez-vous pour me répondre ?

– Il y a eu un coup de fil..., commença-t-il d'une voix faible.

– Parlez plus fort, je vous prie.

– Nous avons reçu un appel au poste de police. La personne a raccroché avant de nous dire son nom.

– Ainsi, vous avez bel et bien été tuyauté. Et par un anonyme, qui plus est. Pourquoi n'en avoir rien dit hier ?

– Je n'ai pas considéré ce détail comme important.

Mrs Bargainer rejeta un pan de sa robe en arrière et posa les mains sur ses hanches.

– Je vois. J'aimerais aborder un autre point. En nous livrant cette information sensationnelle, hier, vous escomptiez nous faire accroire que Mrs Didrikson avait elle-même caché les lettres dans sa coiffeuse, n'est-ce pas ?

– Je n'ai fait que rapporter ma découverte.

– Justement, cette découverte... ne vous a-t-elle pas

surpris ? Car vous aviez déjà fouillé la maison de fond en comble une première fois.

– Notre vigilance aura été prise en défaut.

– Ne vous dépréciez pas ainsi, Monsieur l'inspecteur chef ! Avez-vous songé que quelqu'un avait pu s'introduire dans la maison et y déposer les lettres ?

Wigfull chercha un soutien du côté du ministère public mais ne croisa aucun regard.

– Cela me semble improbable. La maison était sous surveillance.

– Vous étonnerai-je en vous disant que la fenêtre à guillotine du salon a été récemment forcée et le cadre réparé avec du bois neuf ?

– Est-ce la vérité ? demanda Wigfull, complètement déboussolé.

– C'est vous le policier, Mr Wigfull. Puis-je vous suggérer de mener l'enquête ? Vos découvertes et les déductions que vous en tirerez intéresseront certainement beaucoup la Cour. Nous voulons bien admettre que vous avez témoigné hier en toute bonne foi. Nous requérons donc à votre égard l'indulgence de la Cour pour votre intervention inspirée par l'orgueil et les préjugés. J'en ai terminé avec le témoin, Votre Honneur.

Le juge, qui avait suivi l'échange d'un œil amusé, se pencha en avant.

– Sir Job ?

Un bruit de papiers brassés fébrilement souligna la confusion du ministère public.

– A ce stade, Votre Honneur, je propose d'entendre le résumé d'enquête de l'inspecteur chef.

– Nous vous écoutons.

Pendant une heure et cinquante cinq minutes, sir Job s'employa à restaurer la crédibilité de John Wigfull. Celui-ci, d'ailleurs, se montra à la hauteur du défi. En termes clairs, avec une prestance recouvrée, il décrivit toutes les étapes de l'enquête. Tout en parlant, il regardait les jurés en face et, eût-il ou non su que son ex-supérieur se trouvait dans la tribune publique, sa voix ne trembla pas en évoquant les premières semaines de l'enquête.

Il était 12h50 lorsque sir Job mit un terme à l'interrogatoire. L'audience fut suspendue pour la pause du déjeuner. Blême comme la mort, Dana fut escortée jusqu'à sa cellule.

Siddons, l'avocat, attendait Diamond au pied des marches de la tribune publique.

– Auriez-vous quelques minutes ? Mrs Bargainer souhaiterait beaucoup vous rencontrer.

– Elle a la mémoire courte, commenta Diamond. Elle m'a fait subir un contre-interrogatoire dans ce même tribunal il y a six mois.

Les deux avocats l'invitèrent à partager leur repas. Sans sa perruque et sa robe, Lilian Bargainer avait tout du pilier de bar, buvant et fumant comme un homme.

– Bon Dieu, ce vieux Rapace ne ménage pas ses peines pour faire oublier aux jurés l'embrouille des lettres perdues et retrouvées. Mais n'ayez crainte, je saurai raviver leur mémoire.

Elle agrippa la manche de Diamond.

– Peter, vieille branche, je vous dois une fière chandelle. Que buvez-vous ?

– Un jus d'orange, répondit-il en tapotant son bandage.

Elle tendit un billet de dix livres à Siddons.

– Soyez un amour, allez nous chercher des verres. Et regardez ce qu'il y a à manger.

Restée seule à la table avec Diamond, elle lui lança :

– Je vais faire appel à vos petites cellules grises.

– J'ai peur qu'elles soient un peu ramollies.

– Cet après-midi, je procède au contre-interrogatoire de Wigfull. J'ai l'intention qu'il soit bref et incisif, mais je ne veux rien oublier. Quels sont les points faibles du réquisitoire ?

– A votre place, je m'attaquerais directement au point le plus fort.

– Le cadavre dans le coffre?

– Exactement. Si vous n'aviez pas provoqué cette entrevue, j'en aurais glissé deux mots à Siddons.

– Vous savez quelque chose?

– Je ne serais pas si affirmatif, surtout dans mon état. Disons que j'ai fait faire un peu de rééducation à mes petites cellules grises et qu'elles bouillonnent gentiment.

Loin de chercher à sous-estimer son propos, Diamond en savourait au contraire la mise en scène. Sous ses allures volontiers frustes, Lilian Bargainer cachait un esprit vif qui saurait, sans nul doute, apprécier la finesse de son raisonnement.

– Venez-en au fait, mon biquet. Le temps presse.

– Voilà. J'ai repensé à un détail – mais un détail essentiel – que vous pourrez vous faire confirmer par votre cliente. Il s'agit de l'homme blond qu'elle a vu, un matin, devant Brydon House.

– Andy Coventry, le dealer?

– Oui. Dans sa déposition, elle m'avait dit l'avoir déjà vu quelque part, mais sans pouvoir préciser où. J'aimerais que vous lui demandiez si, par hasard, elle ne l'aurait pas vu dans une piscine.

En revenant à la barre des témoins, Wigfull paraissait inquiet. Non sans raison. Lilian Bargainer n'allait pas prendre de pincettes pour le contre-interroger.

– Monsieur l'inspecteur chef, commença-t-elle, je ne vous retiendrai pas longtemps. Dans votre long compte rendu de l'enquête, vous avez omis de mentionner que la victime était une toxicomane. Est-ce parce que vous considériez que c'était là un détail accessoire?

– Nous ne l'avons appris que tardivement, répondit-il avec une assurance indiquant qu'il avait prévu la question.

– Estimez-vous que c'est une information importante ?

– Non, pas à mes yeux.

Liliane Bargainer se tourna vers les jurés et leva les yeux au ciel, pour manifester sa désapprobation. Puis elle revint sur Wigfull.

– Un autre point, que j'aimerais tirer au clair. A propos de l'interrogatoire de Mrs Didrikson, que l'ex-superintendant Diamond et vous-même avez mené au poste de police central de Bath. C'était le mardi 10 octobre, n'est-ce pas ? Référez-vous à vos notes, au besoin. Je veux une réponse ferme.

Wigfull consulta son agenda.

– C'est cela, le 10 octobre.

– Elle a passé la nuit au poste de police, je crois ?

– Exact.

– Et le 11 octobre, sa voiture a été réquisitionnée ?

– Oui, mais avec le consentement de Mrs Didrikson.

– Naturellement. Votre conduite envers l'accusée a été exemplaire. Vous avez même été, je crois, jusqu'à prévenir son employeur qu'elle ne se présenterait pas à son travail le lendemain matin.

– En effet, approuva Wigfull en prenant un air modeste.

– Cette attention vous honore, le félicita l'avocat.

Flatté, Wigfull saisit l'occasion pour se faire valoir davantage encore.

– Oui, mais j'avais une autre raison d'agir ainsi. Je voulais demander à son employeur, Mr Buckle, si Mrs Didrikson s'était rendue à son travail le jour du meurtre. Sa réponse fut négative.

L'inspecteur chef échangea un clin d'œil avec sir Job, ravi d'avoir marqué un point au cours du contre-interrogatoire.

– Pourriez-vous dater précisément cet entretien avec Mr Buckle ?

– C'était le 10 octobre, entre 20 heures et 21 heures, dirais-je.

– Merci, Monsieur l'inspecteur chef.

La Cour mit quelques secondes à comprendre que Mrs Bargainer avait terminé son contre-interrogatoire – il avait duré moins de deux minutes.

Wigfull lui-même semblait stupéfait. Sir Job ayant décliné la possibilité d'interroger de nouveau le témoin, celui-ci fut prié de se retirer. Le ministère public était en plein désarroi.

– Souhaitez-vous appeler un autre témoin? demanda le juge.

– Certainement, Votre Honneur, répondit sir Job tout en fourrageant dans ses dossiers.

Stanley Buckle fut appelé à la barre. Pour l'occasion, il avait revêtu un costume trois-pièces gris perle et une cravate directoriale. La traditionnelle rose avait déserté sa boutonnière, eu égard sans doute à la solennité du lieu. Pour accentuer encore l'aspect protocolaire de sa prestation, il chaussa de fines lunettes cerclées d'acier avant de lire le serment.

Le second de sir Job, un avocat de moindre prestance dont la voix haut perchée risquait de compromettre l'évolution de la carrière, se vit chargé d'établir comment l'accusée était entrée en possession de la Mercedes.

– Ma société, Realbrew Ales, l'employait comme chauffeur, expliqua Stanley Buckle.

– Elle gardait la voiture le soir?

– Oui, c'était un arrangement entre nous. Je lui demandais simplement de noter tous ses trajets dans le carnet de route.

– A votre connaissance, Mr Buckle, quelqu'un d'autre a-t-il jamais conduit ce véhicule?

– Certainement pas. Il était neuf lorsque je le lui ai confié.

– Le carnet de route est consigné dans la voiture?

– Ce sont les instructions. A la fin du mois, nous le vérifions et inscrivons le kilométrage dans nos registres.

– Saviez-vous que le carnet de route avait disparu lorsque la voiture a été emmenée au laboratoire ?

– On m'a mis au courant. Nous avons fait des recherches à Realbrew, à tout hasard, mais il n'y était pas. Dana l'a récupéré le 1er octobre et il aurait dû se trouver dans le véhicule. Mais je suppose qu'elle a dit tout ça à la police.

Il se tourna vers elle et elle lui répondit d'un hochement de tête. Puis, contre toute attente, il ajouta :

– J'aimerais qu'il soit inscrit au procès-verbal qu'elle a toujours été une employée exemplaire.

– C'est un souci qui vous honore.

Lorsque Lilian Bargainer entama le contre-interrogatoire, nul n'aurait pu songer qu'il s'agissait d'autre chose que d'une formalité.

– Mr Buckle, en dehors de vos responsabilités à Realbrew, vous avez des intérêts dans d'autres affaires, je crois ?

– Je ne l'ai pas mentionné car je ne pensais pas que cela avait de l'importance. Je vends des articles de nouveautés à des boutiques de cadeaux. Je fais aussi partie du conseil d'administration de plusieurs sociétés dans le domaine du spectacle.

– Ces articles de nouveautés... que sont-ils ?

– Des jouets, des guirlandes de Noël, des puzzles métalliques et bien d'autres choses encore.

– Je suppose que vous les importez ?

– C'est exact.

Buckle aurait visiblement préféré parler d'autre chose.

– Du Moyen-Orient ?

– Principalement, oui.

Le juge se renfonça dans son fauteuil capitonné. Sans se laisser troubler, Lilian Bargainer poursuivit.

– Parmi ces jouets, y avait-il des petits ours en peluche de Taiwan, par exemple ?

– Entre autres, oui.

– L'été dernier, vous avez demandé à Mrs Didrikson de prendre livraison d'un lot aux docks de Southampton.

– C'est exact.

– Elle vous a informé, je crois, qu'elle avait été arrêtée en chemin par deux policiers en civil qui ont fouillé les cartons.

– Elle m'en a parlé, oui.

Le juge se pencha en avant pour intervenir.

– Mrs Bargainer, ces questions sont-elles vraiment pertinentes ?

– J'y arrive, Votre Honneur. Mr Buckle, vous êtes un homme du monde, dans tous les sens du terme. Vous devez bien avoir compris l'intérêt de la police pour ce chargement.

L'homme d'affaires prit un air offusqué.

– De simples jouets, pour une vente de charité. Ils ont été offerts aux enfants de Longleat.

– Certes, mais ces policiers ont soupçonné que vous importiez de la drogue.

Sir Job bondit sur ses pieds.

– Votre Honneur, je n'en crois pas mes oreilles. Ceci est de la calomnie pure et simple. Rien dans le témoignage de Mr Buckle ne justifie une telle attaque assassine.

– Approchez, Messieurs, indiqua le juge aux deux parties.

De la tribune, Diamond tendit l'oreille. Si le juge tranchait en faveur de l'accusation, la tâche de Mrs Bargainer serait quasi impossible. Dans le box, Dana arrangeait nerveusement ses cheveux. Qu'elle ait saisi ou non la gravité de l'instant, elle ne pouvait manquer de sentir la tension qui régnait dans la salle d'audience.

Après une dizaine de minutes d'âpre discussion, chaque partie reprit sa place. Sir Job était écarlate, Lilian Bargainer, très sereine.

– Mes excuses pour ce contretemps, dit-elle à Mr Buckle. On m'a priée d'en venir rapidement au fait, aussi serai-je très directe. Est-il exact qu'Anton Coventry, plus connu sous le nom d'Andy, est l'un de vos associés ?

Buckle agrippa la barre devant lui.

– C'est un nom qui ne m'est pas étranger.

– Sans plus ? Je croyais pourtant que vous le receviez chez vous.

– C'est arrivé, en effet.

– Et, une fois au moins, il a pris un bain dans votre piscine.

– Oui.

– Vous savez certainement qu'il a été inculpé pour plusieurs griefs, notamment le délit de vente de cocaïne.

– J'ai vu ça dans les journaux.

– Saviez-vous qu'Andy Coventry est soupçonné d'avoir été le fournisseur de feue Mrs Jackman ?

Buckle resta muet, espérant pouvoir encore échapper à la spirale de vérité dans laquelle on l'entraînait.

– Allons ! le défia Mrs Bargainer, c'est de notoriété publique.

– Dans ce cas, pourquoi me questionner ?

– Dans ce cas, riposta l'avocat, pourquoi nier ? Vous avez juré de dire toute la vérité, ne l'oubliez pas. Je vous ai rappelé l'épisode des docks de Southampton et les soupçons de la police. La mission que vous avez confiée à ma cliente était une simple diversion, destinée à damer le pion aux forces de l'ordre, n'est-ce pas ? Mais le plus intéressant, c'est que ce jour-là, l'un de vos invités était justement... Andy Coventry.

Sir Job se leva pour protester que l'affaire Coventry, encore en attente de jugement, ne devait pas être évoquée. Aussi Mrs Bargainer retira-t-elle sa dernière remarque.

– Mais vous avalisez ma version des faits ? lança-t-elle encore à Buckle.

– Tout ceci est hors de propos, répliqua-t-il mollement. Je suis venu pour parler de la voiture.

Mrs Bargainer afficha un large sourire.

– Eh bien, parlons-en. La Mercedes 190E 2.6 que conduisait Mrs Didrikson avait une soeur jumelle, que vous réserviez à votre usage personnel ?

– C'est exact.

– Bien. Maintenant, j'aimerais aborder avec vous l'utilisation que vous avez faite des deux voitures, notamment le 11 septembre – date de la mort de Mrs Jackman – et le 10 octobre. Le 11 septembre, votre chauffeur étant absent, vous avez dû conduire vous-même ?

– Oui.

– De même depuis le 10 octobre, date de l'interpellation de Mrs Didrikson par la police. Quand en avez-vous été informé ?

– Je ne me rappelle pas.

– Le témoignage de l'inspecteur chef Wigfull nous indique qu'il vous a téléphoné entre 20 heures et 21 heures ce même mardi 10 octobre.

– Admettons, fit Buckle d'un air indifférent.

– Pardonnez-moi, mais j'ai besoin d'une réponse plus affirmative. Vous souvenez-vous de cet appel ?

– C'est bon, il m'a effectivement appelé. Mais je n'ai pas regardé ma montre pour savoir l'heure qu'il était.

– C'est pourtant un détail capital, voyez-vous, car il s'est passé quelque douze heures avant que la Mercedes de Mrs Didrikson soit réquisitionnée par le laboratoire. Pendant douze heures, la voiture est restée dans la rue, devant le domicile de ma cliente. Et l'expertise génétique a révélé que le corps de Geraldine Jackman avait été transporté dans le coffre de cette voiture. Preuve accablante de sa culpabilité ? Pas à mes yeux en tout cas. Mrs Didrikson m'a dit que c'était impossible et j'ai toute confiance en elle.

Buckle gardait les yeux fixement rivés devant lui, comme un bleu se faisant passer un savon par son supérieur. Mrs Bargainer, elle, n'avait pas haussé le ton d'un décibel.

Quant à Peter Diamond, il savourait plus que tout autre la situation. Contraint de voir ses propres déductions exprimées par procuration, il faisait corps avec l'avocat.

– Tout a toujours une explication rationnelle, Mr Buckle, reprit Mrs Bargainer. Après l'appel de l'inspecteur chef Wigfull, vous avez ourdi un plan pour embrouiller la police et détourner de vous les soupçons. Car c'est bien vous, n'est-ce pas, qui avez jeté le corps de Mrs Jackman dans Chew Valley Lake ?

Le silence se fit dans l'assemblée. Buckle ne chercha même pas à protester et la Cour, saisie, attendit d'entendre la suite.

– Dans la nuit du 11 septembre, vous avez transporté le cadavre dans le coffre de votre Mercedes. Un mois plus tard, en apprenant la garde à vue qui frappait votre chauffeur, vous avez voulu « aider » la police en confirmant ses soupçons. Votre société possédait un double des clés de la Mercedes de Mrs Didrikson. Vous vous êtes donc rendu à Lyncombe et avez interverti les revêtements des coffres des deux véhicules.

Buckle lança un regard furtif en direction des jurés, espérant y trouver un soutien. Il ne rencontra que des figures hostiles.

– Nous vous écoutons, Mr Buckle ! grommela Diamond entre ses dents.

– Vous m'avez mal compris, bredouilla le témoin. Je n'ai pas tué Gerry Jackman. Devant Dieu, je le jure.

– Mais vous l'avez précipitée dans le lac.

Il ne répondit pas. L'auditoire retint son souffle et Dana, dans son box, porta fébrilement la main à son cou.

– Vous niez ? insista Mrs Bargainer.

L'homme capitula.

– C'est bon, je l'ai jetée dans le lac.

Un murmure se propagea dans les rangs.

– Mais je ne l'ai pas tuée, ajouta-t-il dans un souffle.

Mrs Bargainer se tapota le menton du doigt, mimant la perplexité.

– J'ai peur de n'avoir pas tout compris, Mr Buckle. Auriez-vous l'amabilité de m'éclairer sur votre comportement pour le moins... étrange ?

Il ne répondit pas.

– Fort bien, reprit l'avocat. Abordons la chose sous un autre angle. Vous n'êtes pas le meurtrier, à ce que vous dites, mais saviez-vous qu'il s'agissait d'un meurtre ?

– Non, justement, fit Buckle, se croyant tiré d'affaire.

– *Justement*... Je crois que je commence à comprendre. Vous l'avez trouvée morte, n'est-ce pas ?

– Oui.

– Et vous avez cru qu'elle avait succombé à une overdose.

– Oui... je veux dire, non !

Buckle regarda autour de lui, hagard. Il avait été pris au piège et il le savait.

Sans la moindre once d'ironie, Mrs Bargainer récapitula.

– Vous avez voulu dire non mais vous avez dit oui. Où est la vérité ? Nous sommes tombés d'accord pour dire qu'Andy Coventry était le dealer de Mrs Jackman. J'ajouterai que c'était vous qui lui fournissiez la cocaïne. Suis-je dans le vrai ?

Sir Job voulut s'entremettre, mais le juge lui fit signe de se rasseoir.

– Réfléchissez bien, Mr Buckle, continua l'avocat de la défense. Il est trop tard, désormais, pour nier votre implication dans le trafic de drogue. A moins que vous ne préfériez être accusé de meurtre. Alors ?

Buckle se dandinait d'un pied sur l'autre, hésitant. Soudain, les mots se bousculèrent dans sa bouche.

– Voilà ce qui s'est passé. Début septembre, Andy a dû filer en Ecosse, pour des cours. Il était son fournisseur, comme vous l'avez dit. J'ai appris par mes contacts qu'elle était en manque et qu'elle commençait à faire du scandale. Elle menaçait de nous donner. Voilà pourquoi je suis allé chez elle, ce lundi-là.

– Le lundi 11 septembre?

– Oui.

– A quelle heure?

– Vers les midi. N'obtenant pas de réponse, j'ai contourné la maison. La porte de la cuisine était ouverte et je suis entré. Elle n'était pas au rez-de-chaussée et je suis monté à l'étage où je l'ai trouvée sur son lit, morte. Alors, j'ai paniqué. J'ai pensé qu'elle avait été victime d'une overdose. Il paraît que la cocaïne peut tuer, comme l'héroïne. Si les médecins procédaient à une autopsie, ce serait une véritable tuile. Voilà pourquoi j'ai décidé de faire disparaître le corps.

– Et les lettres de Jane Austen?

– Elles étaient cachées sous sa chemise de nuit. J'ai pensé qu'elle espérait les monnayer contre de la coke et je les ai prises. Ce n'est que plus tard que j'ai compris ce que c'était.

– Lorsque vous avez appris que le corps avait été retrouvé, qu'avez-vous fait?

– J'ai eu très peur. Mais les journaux parlaient d'asphyxie, pas d'overdose. C'est alors que j'ai compris que j'avais rendu service à un assassin. Puis ils ont arrêté Dana, mon chauffeur. J'ai craint que la police ne vienne fouiller dans mes affaires. Aussi, à la première occasion, j'ai interverti les tapis des deux Mercedes. Après tout, puisque Dana était coupable, mon geste ne risquait pas d'aggraver son cas.

– Qu'est devenu le carnet de route?

– Je l'ai brûlé, évidemment.

– Pourquoi « évidemment »?

– Parce qu'il constituait une preuve trop accablante. Si la police l'avait trouvé, elle en aurait aussitôt déduit que la voiture de Dana n'avait pas servi à transporter le cadavre.

– Quant au carnet de route de votre propre véhicule, je suppose que vous l'avez falsifié?

– Ce fut un jeu d'enfant.

Après cet ultime aveu, Stanley Buckle s'affaissa comme un taureau transpercé de banderilles.

Mais Mrs Bargainer n'en avait pas fini avec lui.

– En apprenant l'arrestation de Coventry, n'auriez-vous pas pénétré chez Mrs Didrikson pour dissimuler les lettres dans la coiffeuse?

Buckle hésita.

– Pourquoi avez-vous fait ça? reprit doucement l'avocat, comme si l'homme avait déjà avoué.

– Une garantie supplémentaire, lâcha-t-il, renonçant définitivement à lutter. Le premier jour du procès, quand la drogue est venue sur le tapis, j'ai voulu créer une diversion. J'ai appelé la police pour lui indiquer où elle trouverait les lettres. Jusqu'à aujourd'hui, je croyais à la culpabilité de Dana. Sinon, je n'aurais pas agi ainsi. En ai-je dit assez?

– Plus qu'assez, commenta aigrement le juge. L'accusation souhaite-t-elle procéder au contre-interrogatoire du témoin?

Sir Job déclina l'invitation.

– Et nous n'appellerons aucun autre témoin à la barre, ajouta-t-il.

– Le débat est clos?

– Oui, Votre Honneur.

Dans la tribune publique, Peter Diamond se renfonça sur sa chaise, mentalement lessivé.

– Votre Honneur, conclut Mrs Bargainer, j'estime que les chefs d'accusation sont insuffisants pour être soumis à la sentence du jury.

Le juge acquiesça et recommanda l'acquittement de l'accusée.

Dans le box, Dana se couvrit le visage pour pleurer.

5

– Mon pauvre chéri, tu es aussi flapi qu'un vieux chewing-gum usagé, lui dit Stephanie ce soir-là. Pourquoi ne pas te coucher tôt ?

– C'est bien mon intention.

– Si tu attends l'heure du dernier journal, j'ai tout vu à 18h30. Elle s'est montrée à la conférence de presse mais n'a pas dit plus de deux mots. Les journaux lui offrent un pont d'or pour son histoire, mais elle les a envoyés balader. Tu dois l'admirer, non ?

– Oui.

– Et son avocat... une femme brillante. Tu ne pourras pas réduire ses déductions à l'intuition féminine.

– Certainement pas, dit Diamond.

– Quelle tête !

– Qui ? Lilian Bargainer ?

– Mais oui. L'inspecteur Wigfull était loin du compte... et toi aussi.

L'injustice de ce jugement le blessa moins que le fait d'être mis dans le même panier que son ancien subalterne.

– Loin du compte ?

– Pour la cocaïne. Tu aurais dû t'en douter dès le départ.

– Les résultats des analyses nous ont trompés. Foutus scientifiques... Je sais pourtant qu'on ne peut pas compter sur eux.

– Le labo a fait une erreur ?

– Non, mais Geraldine n'avait rien pris depuis plusieurs jours. Le plus drôle, c'est qu'elle avait des réserves dans sa cuisine, les sachets que j'ai trouvés dans le paquet de farine. Elle avait dû oublier leur existence et ne voyait que par son dealer.

– Et il l'a tuée.

– Oh non !

– Buckle, alors ? Il a été arrêté.

– Pour trafic de drogue uniquement. Ce n'est pas lui le meurtrier.

Stephanie fronça les sourcils.

– Et je suppose que tu connais le meurtrier, petit futé. Tu devrais être réintégré dans la police.

Puis, regrettant aussitôt sa remarque, elle lui prit la main.

– Mais je préfère te garder à la maison. On pourrait aller déjeuner quelque part en amoureux, demain.

– Désolé, mais j'ai déjà un rendez-vous.

– Ah ? Avec qui ?

– Le meurtrier.

6

Pelotonné sous un grand parapluie noir, le col de son imperméable rabattu sur ses oreilles, son chapeau solidement arrimé sur la tête, il aurait pu être un figurant de l'un de ces nanars d'avant-guerre en noir et blanc. Assis sur un banc, en face de l'abbaye, il tenait précieusement entre ses mains deux portions de *fish & chips* achetées dans une échoppe. Une pluie fine et pénétrante, accompagnée de brume, s'était abattue sur la ville. Même les pigeons avaient déserté, mais Diamond s'en moquait bien.

– Faut vraiment qu'on parle ici ?

Il ne l'avait pas entendu arriver. En se retournant, il aperçut Matthew Didrikson planté derrière lui.

– Assieds-toi. On est au sec sous le parapluie et les *fish & chips* vont refroidir.

Le garçon accepta le paquet qu'on lui tendait mais refusa de s'asseoir.

– Ici au moins, reprit Diamond, on est tranquilles. Tu as vu ta mère ?

– Hier soir. Greg nous a emmenés au restaurant. A la maison, c'est intenable, avec les journalistes et tout le bataclan.

– Vous avez fêté la bonne nouvelle ?

Matthew fixait le pavé luisant d'un air rogue.

– Pas vraiment. Greg part pour l'Amérique. Il veut que Maman et moi, on l'accompagne.

Plutôt que de tergiverser, Diamond choisit la méthode brutale.

– Tu lui as dit que tu avais tué Mrs Jackman ?

Matthew se mit à trembler. Aujourd'hui, ce n'était plus l'adolescent fanfaron, mais l'enfant démuni.

– Tu devrais lui dire, insista doucement Diamond.

– Je ne peux pas.

– Pourquoi ?

– Après tout le reste...

– Tu veux dire, après tout ce qu'elle a déjà enduré ?

Matthew hocha la tête.

– Tu sais, elle doit s'en douter. C'est la raison pour laquelle son acquittement l'a laissée indifférente. Si elle ne dit rien, c'est parce qu'elle est ta mère et qu'elle t'aime plus que tout au monde. Mais elle sait aussi que la vérité finira bien par éclater et elle préfère sûrement l'apprendre de ta bouche que de celle d'un étranger comme moi.

Pour la première fois, Matthew regarda son interlocuteur en face.

– Vous allez lui dire ?

Il avait peur d'être dénoncé, comme un écolier qui cache une mauvaise note à ses parents.

– S'il le faut, oui.

La franchise se révéla payante.

– Dans ce cas, je préfère lui parler moi-même.

Puis, osant la question qui lui brûlait les lèvres :

– J'irai en prison ?

– Pas en prison, non. Tu n'as pas l'âge.

– Y aura un procès, comme celui de ma mère ?

– Probablement. Tu ne veux pas t'asseoir ?

Cette fois, le garçon accepta l'invitation. Il dut se coller contre Diamond afin de profiter de l'abri que constituait le parapluie. Ses yeux étaient humides.

– Je ne voulais pas la tuer. En allant chez elle, je voulais simplement retrouver les lettres. Je savais qu'elle les avait prises pour faire suer tout le monde.

– Reprenons depuis le début, tu veux ? Au coup de fil que ta maman a reçu du professeur Jackman.

– Elle était furieuse contre Mrs Jackman. Moi aussi, d'ailleurs. C'était une sale bonne femme. Elle avait balancé des horreurs à ma mère et, à cause de ça, j'ai cessé d'aller nager avec Greg. Lui, c'est vraiment un chic type. Pour moi, c'était un peu comme...

– Comme un père ?

– Oui... mais j'aime encore beaucoup mon vrai père.

Un *vrai* père qui préférait les échecs à son fils, qui ne s'était même pas déplacé pour le procès... Que de chagrin devait dissimuler cette loyauté aveugle d'un fils abandonné envers son géniteur.

– Raconte-moi ce qui s'est passé ce lundi matin.

– Quand Maman m'a accompagné en classe, je voyais bien qu'elle était toute retournée à cause de ces lettres. Je me suis dit que j'allais essayer de les récupérer. Ça n'a pas été dur de quitter l'école. Le jour de la rentrée des classes, il faut essayer les nouveaux uniformes. Ça prend des heures. Mais comme ils s'occupent surtout des petits, nous, les grands, on est tranquilles. J'ai réussi à filer et j'ai pris le bus pour Bathwick. Ça n'a pas été compliqué d'entrer dans la maison, car la porte arrière était ouverte. Comme il n'y avait personne en bas, je suis monté à l'étage. J'ai trouvé sa chambre, où elle dormait encore. J'aurais bien voulu fouiller la pièce, mais j'avais peur qu'elle ne se réveille.

– S'est-elle réveillée ?

– Seulement quand j'ai remonté la couette sur son visage. Elle était couchée sur le dos. Je ne crois pas que je l'aurais tuée, si elle n'avait pas bougé. Mais elle s'est mise à remuer et j'ai appuyé sur la couette. Elle s'est débattue, mais comme ses bras étaient prisonniers, ça n'a servi à rien. Plus elle gigotait, plus j'appuyais. Je m'étais mis à genoux au-dessus d'elle. J'étais très en colère, mais en même temps, j'avais peur. J'ai appuyé, appuyé, jusqu'à ce qu'elle cesse de bouger. Mais à ce moment-là, je me suis rendu compte de ce que j'avais fait. J'étais paniqué. J'ai soulevé la couette et regardé son visage. J'ai compris qu'elle était morte. Alors, je suis parti en courant.

– Plus tard, quand tu as appris que le corps avait été retrouvé dans le lac, ça a dû te faire un choc.

– Plutôt, oui.

– Qu'as-tu pensé ?

– D'abord, j'ai cru que Greg l'avait trouvée dans son lit et l'avait fait disparaître. Ensuite, je me suis dit que ce devait être ma mère. Je ne savais pas quoi faire. Si je me dénonçais, ça lui ferait un coup dur. Le jour où vous êtes venu chez nous, et qu'elle a pris la fuite, je n'ai pas vraiment eu de commotion. Mais j'espérais que vous alliez la relâcher si j'étais emmené à l'hôpital.

Diamond opina du bonnet, mais garda le silence.

– Je vous demande pardon de vous avoir fait perdre votre travail.

– Oublie ça. Tu t'es racheté le jour où Coventry a tenté de m'assassiner aux thermes. Si tu n'avais pas été aussi rapide pour aller chercher du secours, je serais peut-être invalide. Ou mort. Maintenant, mange.

Diamond songea à la complexité de l'affaire. Un procès contre un gamin de douze ans... Le ministère public n'aurait pas la tâche facile. Tout serait tellement plus simple si Jackman et Dana partaient pour les Etats-Unis et emmenaient Matthew avec eux... L'extradition ne frappait pas les mineurs.

– Je veux assumer ce que j'ai fait, dit Matthew. Si je me rends à la police, vous m'accompagnerez ?

– Bien sûr.

– Mais d'abord, il faut que je parle à Maman.

– Entendu.

– A votre avis, comment elle va réagir ?

– Je pense qu'elle va renoncer à partir pour l'Amérique.

– Et Greg ?

– Je ne serai pas surpris s'il modifie ses projets.

Ils terminèrent leur déjeuner et se levèrent. Diamond prit le jeune garçon par l'épaule. Dans le ciel, la brume se dissipait et on distinguait désormais l'un des angelots de pierre, sur le barreau le plus bas de l'échelle. Un angelot qui grimpait vers le ciel.

Les Maîtres du Roman Policier

Première des collections policières en France, Le Masque se devait de rééditer les écrivains qu'il a lancés et qui ont fait sa gloire.

ALEXANDER David
2099 La tour prends garde...
ANDREOTA Paul
1935 La pieuvre
1975 Zigzags
BALL J.
2091 Dans la chaleur de la nuit
BARDIN John F.
2025 Qui veut la peau de Philip Banter?
BAXT George
2049 Le meurtre d'Alfred Hitchcock
2085 Crime et sentiment
2030 Par élimination *(mai 93)*
BERKELEY Anthony
1911 Le gibet imprévu
2008 Sans remords
2116 Le meurtre de Piccadilly
BOILEAU Pierre
2114 Les rendez-vous de Passy
1938 La pierre qui tremble
1774 Six crimes sans assassin
BOILEAU-NARCEJAC
1748 L'ombre et la proie
BONETT J. & E.
1916 Mort d'un lion
BRETT Simon
1972 Les gens de Smithy's
2102 Salades grecques
BURLEY W. J.
1762 On vous mène en bateau
CARR John Dickson
1274 Impossible n'est pas anglais
1785 Le sphinx endormi
1794 Le juge Ireton est accusé
1802 Le marié perd la tête
1843 Les yeux en bandoulière
1850 Satan vaut bien une messe
1863 La maison du bourreau
1883 Je préfère mourir
1891 Le naufragé du Titanic
1906 Meurtre après la pluie
1910 La maison de la terreur
1917 L'homme en or
1934 La flèche peinte *(juil. 93)*
1991 Hier, vous tuerez
2001 Capitaine Coupe-gorge
2005 Le mort frappe à la porte
2007 Il n'aurait pas tué Patience
2012 Celui qui murmure
2016 Le secret du gibet
2018 L'habit fait le moine
2024 Ils étaient quatre à table
2027 A la vie, à la mort
2033 Un coup sur la tabatière
2041 Les meurtres de la licorne
2045 Les démoniaques
2053 Le manoir de la mort
2056 Les neuf mauvaises réponses
2065 La mort sous un crâne
2078 La fiancée du pendu
2087 La maison de la peste
2096 La mort dans le miroir
2104 Le squelette dans l'horloge
2108 Le chapelier fou
2125 Le fantôme du cavalier *(mai 93)*

COLLINS Max Allan
2113 Le barbier aveugle
2017 Pas de pitié pour ceux qu'on aime

CRISPIN Edmund
1839 Un corbillard chasse l'autre
1935 Prélude et mort d'Isolde

DELTEIL Gérard
2030 Votre argent m'intéresse

DIDELOT Francis
1784 Le coq en pâte

DUCHATEAU A.P.
1984 La 139e victime
2020 Palmarès pour cinq crimes

ELLIN Stanley
1670 Le compagnon du fou
1682 La puce de Beidenbauer
1702 La douzième statue
1729 La dernière bouteille

FAIR A.A.
1745 Bousculez pas le magot
2013 Une belle jambe
2028 Dans le bain
2062 Meurtre légal
2072 La piste effacée
2081 Une affaire en or
2089 Le dessus du panier
2101 Les femmes sont friponnes
2107 Un colt dans le corsage
2117 Qui rira le dernier?
2134 Cousu de fil blanc *(juin 93)*

FAST Julius
1901 Crime en blanc

FREEMAN Austin
2127 Les jeux sont faits

GASPAR José da Natividade
457 Les corps sans âme
597 Congrès gastronomique

GERRARD Paul
1945 La chasse au dahu
1964 La javanaise
1985 Les incandescentes
2003 Le masque de verre
2019 La tournée du bourreau
2031 Le 36e dessous
2052 La porsche jaune
2066 Le pas des lanciers
2105 Le train du Mardi-gras

GOODIS David
1823 La police est accusée

GRISOLIA Michel
1847 La madone noire
1874 La promenade des anglaises
1890 650 calories pour mourir

HALTER Paul
2035 La tête du tigre
2059 La septième hypothèse
2100 La lettre qui tue
2124 Le diable de Dartmoor

HARDWICK M. ET M.
2068 La vie privée de Sherlock Holmes

HAUSER Thomas
1853 Agathe et ses hommes

HILL Reginald
2055 Un amour d'enfant
(Prix du Roman d'Aventures 1991)
2080 Le partage des os
2090 C'est veuve et ça ne sait pas
2121 La vie en roses

JEFFERS H. Paul
1807 Irrégulier, mon cher Morgan

KAMINSKY Stuart
2011 Le flic qui venait du froid
(Prix du Roman d'Aventures 1990)
2021 Quand Moscou fait la bombe
2042 Quand Moscou fait son cirque
2057 Qui a peur du grand méchant ours?
2086 Entre la faucille et le marteau
2128 Le caméléon rouge *(mai 93)*

KASSAK Fred
1943 Nocturne pour assassin
1981 Une chaumière et un meurtre
2004 Plus amer que la mort
2022 Crêpe-Suzette
2054 Bonne vie et meurtres
2061 Voulez-vous tuer avec moi?
2112 Carambolages

LEBRUN Michel
1970 Un revolver, c'est comme un portefeuille
1993 Les ogres

LECAYE Alexis
2047 Chronique d'un juge ordinaire
2060 Meurtres en trente-six poses
2098 Julie Lescaut
2132 Les deux justiciers *(mai 1993)*

LE MARREC Philippe
2123 Tout abus sera puni
(Prix du Festival de Cognac 1993)

LOVESEY Peter
2014 Pour le meilleur et pour la mort
2026 Tourne et tais-toi
2046 Abracadavra
2076 Le prince et les sept cadavres

MÉNARD Emmanuel
2084 La dernière victime
(Prix du Festival de Cognac 1992)

MILNE A.A.
1527 Le mystère de la maison rouge

NARCEJAC Thomas
2115 La police est dans l'escalier

POSLANIEC Christian
1998 Les fous de Scarron
(Prix du Festival de Cognac 1990)

QUENTIN Patrick
251 L'assassin est à bord
1947 La mort fait l'appel

RAWSON Clayton
2082 Les pieds au plafond

RICE Craig
1835 Maman déteste la police *(juil. 93)*

ROSS Keeley
2110 L'ombre d'une chance

SÉCHAN O. et MASLOWSKI I.
395 Vous qui n'avez jamais été tués
(Prix du Roman d'Aventures 1951)

SINIAC Pierre
1983 Sombres soirées chez Mme Glauque
2023 Mystères en coup de vent
2071 Aime le Maudit
2106 Monsieur Cauchemar

STAGGE Jonathan
1789 Du sang sur les étoiles
1809 La mort et les chères petites
1833 Pas de pitié pour la divine Daphné

STEEMAN Stanislas-André
84 Six hommes morts *(juil. 93)*
284 L'assassin habite au 21
1772 Quai des Orfèvres (Légitime défense)
1864 Le condamné meurt à 5 heures
1955 Madame la mort
2006 La maison des veilles
2029 Feu lady Anne (L'adorable spectre)
2040 Haute Tension
2063 Impasse des boîteux
2077 Virage dangereux
2122 Faisons les fous

STERLING Thomas
1992 Le tricheur de Venise

SYMONS Julian
2048 Un manuscrit en or massif

TERREL Alexandre
1757 La morte à la fenêtre
1777 L'homme qui ne voulait pas tuer
1792 Le croque-mort de ma vie
1867 Le croque-mort et sa veuve
1925 Le croque-mort a croqué la pomme

THOMAS Louis C.
1780 Poison d'avril
1969 La mort au cœur
2032 Les trente deniers
2051 Coup de sang
2073 Malencontre

UNDERWOOD Michael
1817 Trop mort pour être honnête
1842 A ne pas tuer avec des pincettes

VANCE Louis-Joseph
2118 Le loup solitaire

VERY Pierre
1987 L'inconnue du terrain vague
2009 M. Marcel, des Pompes funèbres
2034 Le thé des vieilles dames
2038 M. Malbrough est mort
2069 Les veillées de la tour pointue
2135 Le réglo *(juin 93)*

VICKERS Roy
2083 Et la servante est rousse

WALSH Thomas
1872 Midi, gare centrale

WAUGH Hillary
1814 Cherchez l'homme
1840 On recherche...
1884 Carcasse

IMPRIMÉ EN FRANCE PAR BRODARD ET TAUPIN
Usine de La Flèche (Sarthe).
ISBN : 2 - 7024 - 2399 - X
ISSN : 0768 - 1089